Jessica Sorensen

Per sempre insieme

The Secret Series

Newton Compton editori

Ai miei lettori, questo libro è per voi

RINGRAZIAMENTI

Un sentito grazie alla mia agente, Erica Silverman, e alla mia editor, Amy Pierpont: vi sarò sempre grata per tutto il vostro aiuto e supporto.

Alla mia famiglia, grazie per aver sostenuto me e il mio sogno. Siete stati fantastici, ragazzi.

E un'infinità di grazie a tutte le persone che leggeranno questo libro.

Capitolo 1

Micha

Sto cercando di non pensare a tutte le assurde ragioni per cui Ella non si è presentata al nostro matrimonio, ma è fottutamente difficile. Dopo quello che abbiamo passato insieme, non mi ha neanche chiamato, o lasciato un biglietto. I miei pensieri continuano a tornare al nostro bacio sul ponte e al momento in cui mi disse che mi amava: la mattina dopo andai a casa sua per parlarle, per parlare di noi, sperando che non avesse cambiato idea durante la notte, una volta tornata in sé.

Quando mi arrampicai su quell'albero ed entrai nella sua stanza, tutto ciò che trovai fu un letto vuoto. Ella se n'era andata e mi sarebbe stato più facile accettare che avesse deciso di rinnegare i suoi sentimenti per me, piuttosto che quella separazione. Sapevo che mi amava, anche se non voleva ammetterlo, e avrei anche potuto fare i conti con un suo rifiuto, se questo significava che sarebbe rimasta ancora nella mia vita. Ma sapere che era andata via, chissà dove, lontana da me, era come perdere un braccio, o il mio cuore. E adesso mi sento come se fossi precipitato di nuovo in quella stanza.

Il tassista sta guidando a passo d'uomo lungo la strada che porta al pacifico quartiere in cui Ella e io abbiamo vissuto finora: mi sta mandando fuori di testa. Ha squadrato Lila, Ethan e me come fossimo pazzi, quando siamo piombati nel suo taxi e gli abbiamo detto di guidare il più in fretta possibile, senza badare ai limiti di velocità.

«Non può andare più veloce?», gli chiedo tamburellando le dita sulle gambe. «Siamo praticamente fermi».

Il tassista mi folgora con lo sguardo attraverso lo specchietto retrovisore. «Esistono i limiti di velocità, lo sa?»

«Lo dice come se fosse una buona cosa», esclamo avvicinandomi al pannello di plexiglas che separa i sedili davanti da quelli di dietro.

«Micha, rilassati». Lila mi posa una mano sul braccio, cercando di farmi calmare. I suoi capelli biondi e il vestito rosso sono ancora bagnati, lei e Ethan si sono tuffati nell'oceano dagli scogli. Si stavano divertendo come matti, mentre aspettavamo che Ella si facesse viva. Ci stavamo divertendo tutti. E adesso invece sono stato mollato.

Mollato. Merda.

Sbatto una mano contro il pannello di plastica, perdendo il controllo. È una cosa che mi capita raramente, ma non riesco a pensare ad altro se non al fatto che è scappata. Di nuovo. «Giuro su Dio che ti conviene schiacciare l'acceleratore, se non vuoi che…».

«Micha», sibila Lila. I suoi occhi azzurri mi fissano decisi mentre mi afferra la mano e la allontana dal pannello con uno strattone. «Questo non migliorerà certo le cose». Lo sguardo del tassista si è fatto ancora più affilato e ostile.

Mi passo le mani tra i capelli e slaccio il primo bottone della camicia, mi sento soffocare. Lila sta provando a richiamare Ella per la centesima volta, ma scatta subito la segreteria telefonica. Ethan ha a malapena pronunciato una parola durante tutto il tragitto, ma so cosa sta pensando: che me lo sarei dovuto aspettare. Il problema è che lui proprio non riesce a capire: è vero, non è la prima volta che Ella fa una cosa del genere, ma solo perché è spaventata, confusa o perché odia se stessa. Si comporta così da quando eravamo bambini. Lo so bene, come so che non importa cosa accadrà, siamo destinati a stare insieme.

Finalmente il taxi accosta davanti alla villetta a un piano in cui io e Ella abbiamo vissuto dall'inizio dell'anno. Non aspetto neanche che la macchina si fermi del tutto: spalanco la portiera, getto al tassista un paio di banconote attraverso la fessura nel pannello di plexiglas e appena scendo sul marciapiede inciampo cadendo a terra. Ethan mi urla dietro di darmi una fottuta calmata, ma io lo ignoro e attraverso il prato di corsa, calpestando i fiori ai lati del vialetto che conduce alla porta.

Mi torna alla mente il giorno in cui andammo a vedere la casa. Mia madre conosceva un'agente immobiliare di San Diego e mi disse che ci avrebbe fatto vedere una casetta carina, che avremmo potuto affittare a poco perché la proprietaria era una vecchia signora che l'aveva comprata quando le case erano a buon mercato. Io e Ella ci prendemmo il nostro tempo per dare un'occhiata in giro, alle piccole camere da letto, alla cucina stretta ma giusta per noi, al grande giardino sul retro. Avrei giurato che Ella stesse facendo finta di non essere interessata, ma potevo leggere nei suoi occhi che già adorava quella casa.

«Be', che ne pensi?», le chiesi dandole un colpetto con la spalla mentre fissava le persiane gialle che decoravano la facciata.

Lei scrollò le spalle con noncuranza, ma si mordicchiò un labbro, che voleva dire che stava cercando di reprimere l'entusiasmo. «Non è che una casa».

Mi spostai dietro di lei e le cinsi la vita con le braccia, trattenendo un sorriso mentre avvicinavo le labbra al suo orecchio: «Una casa in cui pensi di poter vivere?».

Ella tentennò e un tono divertito affiorò nella sua voce:

«Be', io sì, ma non so tu. Forse ti dovremo trovare un altro posto. Ma se vuoi puoi sempre vivere nel garage».

Le diedi un pizzicotto sul sedere che le fece lanciare un grido. «Non venirmi a dire che non stai pensando a tutti i posti in cui ti potrò scopare», le sussurrai all'orecchio con tono sexy.

Lei ebbe un fremito, e io seppi in quel preciso istante che quella sarebbe stata la nostra prima casa. Ci trasferimmo la settimana dopo e in questi sei mesi tutto è andato a gonfie vele. Sto registrando un album in un piccolo studio qui vicino, faccio concerti con un sacco di musicisti con cui mi trovo bene, ci incontriamo ovunque possiamo solo per avere la possibilità di suonare insieme; Ella invece lavora in una galleria d'arte e frequenta le lezioni, con l'anello di fidanzamento che le ho regalato sempre al dito. Sembrava serena e persino felice, quando abbiamo pensato che fosse giunto il momento di sposarci. Devo ammettere che avrei preferito tornare a casa per il matrimonio, così mia madre avrebbe potuto assistere alla cerimonia, ma alla fine abbiamo deciso che ci saremmo sposati qui, solo lei e io, e che l'avremmo detto a tutti solo in un secondo momento, perché questa soluzione sembrava mettere Ella più a suo agio con l'idea del matrimonio. In realtà per me non era poi un gran problema, il fatto che non ci fosse nessun altro tranne me, Ella, Ethan, Lila e il prete. Dopotutto, non parlo con mio padre da quando gli ho donato il sangue e il midollo osseo, e non avevo certo intenzione di ricominciare a farlo invitandolo al mio matrimonio. Ma sapevo che mia madre sarebbe andata fuori di testa quando avesse scoperto che ci eravamo sposati senza di lei... ma magari sarebbe andata fuori di testa comunque. Adesso non so neanche se ci sarà mai un matrimonio.

Scuoto la testa per scacciare questo maledetto pensiero e

continuo a marciare verso casa. Apro la porta d'ingresso, mi precipito dentro e do una rapida occhiata alla sala da pranzo, cercando un qualsiasi indizio che lasci pensare che Ella se l'è filata. Sembra tutto a posto, anche se in realtà, quando scappò la prima volta, Ella non si portò dietro praticamente niente.

Vado verso la porta sul retro e lancio uno sguardo al giardino e alla veranda, ma sono entrambi deserti. Le mie speranze si dissolvono appena passo accanto al bagno vuoto per raggiungere la camera da letto, e l'angoscia che mi opprime il petto cresce istante dopo istante al pensiero che se n'è andata davvero. *Mi ha lasciato. Merda.* Ma appena apro la porta, faccio un balzo all'indietro, attonito: la vedo seduta lì, sul letto, bella da mozzare il fiato nel suo abito da sposa bianco e nero, con le gambe rannicchiate al petto, il mento appoggiato sulle ginocchia e i capelli ramati raccolti in ricci arruffati. La gonna del vestito le lascia scoperti i piedi, mostrando un paio di anfibi neri, non le scarpe con il tacco che qualsiasi altra ragazza avrebbe indossato. A stento riesco a trattenere un sorriso, perché il suo aspetto è così perfetto e intonato a lei che non potrei mai immaginarla vestita in un altro modo, neanche se mi sforzassi.

Ma appena Ella alza lo sguardo su di me, i suoi occhi sono così pieni di tristezza che mi strappano dal volto quel timido sorriso. Non dico niente mentre mi faccio strada tra le pile di vestiti, i bozzetti e la mia chitarra per avvicinarmi al letto sfatto e sedermi accanto a lei. Allungo una mano per scansarle una ciocca di capelli dagli occhi e appuntargliela dietro un orecchio, poi le accarezzo dolcemente la guancia. Aspetto che sia lei a parlare, perché non ho idea di cosa le stia passando per la testa, né quale possa essere la cosa giusta da dire.

Restiamo seduti così per un tempo che sembra infinito,

guardandoci negli occhi, e più gli istanti passano più sono sulle spine per quello che Ella dirà quando si deciderà a parlare. Sento Ethan e Lila che si avvicinano alla porta sussurrando, ma il suono delle loro voci svanisce rapidamente mentre si allontanano, come se percepissero che abbiamo bisogno di stare da soli.

«Mi dispiace così tanto», dice Ella rompendo finalmente il silenzio. Fa un profondo sospiro mentre mi guarda attraverso le sue lunghe ciglia, mordendosi il labbro inferiore.

A malapena riesco a reprimere il bisogno di chiudere gli occhi per scacciare la fitta di dolore che mi attraversa il cuore. «Cos'è successo? Pensavo che...». Le stringo il volto tra le mani, cercando di mettere a tacere le paure che mi fanno tremare la voce. «Pensavo che lo volessimo entrambi».

Elle smette di mordersi il labbro e solleva il mento dalle ginocchia per sedersi ben dritta. «Noi... Io... È solo che...». Si abbandona a un sospiro di frustrazione mentre lascia cadere le braccia sul letto.

L'angoscia che mi opprime il petto e la confusione che mi annebbia la mente prendono il sopravvento. «Non riesco a capire... Non ti sei presentata e non hai risposto al telefono... Ho pensato che tu...». Mi sforzo con tutto me stesso di rimanere calmo, perché c'è solo una cosa che mi terrorizza davvero: che lei possa scappare di nuovo e lasciarmi per sempre. Lo so, potrà sembrare patetico, ma è più forte di me. Non posso sopportare il pensiero che qualcun altro esca dalla mia vita, soprattutto Ella.

«Mi dispiace così tanto, Micha», sussurra Ella con gli occhi spalancati. «Ma non potevo parlartene, non fino a quando non avessi capito qual era la cosa giusta da dire».

«Parlarmi di cosa?», le chiedo, e mi schiarisco la voce, incrinata dalla paura.

«Del matrimonio». Ella si guarda intorno come una preda in cerca di una via di fuga, ma alla fine i suoi occhi si posano di nuovo su di me. «Ho parlato con tua madre, l'altro giorno... Mi ha chiamato per chiedermi cosa ti avrebbe potuto regalare per il tuo compleanno e se avessimo intenzione di tornare a casa per Natale».

Sul mio volto si dipinge un'espressione sorpresa. «Ok, molto carino da parte sua, immagino... Ma cosa c'entra con il nostro matrimonio?».

Ella sospira sconfortata. «Mi ha chiesto se avessimo già fissato una data per il matrimonio. Non sapevo che non le avevi detto che ci saremmo sposati qui, senza nessuno».

Le mie dita si irrigidiscono. «E glielo hai detto?»

«Lo sai che sono una professionista della menzogna».

«Non è proprio così, ma se vuoi possiamo far finta che tu lo sia davvero», le dico ridacchiando.

Ella scuote la testa e le sue labbra si distendono in un sorriso nervoso. «Smettila di scherzare. Sto cercando di essere sincera e onesta».

«Tu... sincera e onesta?», le chiedo dubbioso sorridendole. «Davvero?»

«Lo so, è assurdo...». Si interrompe, il bustino del vestito sembra trattenere a stento ogni suo esausto sospiro. «Credo che...». Ella si alza leggermente per raccogliere le gambe sotto di sé e mettersi in ginocchio sul letto. «È solo che...», prova a dire socchiudendo gli occhi per guardare la luce del sole che penetra attraverso le persiane aperte. «Non so davvero da dove cominciare», mormora.

Mi avvicino a lei scansando dolcemente la stoffa ingombrante della sua gonna. «Piccola, sai che puoi dirmelo, qualsiasi cosa sia. Con me puoi parlare di tutto». Prego Dio che non sia quello che penso. Che ha cambiato idea. Che non vuole più sposarmi.

Ella inclina la testa da un lato e i nostri sguardi si incontrano. «Lo so, ma questo non rende le cose più facili. Sai quanto mi è difficile parlare dei miei sentimenti...».

Le prendo la mano accarezzandole il polso con il pollice. «Lo so, ma io sarò sempre qui, per te». Sto cercando con tutto me stesso di rimanere calmo, ma è terribilmente difficile. Mi sta spaventando a morte, soprattutto perché non ho davvero idea di cosa diavolo stia cercando di dirmi. Ho sempre creduto che ci fossimo buttati tutto alle spalle. Il giorno in cui ha messo quell'anello al dito è stato il più felice della mia vita, e ho pensato che avremmo trascorso insieme altri magnifici momenti come quello, ma adesso sono terrorizzato dall'idea di essere arrivato alla conclusione sbagliata.

«...e spesso mi è ancora più complicato ammettere ciò che voglio davvero», continua Ella chiudendo gli occhi.

«Lo so...», le dico. «...E lascia che ti ripeta che mi puoi parlare di qualsiasi cosa, per quanto brutta possa essere».

Le sue palpebre si aprono e le pupille si contraggono appena incontrano la luce del sole. «Lo so e credo che... Credo che noi dovremmo solo...». La sua mano trema nella mia, finché non esplode dicendomi tutto d'un fiato: «Credo che dovremmo tornare a casa e fare un matrimonio normale insieme alle nostre famiglie». Poi serra le labbra e trattiene il respiro.

Rimango immobile, cercando di soffocare le risate, perché so che la farei incazzare, ma proprio non riesco a trattenermi. «Oh mio Dio». Per poco non soffoco, mentre mi tengo una mano sulla pancia. «Non riesco a credere che si tratti solo di questo».

«Micha!», mi riprende Ella dandomi un pizzicotto sul petto. «Smettila di ridere. Sono seria».

«Oh, so che lo sei», le rispondo sghignazzando, e più

continuo più lei si innervosisce, finché non decide di raccogliere il suo ingombrante vestito e allontanarsi per alzarsi. Con un movimento rapido le cingo la vita con le braccia e la faccio sedere di nuovo accanto a me. Ella si lascia cadere sul letto e io mi piego su di lei scansando i metri di stoffa che ci separano per avvicinarla. Mentre cerco di stringerla tra le braccia lei prova a sgattaiolare via, premendomi le mani contro il petto, ma io le afferro le braccia e gliele blocco sopra la testa.

«Non è divertente, Micha», mi rimprovera acida, ma è evidente che si sta sforzando con tutta se stessa di rimanere arrabbiata con me. «Stavo cercando di confidarti i miei sentimenti e tu mi sei scoppiato a ridere in faccia».

«Lo so, hai ragione, scusa», replico, cercando in ogni modo di non continuare a ridere. «Ma sei troppo adorabile...».

«Non sono adorabile e tu lo sai», mi riprende ancora accigliandosi.

«Ma lo sei quando mi dici che vuoi sposarti a casa, insieme alle nostre famiglie. Sei terribilmente adorabile», le spiego, e le avvicino le labbra alla guancia per baciarla teneramente. «Ti amo, e possiamo sposarci dove, come e quando vuoi, l'importante è che tu voglia sposarmi e non mi molli *un'altra volta* davanti all'altare».

«Scusa, è che sono stata presa dal panico», mi dice imbronciandosi.

Le mordicchio il labbro inferiore, perché la sua bocca è così deliziosa che è impossibile resisterle. «La prossima volta, però, parlamene. O almeno mandami un SMS». La bacio di nuovo e l'avvicino a me per guardarla negli occhi. «Basta che scrivi "S.O.S.", o qualcosa del genere, ok?»

«Affare fatto», risponde lei, ma sembra ancora nervosa.

Esito un attimo. «Sei sicura che si tratti solo di questo?».

Lei annuisce rapidamente. «Certo!».

Ma nei suoi occhi verdi c'è ancora qualcosa che non mi convince, la stessa ombra che li offuscava quando eravamo piccoli. Tristezza, e insieme paura e preoccupazione. Socchiudo la bocca per parlargliene, ma Ella inarca la schiena e preme le labbra contro le mie. La bacio distrattamente, ma appena lascio scivolare la lingua nella sua bocca tutte le mie preoccupazioni e la paura di perderla svaniscono in un istante.

Sono stato piantato in asso davanti all'altare, ma credo proprio che questo sia il miglior lieto fine possibile. Se solo riuscissi a convincere me stesso che non ci saranno altri scossoni durante il nostro viaggio insieme… Ma quello sguardo negli occhi di Ella e la sua decisione di tornare a casa per il matrimonio mi preoccupano. Ella mi preoccupa. Anche se i rapporti con il fratello e con il padre adesso sembrano buoni, a volte, quando Ella li chiama, uno di loro riporta a galla il passato e so che la cosa la scombussola. Però so che non vogliono farla soffrire. Devo ammettere che il padre è cambiato moltissimo, ma mi fa ancora incazzare il fatto che non abbia mosso un dito per evitare il peggio, per evitare che la figlia si sentisse talmente in colpa per la morte della madre da pensare addirittura di togliersi la vita.

Ma è migliorato, e devo ricordare a me stesso che se Ella può finalmente avere un buon rapporto con suo padre, è giusto che ce l'abbia. E anche lei la sta vivendo bene, ma lotta ancora per vincere la depressione e la continua paura di legarsi a qualcuno. La mia preoccupazione più grande è che dietro a quello che è successo oggi possa nascondersi proprio la sua paura di legarsi. Che stia solo prendendo tempo perché non si sente ancora pronta per sposarmi. E che forse in realtà lei non *voglia* sposarmi.

Capitolo 2

Ella

Cerco di rimanere più calma possibile davanti all'idea che sto per legare indissolubilmente il mio cuore e il mio futuro – ammesso che ne possa avere uno – a qualcun altro. Fare programmi a lungo termine, pensare a dove mi troverò e a cosa accadrà tra qualche anno non è mai stato il mio forte. Ho sempre allontanato dalla mente questo tipo di immagini, soprattutto per la paura di ciò che vedrò – di chi diventerò – e la maggior parte del tempo non faccio che pensare che io non meriti davvero un futuro. Ma non voglio essere una di quelle ragazze così terrorizzate dal proprio passato, da quello che sono e dalle proprie azioni, che non riescono ad andare avanti. Non voglio rimanere intrappolata in un mondo popolato solo dal disprezzo per me stessa. Voglio essere una persona forte, degna di essere amata, e rendere felice chi mi ama.

Pensavo di essere giunta a questa convinzione, ma poi tra la posta di ieri è comparsa quella scatola, che giaceva sul gradino d'ingresso come un presagio. Il mittente era un certo Gary Flemmerton, un nome che non mi diceva niente; ma il contenuto della scatola, invece, aveva un mucchio di cose da dirmi: c'erano degli oggetti che appartenevano a mia madre. La mia mente è stata travolta da un turbinio confuso di pensieri. Che alla fine mi hanno portato a fare una cosa davvero stupida. Non mi sono presentata al matrimonio, ho mollato Micha davanti all'altare, ma non perché non lo ami. Lo amo. Da morire. Ma sono confusa. A causa della scatola. A causa di ciò che contiene: il diario di mia madre, i suoi schizzi, le foto. La sua vita stipata in una scatola, che svela particolari che finora ignoravo, come ciò che disegnava o scriveva.

Dovrei essere felice di scoprire qualcosa in più su di lei. Ma per qualche ragione che non riesco a comprendere questa scoperta ha riportato a galla il passato e mi ha portato a interrogarmi sul futuro. Ho cominciato a chiedermi in che direzione stia andando la mia vita. Dove sarò tra cinque anni? Starò bene? Dove saremo Micha e io? Vivremo ancora a San Diego? Micha continuerà a suonare? Lavorerò ancora nella galleria d'arte, venderò i miei quadri? Micha mi amerà ancora? Saremo felici? Avremo dei figli? Quest'ultima immagine mi atterrisce. Non ho mai neanche considerato l'idea di poter essere una madre, e gli unici ricordi che ho della mia sono i momenti in cui mi prendevo cura di lei. Non voglio costringere i miei figli a fare una cosa del genere, a prendersi cura di me.

All'apice del panico pensando al futuro, ho cominciato a sentirmi in colpa per il fatto che io e Micha ci stavamo per sposare senza sua madre. Ho immaginato quanto ne sarebbe rimasta turbata, soprattutto perché è stata lei a spingerci a fidanzarci. E Micha alla fine l'avrebbe presa male, perché è così che reagisce quando qualcuno si sente ferito. In più, c'è quest'altra questione... So che può sembrare folle, ma vorrei che mia madre fosse accanto a me, quel giorno, anche se il solo modo perché questo sia possibile è sposarmi a Star Grove, dov'è seppellita.

Sono riuscita a radunare tutti questi pensieri nel tempo che Micha ha impiegato per tornare a casa, ma è stato solo quando l'ho finalmente visto che i nodi ingarbugliati che affollavano la mia mente si sono sciolti come d'incanto. Sto ancora cercando di fare ordine dentro di me, ma ho deciso di procedere un passo alla volta. Appena mi sono tolta l'abito da sposa e ho indossato una maglietta e un paio di jeans, ho cominciato a mettere in valigia tutto ciò che mi servirà per tornare a Star Grove e sposarmi lì. Ho riposto la scatola con il diario in un borsone, per leggerlo in un secondo momento, quando sarò in grado di sopportare quello che c'è scritto, insieme ai disegni di mia madre e alla fede che ho comprato per Micha.

«Credo che ci dovremmo sposare a Natale», ha annunciato Micha uscendo dalla cabina armadio con una borsa in mano. Si è tolto lo smoking e lo ha messo nella sacca nera con cui lo restituiremo al negozio dove lo ha noleggiato. Adesso indossa un paio di jeans scoloriti, una T-shirt scura, il suo orologio con il cinturino di pelle nera e un paio di anfibi. Per quanto fosse davvero sexy con lo smoking, lo preferisco così, così è il mio Micha. «È il giorno perfetto», aggiunge poggiando la borsa sul letto.

«Immagino di sì», commento pigiando il mio vaporoso abito da sposa nella valigia mentre cerco di chiudere la lampo. In realtà il vestito è di Lila. Me lo ha prestato dopo che ci siamo intrufolate in casa dei genitori e l'abbiamo preso dal suo armadio. Ho anche incontrato la madre, durante la nostra piccola incursione: quella donna sembra davvero una stronza. Ricordavo bene il giorno in cui Lila piombò a casa mia disperata e di colpo è diventato subito chiaro per quale motivo quella notte si presentò da me a Star Grove in lacrime. Sono passati pochi giorni da quando siamo passate dai suoi e Lila non ha più voluto parlarne, né io sono il tipo di persona che sollecita gli amici ad aprire il proprio cuore. «Ma davvero vuoi che il nostro anniversario di matrimonio coincida con un'altra festa?», ho chiesto a Micha.

«Adoro il fatto che tu ci stia già pensando». Micha lascia cadere il borsone da viaggio sul letto e mi dà un colpetto con il gomito per farmi spostare. Pochi secondi dopo la lampo è chiusa e il vestito è al sicuro nella valigia. «Però a Natale festeggiamo anche l'anniversario di fidanzamento», aggiunge abbassando lo sguardo sul mio anello. «Te l'ho dato quasi un anno fa».

Alzo la mano davanti agli occhi e la pietra nera scintilla alla luce del giorno, che ne fa risaltare i graffi, i segni e i piccoli difetti. La bellezza. La perfezione. Il significato. «Mi piace l'idea di un matrimonio natalizio, in realtà, a patto che non siamo sommersi da decorazioni pacchiane, come la slitta di Babbo Natale con tanto di renne e Dio solo sa cosa».

«Puoi avere tutte le decorazioni che preferisci», mi tranquillizza Micha, e intanto si mette in spalla la borsa con lo smoking e raccoglie i nostri bagagli. «Basta che mi sposi».

«Sei sempre così comprensivo, con me». Abbasso la mano lungo il fianco e sorrido, anche se l'ansia mi aggroviglia lo stomaco. «Affare fatto, allora. Vada per il matrimonio natalizio senza decorazioni natalizie».

Micha ha uno sguardo felice mentre mi abbraccia e mi bacia; poi usciamo nella fresca brezza dell'oceano e appoggiamo i bagagli accanto alla macchina di Micha, una Chevelle SS del '69. Micha corre di nuovo dentro casa per prendere le chiavi, perché le ha lasciate sul bancone della cucina. Mi fermo a fissare il grande Babbo Natale gonfiabile che mi saluta dall'altro lato della strada, o forse è solo il vento che lo fa ondeggiare. In realtà l'aria è quasi ferma, e non c'è nulla che ricordi il paesaggio invernale a cui non vedo l'ora di tornare. Star Grove. Casa. Il luogo in cui sono andata in mille pezzi e dove li ho rimessi insieme. Il luogo che racchiude tanti ricordi, felici o dolorosi che siano. Spero che ne valga la pena. Spero che non succeda nulla di brutto. Spero che questo viaggio alla fine porti solo del bene.

Per qualche motivo sono dubbiosa e più aspetto qui in mezzo alla strada, fissando Babbo Natale, più sento crescere l'ansia. Finalmente Micha esce di casa, seguito subito appresso da Lila, che lancia la sua valigia giù per i gradini d'ingresso e sul vialetto. Micha mi bacia appena mi raggiunge, poi apre il bagagliaio e vi sistema la borsa di Lila.

«Pensi di chiedere a tuo padre di accompagnarti lungo la navata?», mi chiede Lila con voce allegra mentre Micha prende la mia valigia.

Micha la carica nel bagagliaio e si volta verso di me, curioso di sentire la risposta.

«Non ci sarà nessuna navata». E mio padre non mi accompagnerà all'altare: la sua presenza al matrimonio mi lascia indifferente, ma non voglio che sia la persona che mi condurrà al traguardo, quando non mi è stato di alcun aiuto durante la maggior parte del percorso.

Lila si mette le mani sui fianchi e i suoi occhi azzurri mi lanciano uno sguardo di sfida: «Oh, ci sarà una navata, eccome, aspetta e vedrai».

«Credo che faccia sul serio, piccola», commenta Micha scoppiando a ridere.

Sto per dirgli di darci un taglio, quando Ethan esce di casa con il suo borsone, accecato dalla luce del sole. «Siete sicuri di non volere andare semplicemente a Las Vegas per sposarvi lì in gran segreto?», ci chiede con tono lamentoso mentre si avvicina e lancia il suo bagaglio a Micha. «Non mi va per niente di rivedere mia madre, mio padre o Star Grove... Mi stavo proprio godendo questa lontananza».

«Dài, tesoro. Lasciali fare. Meritano uno splendido matrimonio, e non una cerimonia qualsiasi in una squallida cappella finta». Lila gli accarezza dolcemente il petto con una mano e si alza sulle punte per dargli un bacio sul collo. Poi gli sussurra qualcosa all'orecchio e giocherella con i suoi capelli.

Devo ammettere che sono proprio una bella coppia, soprattutto da quando Lila ha cominciato a vestire grunge. Ha i capelli biondi lunghi fino al mento, con delle ciocche nere che si accordano perfettamente ai capelli di Ethan. Indossa un paio di jeans e una canottiera che non ricordano neanche lontanamente tutti i vestiti firmati che era solita mettere quando vivevamo insieme. Il suo nuovo stile si accorda all'aspetto scanzonato di Ethan: la camicia a scacchi, i jeans scoloriti e le sneaker che ha adesso probabilmente sono gli stessi che portava a sedici anni. E poi Lila è proprio dell'altezza perfetta per rannicchiarsi contro il suo petto. Guardandoli adesso, immersi nella luce del sole e con la mia casa alle spalle, mi viene una gran voglia di far loro un ritratto.

Dopo un sacco di baci e paroline dolci all'orecchio, Lila riesce finalmente a convincerlo a smettere di lamentarsi, e Ethan ammette a mezza bocca che l'idea di Las Vegas è ridicola e Micha e io dovremmo sposarci a Star Grove.

«Non abbiamo molto tempo per i preparativi, appena una settimana», dichiara Lila inforcando gli occhiali da sole. «Se vogliamo un matrimonio come si deve, almeno, con decorazioni, fiori, damigelle, smoking e invitati. Dio, vorrei che avessimo più giorni per pianificarlo».

«E io invece non vorrei che ci perdessi tanto tempo», replico, e quando lei si acciglia sospiro. «Scusa, è che questa roba non mi appassiona». Mentre giro intorno alla macchina per raggiungere il sedile del passeggero, faccio scorrere un dito sui graffi e le piccole ammaccature che intaccano la vernice nera della Chevelle, quelli che Micha ha provocato andandosi a schiantare di proposito contro un cumulo di neve.

Micha apre la portiera del conducente e fa un passo indietro per permettere a Ethan di raggiungere il sedile posteriore. «Non mi interessa che tipo di matrimonio faremo», dice. «Mi interessa solo che Ella sia lì con me. In realtà non abbiamo neanche bisogno di vestiti o smoking. Potremmo persino sposarci nudi nel mio giardino di casa e sarebbe perfetto lo stesso», aggiunge ammiccando verso di me attraverso il tettuccio della macchina. «Io sono felice solo se stiamo insieme, e il fatto di essere nudi non sarebbe che un valore aggiunto».

Lila ridacchia mentre china la testa e si siede accanto a Ethan. Raddrizzo il sedile, entro in macchina e chiudo la portiera, poi abbasso l'aletta parasole per proteggermi dalla luce accecante.

Micha sistema il sedile del conducente, prima di chiudere la portiera e avviare il motore. «Allora, siete pronti?». Lancia un'occhiata a tutti e tre, ma quando alla fine il suo sguardo si posa su di me capisco che l'unica risposta che gli interessa è la mia.

Esito per un istante e lui nota la mia incertezza, tanto che il volto gli si offusca. Ho la gola secca, ma riesco lo stesso a dire: «Certo!», anche se la voce mi trema un po'.

«Bene allora». Mi rivolge un sorriso un po' forzato, poi fa inversione e si avvia verso l'autostrada, verso casa, dove tutto è cominciato. Dove io e Micha ci siamo conosciuti, parlati, divertiti, baciati, innamorati, dove abbiamo ballato, dove ci siamo detti "Ti amo".

Dove la nostra storia ha avuto inizio.

Percorriamo la buia e desolata autostrada per ore, la luna è una sfera splendente nel cielo scuro e gli alberi ai lati della strada sono solo silhouette indistinte. Lo stereo è acceso e Ethan sta russando sul sedile posteriore, contro il poggiatesta, mentre Lila dorme sulle sue gambe. Ho il blocco da disegno aperto davanti a me, in grembo, e una matita in mano.

Durante queste vacanze di Natale dovrei lavorare al mio book, in previsione del diploma di maggio. Ancora non sono sicura di cosa farò una volta presa la laurea di primo livello, ma avrà sicuramente a che fare con l'arte. A essere sinceri, fosse per me starei tutto il giorno con Micha, ad ascoltarlo cantare, mentre intanto disegno ciò che racchiude un significato profondo per me, ciò che mi emoziona. Non vorrei disegnare solo per vendere i miei lavori. Certo, se ci riuscissi sarebbe una buona cosa, ma ho paura che se lo facessi per professione la mia passione creativa ne potrebbe risentire.

Ora tutte le pagine del mio blocco sono bianche, o occupate da disegni incompiuti perché non mi ispiravano più e li ho lasciati a metà. Dovrebbe essere pieno di lavori che esprimano quello a cui tengo davvero, che permettano alle persone di percepire l'emozione, che raccontino storie travolgenti che vengono direttamente dal cuore. Mi sembra di non riuscire a trovare la giusta prospettiva e che tutto ciò che comincio alla fine sia innaturale, artificioso. Chissà se anche mia madre si sentiva così.

«Ancora non so se dire a mamma che per poco non ci siamo sposati senza di lei», dice Micha intrecciando le dita alle mie, e questo contatto improvviso mi riscuote dai pensieri in cui ero immersa e mi fa sussultare, cogliendo di sorpresa sia me che lui.

«Tutto ok?», mi chiede. «Sembri distratta».

«Sì, sto bene... Secondo me è meglio di no». Metto giù la matita e chiudo l'album intonso, anche perché è troppo buio per disegnare, poi lo poso ai miei piedi. Mi stropiccio gli occhi stanchi e inclino la testa da una parte, verso il finestrino: guardo le stelle scorrere via scintillanti, cercando di non pensare al diario nascosto in valigia, nel bagagliaio. Il diario e i disegni di mia madre. Che non potrà essere al mio matrimonio. Ho voglia di gridare a me stessa che questa cosa non dovrebbe ossessionarmi. È stata a malapena presente quando era viva, che importa se non ci sarà quando mi sposerò? Eppure, per qualche ragione, importa.

«Che c'è, piccola?», mi incalza Micha guardandomi di sfuggita. «Hai paura che mia madre vada su tutte le furie?». Poi mi lascia la mano e si scosta una ciocca di capelli biondi dagli occhi turchesi, così meravigliosi che neanche il buio riesce a oscurarli.

«Io non ho mai paura», lo rassicuro mentre intreccia di nuovo le sue dita alle mie, infondendomi un immediato calore. «Sono solo preoccupata che possa andare su tutte le furie, piangere e fare qualcosa di imbarazzante».

Micha ridacchia sommessamente e mi bacia con dolcezza le nocche, facendomi palpitare il cuore. «Quindi sei preoccupata che le cose possano farsi imbarazzanti, eh?». Il suo piercing al labbro mi graffia leggermente la pelle mentre allontana la bocca, poi Micha sposta la mano sulla leva del cambio senza sciogliere mai le sue dita dalle mie. «Non c'è nient'altro che ti impensierisce? Neanche il fatto di dover dire davanti a tutti gli invitati per quale motivo mi ami?».

Mi giro verso di lui attonita. «Di che cosa stai parlando?»

«Delle nostre promesse di matrimonio», risponde. «Te ne sei dimenticata?».

Mi volto di nuovo verso il finestrino per nascondere l'aria colpevole. L'arrivo della scatola e il panico per il matrimonio me ne hanno fatto completamente dimenticare. Quando Micha ha pensato che sarebbe stato bello se avessimo scritto le promesse che ci saremmo scambiati durante la cerimonia, ho accettato perché tanto avremmo dovuto esserci solo io, lui, Lila, Ethan e il prete. Sapevo che le mie parole non sarebbero mai state romantiche come le sue. Il ragazzo se la cava maledettamente bene, quando si tratta di scrivere canzoni, poesie o lettere. Ma non si può certo dire lo stesso di me, soprattutto quando ho a che fare con un argomento difficile come i miei sentimenti. Sono un vero disastro ad aprire il mio cuore, tranne quando posso farlo con l'arte. E se me la cavassi mostrando alcuni suoi ritratti?

«Te ne sei dimenticata, vero?». Micha scoppia a ridere e il suo volto è così felice che mi ferisce il cuore, perché dovrei esserlo anch'io. E lo sono, per lo più, ma c'è ancora qualcosa che mi angoscia, come il diario, le promesse, il futuro, cosa diavolo voglio fare nella vita…

Serro le labbra e incontro il suo sguardo. «Forse potrebbe essermi sfuggito di mente, ma non perché non ti amo».

«Lo so».

«Sì, però…». Sospiro. «Sono proprio una stronza».

Micha si abbandona a una risata ancora più fragorosa e con una mano raddrizza il volante, appena la macchina piega verso l'altra corsia. «Non sei una stronza», mi rassicura accarezzandomi le nocche con il pollice. «E non dobbiamo scrivere per forza le nostre promesse di matrimonio, se tu non vuoi. Il fatto di sposarti mi rende già così felice!».

«A volte sei così sdolcinato», lo punzecchio, inspirando tremante. «Ma io voglio che le scriviamo». Sto mentendo spudoratamente, ma voglio renderlo felice… Merita di esserlo. E in questo modo posso fare la sua felicità.

Micha inarca un sopracciglio, scettico. «Sei sicura?».

No. «Certo, sicurissima». La mia voce è leggermente

strozzata, ma non credo che se ne sia accorto. Mi sento male, e non posso farci niente. Non sono mai sicura. Divento nervosa quando arriva il momento di prendere una decisione importante e questo mi fa esitare ogni singolo istante. Fosse per me, non vorrei essere così, ma non possiamo sempre avere il controllo su quello che siamo.

«Vada per le promesse, allora!». Il suo sorriso mi rattrista. Vorrei essere altrettanto raggiante. Ma a volte mi sembra impossibile, per quanti sforzi faccia.

Finalmente mi addormento, da qualche parte tra la rampa di uscita e il ponte che si allunga sul lago che lambisce Star Grove, lo stesso ponte da cui per poco non mi sono buttata la notte prima della mia fuga a Las Vegas. Quando riapro gli occhi, stiamo accostando di lato alla vecchia casa di Micha, che confina con la mia. Il sole sta sorgendo dietro le montagne che circondano la nostra piccola città e una soffice neve imbianca i prati intorno a noi. Si gela, qui, tanto che le strade e i marciapiedi scintillano di ghiaccio. Luci natalizie bianche, verdi e rosse lampeggiano dalle facciate di alcune case del vicinato, ma la maggior parte di esse sono decorate solo con vecchie carcasse di auto e spazzatura. All'angolo della strada c'è un ragazzo che sono quasi sicura stia spacciando, e all'improvviso un tizio comincia a urlare a squarciagola contro la moglie, che si precipita come una furia sul marciapiede di fronte a noi in pigiama.

«Bentornati a casa», mormora Micha sbadigliando e stiracchiando le braccia sopra la testa.

Sbadiglio anch'io, coprendomi la bocca con una mano. «Avresti dovuto permettermi di darti un po' il cambio. Sembri davvero esausto».

«Lo sono», risponde spegnendo il motore. «Ma avevo

già messo in conto di schiacciare un pisolino solo dopo aver fatto una doccia con te». Sul suo volto lampeggia un sorrisetto malizioso, poi estrae le chiavi dal quadro della macchina. «Solo allora sarò abbastanza stanco da addormentarmi come un bambino».

«Ehi, coso, chiudi quella boccaccia», mugugna Ethan con una faccia disgustata. Ha i capelli schiacciati da una parte, dal lato della testa che era appoggiato al finestrino, e le braccia tatuate stringono Lila, che ancora dorme rannicchiata contro il suo petto.

«Ma non ci rompere le palle», lo azzittisco io slacciandomi la cintura di sicurezza. «Resterò traumatizzata a vita, dopo quello che è successo ieri».

«Perché, cos'è successo?», chiede Micha aprendo la portiera e lasciando entrare una ventata di aria gelida.

Ethan mi lancia un'occhiataccia, ma io lo ignoro. «Quando sono tornata a casa dal lavoro», racconto, «dalla camera degli ospiti venivano dei rumori davvero imbarazzanti».

«Fico!», commenta Micha, ma poi sussulta quando gli do un pugno sul braccio. «Che c'è? Se ti fa sentire meglio, possiamo fare anche noi un sacco di rumoracci sotto la doccia, per vendicarci».

«No, vi prego», ci implora Ethan stiracchiando le braccia sopra la testa. «Vi ho già sentito abbastanza, dovrebbe bastarmi per tutta la vita».

«Ok, la cosa comincia a diventare davvero imbarazzante», borbotta Lila con gli occhi ancora chiusi. «Possiamo far finta per un momento che non ci è mai capitato di sentirci mentre facevamo sesso… o sesso telefonico?».

Adesso tocca a me uscire dalla macchina, visto che Lila sta raccontando a Ethan del giorno in cui io e Micha lo abbiamo fatto al telefono, quando io e Lila vivevamo ancora insieme e Micha era in tournée. Appena metto i piedi sulla neve fresca, sento Micha e Ethan che ridono e scherzano fino a restare senza fiato. Li ignoro, chiudo la portiera e mi giro su me stessa per raggiungere il bagagliaio, lasciandomi dietro una scia di impronte.

Per fortuna sono stata previdente e indosso gli stivali alti fino al ginocchio e un paio di jeans pesanti, altrimenti congelerei. Ma non ho messo il giaccone e ho raccolto i capelli in una coda di cavallo che lascia il collo esposto all'aria ghiacciata. Stringo le braccia intorno al corpo e mentre aspetto che Micha venga ad aprirmi il portabagagli mi fermo a fissare la mia casa, qui accanto.

Mio padre dev'essere uscito e rientrato, perché ci sono delle impronte fresche di pneumatici che attraversano su e giù il vialetto e la sua Firebird è parcheggiata vicino all'entrata sul retro, con i finestrini sbrinati. Accanto alla macchina c'è l'albero su cui Micha si arrampicava quasi tutte le notti per dormire con me. C'è stato un tempo in cui odiavo quell'albero, perché mi ci arrampicai la notte che mia madre morì, ma adesso, guardandolo, non posso fare a meno di sorridere, per tutte le volte che ha portato Micha da me.

«Piccola, dov'è il tuo giaccone?», mi chiede Micha affrettandosi nella mia direzione mentre si sfila il suo.

«Credo che sia in valigia». A stento riesco a distogliere l'attenzione dalla mia vecchia casa per prendere la giacca che mi sta porgendo e indossarla sovrappensiero. È così dannatamente bello da far perdere la ragione. Vorrei poterlo ritrarre tutto il tempo. E probabilmente me lo lascerebbe fare, se glielo chiedessi, dicendomi che appartiene a me e posso fare di lui ciò che voglio.

Inavvertitamente tocco l'anello di fidanzamento, appena mi rendo conto della forza e della realtà di questo pensiero. Ci apparteniamo. *Lui e io. Per sempre.*

Poggio lo sguardo sull'anello e allunga una mano per sfiorare con le dita la fascia intrecciata di diamanti che racchiude la pietra nera. «Ancora mi sorprende quanto tu stia gestendo bene la cosa».

«Cosa? Che siamo fidanzati?». Il mio corpo è scosso da brividi di freddo, o forse è il suo contatto a farmi questo effetto. Un ruga gli increspa la fronte mentre torna a fissare l'anello che porto al dito. «Che ci stiamo per sposare...». Alza lo sguardo sulla mia casa. «Qui, con tutti quanti».

Sento i muscoli irrigidirsi, ma faccio una battuta per allentare la tensione che sento crescere in me: «Dammi un paio di giorni e vedremo se la penserai ancora così. Magari non vorrai più sposarmi».

«Sai perfettamente che ci sposeremo, come me d'altra parte». I suoi occhi scintillano di desiderio e la voce si fa più profonda. «E sappiamo entrambi che tra pochi minuti ti scoperò sotto la doccia».

Le sue parole mi fanno formicolare tutto il corpo, in un turbinio di scintille incandescenti. «Giuro su Dio che certe volte sei la persona più arrapata del mondo».

«Naaa, sono solo un ragazzo perdutamente attratto dalla propria splendida fidanzata». Si china per darmi un bacio sulle labbra, prima di aprire il bagagliaio.

Afferro la valigia e faccio scorrere la tracolla sulla spalla. «Mi fai sempre troppi complimenti, lo sai?».

Micha si getta il borsone in spalla e sembra quasi si stia sforzando di non alzare gli occhi al cielo. «Non ti preoccupare, smetterò quando diventerai presuntuosa, ma dubito che accadrà mai». Poi tira fuori dal bagagliaio una grande sacca e la lancia dall'altra parte della macchina a Ethan, che la para di petto con un grugnito.

«Cristo, potevi avvertirmi!», dice Ethan con la borsa appesa al braccio.

Poi Micha prende il bagaglio di Lila, ne allunga il manico e lo posa sull'asfalto innevato. «Voi ragazzi dormirete qui, giusto?», chiede Micha a Ethan mentre chiude il baule.

Ethan scrolla le spalle, guardando Lila, che fa la stessa cosa. «Era quello che avevo in mente», dice lui cingendo con un braccio le spalle della ragazza, che si rannicchia contro il suo petto mentre si incamminano nella neve verso la porta sul retro. Micha e io restiamo fuori a finire di scaricare la macchina. «Sai che casa tua mi piace più della mia», continua Ethan.

«Solo perché mia madre ci lascia fare quello che ci pare», precisa Micha.

«Vero!», esclama Ethan di rimando.

Li seguiamo verso la porta laterale della casa, che è proprio di fronte al garage dove Micha passava tutto il tempo a rimettere in sesto la sua macchina e dove io lo andavo sempre a trovare perché era l'unico posto dove mi sentissi davvero a casa.

«Dio, Lila, questa borsa è pesantissima», commenta Micha trascinando la valigia dietro di sé, nella neve. «Che diavolo ci hai messo dentro?»

«Le solite cose», risponde Lila indispettita.

Ethan apre la porta ed entra in cucina. «Si porta sempre tutto dietro».

«Ehi», protesta Lila infliggendo una gomitata nelle costole a Ethan mentre entra in casa. «Sono migliorata un sacco, rispetto a prima!».

«Vero», concorda Ethan subito dietro di lei, mentre la porta con la zanzariera si chiude sbattendo.

«Tua madre è in casa?», chiedo mentre Micha arranca su per i gradini con il bagaglio di Lila.

Lui si stringe nelle spalle e apre la porta. «Può essere», mi risponde, e spinge la valigia nella cucina tenendo la porta aperta con il gomito. «Ma magari oggi aveva il turno di mattina, o forse è in giro con Thomas».

Infilo il pollice sotto la tracolla della borsa e mi fermo sulla porta. «Ma tu glielo hai detto, vero? Che saremmo venuti?». Entro in casa, nel tepore della cucina, e sbatto gli stivali sullo zerbino di fronte alla soglia. «E le hai detto anche perché siamo qui?». Sono così nervosa. Dannazione, devo darmi una calmata.

Micha scuote la testa e chiude la porta. «Ho pensato che potremmo farlo insieme».

Scruto la piccola cucina in cui ho mangiato tante volte, durante la mia infanzia; se non lo avessi fatto, probabilmente sarei morta di fame. «Be', sì immagino di sì...».

Micha si ferma accanto al tavolo. «Sempre che tu sia d'accordo».

«Sì, certo, per me va bene», lo rassicuro cercando di mettere a tacere le mie ansie. Ce la posso fare. Non fa poi così paura. Viviamo insieme da sei mesi. Diavolo, in realtà viviamo insieme da quando abbiamo quattro anni. «Dovremmo dirglielo insieme».

Annuisce, ma i suoi occhi turchesi mi fissano, come se stesse cercando di leggermi l'anima. Vorrei quasi che ci riuscisse, così mi potrebbe dire cosa gli ha rivelato, perché a volte stento a comprenderla.

Dopo alcuni istanti intensi in cui continuiamo a guardarci, Micha mi sorride e mi prende per mano. Mi conduce oltre lo stretto bancone, verso il corridoio che porta alla camera da letto. Lila e Ethan si dirigono dalla parte opposta della casa, dove c'è una piccola stanza in cui Ethan dormiva sempre quando eravamo piccoli.

Micha apre la porta della sua stanza con un calcio e io non posso fare a meno di sorridere, i ricordi vividi della nostra vita insieme mi travolgono: qui siamo cresciuti, abbiamo passato tante notti insieme, qui mi ha chiesto di sposarlo. Trattengo il respiro per un attimo, appena questo pensiero mi sferza il petto ancora una volta, come è successo ieri, quando avremmo dovuto sposarci. Il mio cuore accelera appena lancio un'occhiata alla finestra, pensando a quanto sarebbe facile scappare. L'ho già fatto una volta e potrei farlo di nuovo, ma nel profondo del mio cuore, sepolta sotto a tutta la mia ansia, c'è la consapevolezza che non voglio. Inspiro lentamente con il naso ed espiro con la bocca. Calma. Devo smettere di farmi prendere dal panico.

Il suo letto non è fatto, e probabilmente è così da quando siamo venuti l'ultima volta, un anno fa. Una chitarra e delle bacchette da batterista giacciono sul pavimento, di fronte all'armadio aperto, e sulle pareti ci sono i poster delle sue band preferite, accanto ai miei disegni. Alcuni vecchi vestiti sono impilati su una sedia vicino alla finestra che si affaccia sul giardino di casa mia e sull'albero spoglio che si allunga fino alla finestra della mia vecchia stanza. La camera ha il suo stesso odore, come se il profumo che indossa avesse impregnato le fibre della moquette. Una fragranza semplice che ho sempre amato, in grado di infondermi un immediato benessere, anche nei momenti più bui. Forse mi basterebbe restare qui respirando a fondo, per dimenticare cosa è nascosto nella borsa che porto in spalla.

Micha getta il suo bagaglio sul materasso e si gira verso di me strofinandosi le mani. «Pronta per la nostra doccia?», mi chiede con un ghigno diabolico.

Lascio cadere a terra il borsone. «Certo, dammi solo un minuto per tirare fuori i vestiti. Sono sepolti sotto all'abito da sposa».

Micha incrocia le braccia e mi guarda con apprensione.

«Sei sicura di stare bene? Sembri assente, e ti comporti come se non mi volessi tra i piedi».

Mi trincero dietro il più imperscrutabile dei sorrisi. Nel profondo so che riesce sempre a smascherare le cazzate che dico: «Sto benissimo». Gli poso le mani sulle spalle e gli bacio una guancia ispida. «Ma se proprio lo vuoi sapere, nel mio borsone ci sono dei baby-doll scandalosi che non voglio farti vedere, perché altrimenti mi costringeresti a indossarli subito, mentre io voglio tenerli da parte per la nostra prima notte di nozze».

Micha inclina la testa da una parte, scrutandomi mentre mi slaccia il giaccone. «Da quando hai dei baby-doll?». Me lo sfila, lo appallottola e lo lancia sulla cassettiera.

«Da quando Lila mi ha trascinato da Victoria's Secret per comprarli». Che poi non è lontano dalla verità. È successo davvero, ma mi sento proprio un'idiota a non vuotare subito il sacco a proposito del diario e dei disegni.

«Sai, Lila comincia a piacermi davvero. Ha un'influenza positiva su di te», commenta con uno sguardo furbo. Poi mi bacia con passione, lasciando scivolare la lingua nella mia bocca prima di scostarsi da me. «Se non mi raggiungi nella doccia entro cinque minuti, torno a prenderti nudo».

«Affare fatto», gli dico mentre esce dalla stanza con una maglietta rossa e un paio di jeans puliti in mano. Appena la porta si chiude, esalo un profondo sospiro e appoggio il borsone sul letto. Mi tremano le dita mentre lo apro, poi frugo tra le pieghe del vestito per raggiungere il fondo della borsa e prendere la scatola: l'indirizzo a cui rispedirla in caso di mancata consegna è di un certo Gary Flemmerton, nel Montana, ma non è lui che me l'ha mandata, almeno non stando al bigliettino che c'è dentro, e che è stato scritto dalla madre di mia madre – mia nonna. E la cosa non ha senso, perché non ho mai neanche parlato con lei, eppure si è presa la briga di scrivermi e mandarmi le cose di mia madre. È strano, ma allo stesso tempo mi sta facendo pensare cose che non voglio, che magari potrei andarla a conoscere, ma d'altra parte desidero davvero che entri nella mia vita?

Il biglietto è molto semplice e quando lo tiro fuori dalla scatola, e lo leggo di nuovo, la mia reazione è sempre la stessa: confusione.

Ella, so che non mi conosci e mi dispiace molto. Ci sono cose che probabilmente non comprendi, o magari sì, invece. Forse Maralynn ti ha parlato di me. O forse no. Ma non importa: in questi giorni sono andata in soffitta per fare un po' di ordine e ho trovato alcune sue vecchie cose. Ho pensato che ti avrebbe fatto piacere averle. Stavo quasi per tenermele, ma mi fanno soffrire troppo. Se non le vuoi, non devi conservarle per forza. Ho solo pensato che le avresti apprezzate.

La nota si chiude con la sua firma, scritta con una calligrafia perfetta e senza incertezze.

Ho incontrato mia nonna solo una volta: al funerale di mia madre. Non ci siamo dette niente, e neanche mio padre le ha parlato. È assurdo che mi abbia scritto il suo numero di telefono, come se fossi stata io a evitarla per tutti questi anni. Al funerale sarebbe potuta venire da me per dirmi qualcosa; invece, mentre il sacerdote faceva la sua predica sulla vita dopo la morte, si è seduta dall'altra parte della chiesa praticamente deserta. Credo che a un certo punto mi abbia rivolto un sorriso, ma non ne sono sicura, non ci ho fatto caso, perché in quel momento in me c'era solo il senso di colpa, che mi divorava il cuore e la mente. In più, per quel che ne sapevo, mia nonna non era una bella persona.

Credo che mia madre mi abbia parlato di lei solo cinque volte, in tutta la sua vita, e a quanto mi disse era una madre orribile: l'aveva sempre trattata come una nullità e l'aveva ripudiata, quando le aveva detto che avrebbe sposato mio padre. Immagino che mia nonna lo odiasse e ritenesse che non fosse degno di mia madre. E questo è praticamente tutto quello che so di lei, ma dal momento che non le ho mai parlato non ho mai potuto giudicarla da me. Eppure non so se voglio farlo. Quella donna è stata un'ombra nella mia vita. A essere sinceri, praticamente tutti sono stati un'ombra nella mia vita, eccetto Micha. Micha ha illuminato i miei giorni offuscati dalle tenebre. Sorrido tra me, pensando che dovrei inserire questa frase nelle promesse di matrimonio.

Mi rabbuio in un istante, appena mi rendo conto che dovrò davvero mettere per iscritto i miei sentimenti più intimi e profondi e che dovrò confessarli a tutti, dovrò aprire il cuore e l'anima davanti a degli estranei. E quando l'avrò fatto, Micha e io saremo marito e moglie. Lui sarà per sempre mio e io sua. Il solo pensiero mi fa venire le palpitazioni e il cuore mi martella nel petto. Saremo solo io e lui, per sempre, in ricchezza e in povertà, nella buona e nella cattiva sorte. Piantala. Tu lo ami.

Il pensiero del futuro che mi aspetta mi piomba addosso facendomi impazzire e io cerco con tutte le forze di scrollarlo via per concentrarmi sulla scatola.

Infilo le dita tra i lembi di cartone dell'apertura e li sollevo, poi prendo l'oggetto che stavo fissando quando ho cominciato a chiedermi se raggiungere o no Micha alla scogliera per sposarlo. È un quaderno con la copertina di pelle nera, leggermente scolorita, e dentro c'è la calligrafia di mia madre, che riporta i suoi pensieri, i sentimenti, la sua anima, che si riversa in tutte quelle pagine.

Apro il diario e mi lascio cadere sul letto. «"A tutti coloro che sono convinti di conoscermi: sappiate che non è così"», leggo ad alta voce mentre faccio scorrere le dita sulle lettere sbiadite. È solo la prima pagina, ma rileggere questa frase mi fa venire la pelle d'oca. È tutto ciò che ho letto, ma già mi sembra abbastanza. Eppure non lo è. Ho sempre voluto conoscere meglio mia madre, la donna che non mentiva, che non aveva attacchi di panico, che sorrideva, rideva, scherzava. Mentiva anche in queste pagine? Perché ci tengo tanto a saperlo? Ciò che è fatto è fatto. Lei non c'è più e questo diario non la riporterà certo in vita. Eppure per me è importante.

«Ella». La voce di Micha mi spaventa a morte e mi fa chiudere di colpo il quaderno in un sussulto.

È in piedi sulla soglia, completamente nudo, come aveva minacciato di fare. Il suo addome è asciutto e scolpito, lungo le costole sono tatuati i versi della sua prima canzone, dedicata a me: "Sarò sempre con te, per tutto il tempo. Nei momenti difficili e in quelli senza speranza, nell'amore e nel dubbio".

Poso il diario sulle gambe e mi copro la bocca con una mano: «Oh mio Dio, ma tu sei nudo!».

«Non ti scandalizzare, signorina». Entra nella stanza e i suoi muscoli guizzanti mi fanno avvampare.

«E se Ethan e Lila ti vedessero?», gli chiedo abbassando la mano sulle gambe.

«Allora mi avranno visto», ribatte con gli occhi incollati a me, mentre chiude la porta. «Ti avevo detto che sarei venuto a prenderti nudo se non fossi arrivata entro cinque minuti». Poi ruota il polso, come se leggesse un orologio che in realtà non indossa. «Be', sono passati».

Incrocio le gambe, perché vederlo così mi fa venire voglia di sdraiarmi sul letto e spalancare le gambe per farlo entrare dentro di me. «Stavo venendo».

«Oh sì, verrai tra poco, stanne certa». Un sorrisetto malizioso gli attraversa il volto, ma svanisce subito, appena si accorge della scatola accanto a me e del diario sulle mie gambe. «Che cos'è?».

Mi mordo il labbro sentendomi in colpa. Ancora non gliene ho parlato perché so che si preoccuperà delle conseguenze. Ma non voglio mentirgli, ora che me l'ha chiesto. «L'ho ricevuta con la posta di ieri. È una scatola piena di cose… cose di mia madre».

I suoi occhi si spalancano e le labbra si schiudono per la sorpresa. «Cosa? Da parte di chi?».

Prima di rispondere tamburello un dito sull'etichetta. «Be', c'è l'indirizzo di un certo Gary Flemmerton, ma la scatola contiene anche un bigliettino… di mia nonna… la madre di mia madre».

«Ok. Ma tua madre non diceva che era una persona meschina?», mi chiede cauto.

«Sì, grosso modo». Accarezzo la copertina del quaderno con il mento infossato nel petto. «Ma a volte mamma mentiva…».

Micha si avvicina e si siede sul letto, accanto a me. Poi mi solleva il mento con un dito, in modo che possa guardarlo negli occhi. «Ti va di parlarne?», mi chiede preoccupato. Mi fa sentire a casa, in pace, in accordo con tutto, anche con le cose brutte.

«Ora non posso», gli rispondo, e quando lo vedo accigliarsi aggiungo: «Ma non perché non voglia, è solo che non ho ancora dato neanche un'occhiata a queste cose e non saprei di cosa parlare».

«Vuoi guardarle adesso? Insieme a me?», mi domanda comprensivo.

«Non ora». Inspiro lentamente all'idea di leggere i pensieri di mia madre, angosciata da quello che riveleranno o meno. Chi era? Un tempo era come me? «Però lo farò…

Ho solo bisogno di elaborare tutto questo un passo alla volta».

Annuisce, ma sembra ancora a disagio, mentre allontana il dito dal mio mento e posa la mano in grembo. «Ma chi è questo Gary? Perché ti ha mandato questa roba così all'improvviso? E poi perché l'ha fatto per conto di tua nonna?»

«Non ne ho idea, ma questo è il biglietto». Prendo dalla scatola il pezzetto di carta scribacchiato e glielo porgo perché possa leggerlo con i suoi occhi. Dopo aver dato una scorsa al testo, Micha sembra ancora più perplesso, mentre lo appoggia sul comodino. «Quindi, mentre stava facendo ordine in soffitta, avrebbe pensato: "Ehi, magari potrei mandare alla nipote con cui non ho mai parlato una scatola con le cose di sua madre, o forse potrei chiedere a Gary di farlo"?»

«Magari Gary è il suo fidanzato, o qualcosa del genere...», mi chiedo stringendomi nelle spalle. «Non ne ho idea, visto che non le ho mai parlato».

Micha dà un'altra occhiata al biglietto, qualche ciocca di capelli biondi gli ricade sugli occhi mentre scuote la testa, preoccupato per me come solo lui sa essere. «È davvero strano. Voglio dire, come hanno fatto ad avere il nostro indirizzo?»

«Buona domanda». Aggrotto la fronte e serro le labbra mentre volgo lo sguardo verso la casa a due piani in cui sono cresciuta, qui accanto, così carica di ricordi tristi e dolorosi. La neve cade e si posa sul tetto malridotto, in cui ormai mancano la metà delle tegole. «Forse è stato mio padre».

«Certo, ma non avrebbe dovuto avvertirti?».

Scruto Micha dubbiosa, perché non mi sarei aspettata una cosa del genere da mio padre. «Anche se mio padre è migliorato, negli ultimi tempi, si comporta ancora in modo strano, quando si tratta di mia madre o del passato... Tra l'altro non lo sento più o meno da una settimana». Mando giù a stento il nodo che mi opprime la gola. «Ma glielo chiederò a breve».

Micha mi guarda raggiante, come se fosse orgoglioso della maturità con cui sto affrontando il problema, senza fuggire. Mi fa capire che sono matura, che non devo scappare da lui e dal matrimonio, per quanto il mio istinto primario sia quello di darmela a gambe levate. È quello che ho sempre fatto: fuggire quando le cose si fanno troppo difficili, troppo coinvolgenti, troppo complicate. Mi sono comportata così per un sacco di tempo, ma finalmente sono riuscita a venirne a capo e voglio continuare a percorrere questa strada.

«Vuoi che venga con te?», mi chiede Micha con occhi comprensivi.

Annuisco, appuntandomi una ciocca di capelli dietro l'orecchio. «Lo voglio».

Il suo sorriso si allarga. «Tieni bene a mente queste due parole. Tra poco le dovrai ripetere».

«Lo voglio», ripeto allegra mentre gli do una spallata giocosa che lo fa sorridere ancora di più. «Lo voglio, lo voglio, lo...». Di scatto Micha si avvicina a me e mi fa tacere con un bacio. All'inizio è dolce, e caldo, ma presto si fa più ardente e appassionato. All'improvviso le sue dita scivolano verso il lembo inferiore della maglietta e me la solleva sopra la testa. Appena la sfila e la getta via, le sue labbra tornano impetuose sulle mie e mentre si alza in piedi mi tira verso di sé. Poi mi solleva tra le braccia e mentre gli stringo le gambe intorno alla vita posso sentire la sua erezione che mi preme contro le cosce. È una sensazione meravigliosa, che mi infiamma il corpo di desiderio e soffoca tutti i pensieri negativi che ho in mente. Mi porta verso il soggiorno, e non mi interessa se Lila e Ethan escono dalla camera e ci vedono. Voglio solo stare con lui.

Quando entra in bagno, nella stanza risuona la musica che proviene dalle casse del suo iPod e l'acqua della doccia è aperta. Lo specchio è appannato dal vapore e subito l'umidità mi si attacca alla pelle, mentre Micha chiude la porta con un calcio e ci sigilla nel caldo soffocante del bagno senza mai smettere di baciarmi. Mi sussurra «Ti amo» sulle note di *The River*, dei Manchester Orchestra, e io faccio lo stesso, mentre mi divora con la bocca e con le mani. Il tocco delle sue labbra, la dolce melodia della canzone e il calore del vapore mi penetrano nella pelle e mi inondano di passione, di desiderio, di lussuria. Mi inondano d'amore.

Dio, a volte mi sento così amata da dimenticare persino come si respira.

Forse dovrei scrivere anche questo, nelle promesse di matrimonio.

Capitolo 3

Micha

Dio, ha fatto così tanta strada che a volte non posso credere sia la stessa persona con cui sono cresciuto. La Ella che conoscevo sarebbe scappata a gambe levate se qualcosa come il diario della madre fosse comparso all'improvviso davanti alla sua porta, ma questa Ella sta gestendo la situazione magnificamente. Anche se la amerei comunque – se scappasse, se fosse una moglie perfetta, o folle e impulsiva – il mio cuore è sempre più pieno d'amore per lei ogni giorno che passa, per come era, per come è e per come stiamo insieme, come coppia. Presto saremo marito e moglie. Prego Dio ogni giorno che succeda presto. Dentro di me so che lo diventeremo; è solo che mi sentirò molto meglio quando lei finalmente avrà detto «Lo voglio».

Con le mani percorro tutto il suo corpo, tocco la sua pelle perfetta, la pancia liscia, il collo profumato, e le assaporo le labbra mentre con la lingua esploro ogni millimetro della sua bocca. Ha un sapore fottutamente meraviglioso, sa di lucidalabbra alla ciliegia e menta.

Mi stacco per un attimo da lei, con una mano sulla sua schiena e l'altra che stringe una delle cosce intorno alla mia vita. «Che sapore hai?», le chiedo mentre Ella apre gli occhi sbattendo le lunghe ciglia.

«Eh... cosa?». Prende fiato frastornata, come se a stento

ricordasse dove siamo. «Gomma da masticare... credo... Perché?»

«Sai di ciliegia e menta». Le lecco le labbra e la faccio scendere a terra. «Sai di buono».

Ella si slaccia gli stivali e li scalcia via mentre le sbottono i jeans e glieli strattono lungo le gambe chilometriche. Indossa un paio di mutandine nere che a stento le coprono il sedere sexy e faccio correre un dito sul fiocchetto rosa cucito davanti. «Non le ho mai viste prima», le dico.

«Te l'ho detto», sussurra senza fiato. «Lila mi ha fatto comprare della lingerie indecente». Poi tira l'elastico che le trattiene i capelli e le ciocche ramate le ricadono ondulate intorno al collo, inumidite dal vapore della doccia.

Allungo le braccia dietro la schiena per slacciarle il reggiseno e le spalline le scivolano sulle spalle, liberandole i seni, che subito si inturgidiscono a contatto con l'aria. «Dio, sei così bella», le bisbiglio mentre guardo con passione le lunghe gambe e il corpo meraviglioso.

Ella scuote la testa, come fa sempre quando le faccio un complimento, ma prima che possa protestare mi chino su di lei e le succhio i capezzoli per metterla a tacere.

Il collo si inarca e la testa ricade all'indietro mentre affonda le dita tra i miei capelli, gemendo. «Micha...». Si scosta da me mentre le accarezzo un capezzolo con la lingua e le mie mani si avvicinano alle mutandine. Infilo un dito sotto l'elastico, le tiro giù e appena le arrivano alle ginocchia Ella le scalcia via. Con la bocca torno famelico sul suo seno mentre le mie dita si fanno strada sulla sua coscia nuda e dentro di lei.

«Oh Dio...». Le sue ginocchia cominciano a tremare, la schiena è appoggiata contro il bordo del lavandino. Muovo le dita dentro di lei e con la bocca percorro avanti e indietro i suoi seni, succhiandole i capezzoli e disegnando piccoli cerchi con la lingua. La sua mano mi accarezza la schiena, graffiandomi la pelle, e quando raggiunge le spalle si aggrappa a me stringendomi.

Continuo a baciarle i seni, a esplorarla con le dita, e lei sta per raggiungere l'apice, ma io voglio di più. Allontano la bocca dal suo capezzolo, le mie dita escono dal suo corpo e con le labbra le percorro la pancia, mentre le sue mani non hanno più l'appiglio delle mie spalle appena mi piego sulle ginocchia. La sento gemere quando le affondo il viso tra le cosce e faccio scivolare la lingua dentro di lei, con le mani che affondano nella carne sui fianchi. La assaporo finché non impazziamo entrambi e il suo corpo si irrigidisce inarcandosi. Ella ansima in estasi mentre si aggrappa al lavandino per restare in piedi.

Torna alla realtà in pochi istanti, ma io sono ancora duro e ho un bisogno disperato di entrare dentro di lei. Mi sfugge un gemito mentre mi alzo e le lecco le labbra prima di sigillare la mia bocca con la sua. Poi, alla cieca, guido entrambi verso la doccia e annaspo cercando di scansare la tendina. Allontano le labbra dalle sue solo per metterci sotto l'acqua, ma una volta dentro torno a baciarla con passione. L'acqua calda scorre sui nostri corpi e i polpastrelli raggrinziscono mentre ci esploriamo con le mani. Ci baciamo finché non restiamo senza fiato, finché il cuore non mi martella in petto, finché Ella non comincia a tremare in modo incontrollato e io affondo le dita nei suoi fianchi, la sollevo e con una spinta energica penetro dentro di lei.

Lei fa un respiro profondo, le braccia mi stringono le spalle e le gambe sono allacciate intorno alla mia vita, per accogliermi ancora di più. Scivolo leggermente fuori di lei e poi affondo di nuovo, con il braccio appoggiato alla parete della doccia. A ogni spinta, Ella si stringe sempre più a me, la sua schiena si inarca, il seno preme contro il mio petto.

«Ti amo», mi sussurra appena contro le labbra, con gli occhi chiusi, mentre i nostri corpi si muovono insieme.

«Ti amo anch'io», le dico stringendola a me, ed entrambi ci dissolviamo l'uno nell'altra.

Capitolo 4

Ella

Ho aperto il vaso di Pandora e non c'è modo di tornare indietro. Dopo essere uscita dalla doccia, ho cominciato a lavorare un altro po' al mio book, ma poi mi sono demoralizzata quando non ho sentito scorrere in me l'energia creativa, così ho deciso di leggere il diario di mia madre e adesso non riesco a smettere. Siamo qui da Micha da neanche un giorno e sono arrivata quasi a metà di questo dannato quaderno: la casa è troppo vuota e pacifica per distogliermi da queste parole.

Micha ha scoperto che stamattina sua madre era con Thomas, mentre adesso sta facendo il turno di notte alla tavola calda, quindi non sarà di nuovo a casa prima di domani mattina. Abbiamo deciso di parlarle quando tornerà a casa, per annunciarle la novità. Micha e Ethan sono usciti un paio di ore fa per andare al supermercato per rifornire la credenza, che non era abbastanza piena per le loro «virili pance affamate». Parole loro, non mie. Lila intanto si sta facendo una doccia.

Sono seduta al tavolo della cucina e indosso un paio di jeans e una delle magliette di Micha. Fa freddo, perché sua madre tiene sempre i riscaldamenti al minimo per risparmiare. Ma è tipico di Star Grove: metà città vive in povertà, visto che tanto tempo fa ha chiuso la fabbrica che dava lavoro alla maggior parte dei suoi abitanti. Anche noi lo facevamo, a casa: a volte il riscaldamento era spento di proposito, altre volte no, quando dimenticavo di pagare la bolletta o non c'erano abbastanza soldi per farlo.

C'è una tazza di caffè davanti a me, insieme al diario. Le prime dieci pagine sono abbastanza normali, parlano del ballo di fine anno e del suo amore per l'arte, anche se le parole sono un po' malinconiche. Neanche sapevo che le piacesse disegnare, ma a giudicare dai pochi lavori nella scatola sembra che avesse talento. È stato bello leggere di quei giorni, ma poi le pagine hanno cominciato a incupirsi: l'indefinito sentimento di affetto che avevo provato scoprendo il suo lato artistico si è raffreddato, soprattutto quando sono arrivata alla parte che riguarda papà. All'inizio mia madre sembrava entusiasta di uscire con lui. Così entusiasta da sembrare su di giri. Ma poi l'entusiasmo è scemato in fretta, e mi ha fatto tornare alla mente tutti quei momenti in cui sembrava che stesse bene e l'attimo dopo era disperata.

Ormai non so più chi sono. È come se mi sentissi sempre spersa. Quando mi guardo allo specchio, la persona che vedo non è più quella di un tempo. Al posto degli occhi, ci sono due buchi neri. Al posto della bocca, due labbra cucite insieme. Non so cosa mi sta accadendo. Cosa è cambiato in me. Cosa mi fa sentire come se stessi cambiando pelle, trasformandomi in una donna diversa che non può neanche camminare senza fare uno sforzo immane. Se andrà avanti così, resterò a letto per sempre.

Fino alla morte.

Ma non posso farlo adesso. Ho delle responsabilità. Un figlio che sta crescendo nel mio ventre e un uomo che sposerò tra poche settimane. Sono terrorizzata e non è la vita che penso di volere. Ma non ho un altro posto dove andare e l'unica vera alternativa che ho è fosca quanto l'altra. Non avere un futuro è spaventoso, ma il pensiero di averlo a volte lo è altrettanto.

Mia madre scrisse questo brano quando aveva diciotto anni, poco prima di sposare mio padre. Non sapevo che fosse già incinta di mio fratello maggiore, Dean. I suoi pensieri mi atterriscono, soprattutto ora che sto meditando sul mio futuro e su quando diventerò madre. Ma non riesco a capire. Una volta mio padre mi ha detto che all'inizio lei era felice, ma se invece mia madre si sentiva così, a quale periodo si riferiva? Quand'era questo "inizio"? Nel diario dice che lo aveva conosciuto da appena sei mesi e già sembrava precipitare in quel buco nero di disperazione che mi è tanto familiare, per quanti sforzi possa fare per cambiare la mia vita. La verità è che soffro di depressione. E sarà sempre con me... con me e Micha. Ormai ne sono consapevole da tanto tempo, eppure stiamo facendo progressi insieme, e incrocio le dita ogni giorno che lui non arrivi mai a pentirsene.

Ma se invece lo facesse?

Tiro fuori un disegno ripiegato in fondo al diario insieme a una foto di mia madre: è su un letto, ha il mento appoggiato alle ginocchia e i capelli le ricadono sugli occhi verdi, che sembrano identici ai miei. Sorride, ma in questo scatto c'è qualcos'altro: è come se si stesse sforzando di sembrare felice, o forse era proprio così che appariva quando lo era davvero. Difficile a dirsi, per la maggior parte del tempo in cui l'ho conosciuta, lei sembrava spersa. Ma non in questa foto, anche se sembra una donna che ha già visto e compreso tutto. Mi chiedo se anche io ho questo aspetto.

Il disegno raffigura un vaso con una rosa solitaria dai petali spezzati e avvizziti, che si raccolgono ai piedi del vaso. Guardarlo mi ferisce il cuore, perché sono un'artista e posso immaginare in quale luogo oscuro l'avessero condotta i suoi pensieri quando l'ha realizzato, perché ci sono stata anch'io.

«Oh mio Dio, Ella, non posso credere che tu abbia appallottolato e ammucchiato il tuo vestito da sposa in un borsone da viaggio!», sbuffa Lila mentre irrompe in cucina con uno straripante ammasso di stoffa tra le braccia e una rivista arrotolata in mano. Indossa un paio di jeans tutti strappati e una T-shirt rosa, e i suoi capelli biondi e neri sono umidi. «Davvero, perché hai fatto una cosa del genere?»

«Scusa». Chiudo di scatto il diario, pentita di averlo aperto la prima volta. Forse non ero pronta per leggerlo. Forse avrei dovuto solo lasciarmi il passato alle spalle. Finora sono stata brava e ho anche portato a termine la terapia. Ma devo riuscire a capirla. Quando l'ho infilato lì dentro non ci ho neanche pensato.

Lila libera la gonna del vestito e stringendo il corpetto esamina la stoffa. «Adesso è tutto sgualcito». Arriccia il naso e giocherella con una delle rose nere ricamate sull'abito. «Dovremo – che so – appenderlo in bagno e sperare che il vapore lo stiri».

«Il bagno dovrebbe essere pieno di vapore, dopo la tua doccia», le dico mentre avvicino alle labbra il bordo della tazza. «Potresti appendercelo adesso».

«Sì, ed era già pieno di vapore dopo la vostra doccia», ribatte Lila alzando gli occhi al cielo e scacciando l'irritazione con una risatina. «Voi due e le docce… Non riuscirò mai a capirvi».

«Be', dovresti provarci, invece», le dico incapace di trattenere un sorriso mentre ripenso a Micha, alle sue mani, alla sua lingua che mi fanno impazzire. I pensieri foschi che il diario mi ha instillato nella mente si dissolvono come il vapore che sale dalla tazza, anche se sono quasi certa che torneranno appena riprenderò a leggerlo. «Non sai cosa ti perdi».

Lila appoggia il vestito allo schienale della sedia e si siede di fronte a me. «Forse allora anche io e Ethan dovremmo provare, qualche volta».

Tra noi cala il silenzio appena apre il giornale che aveva in mano, e io mi accorgo solo ora che si tratta di una rivista sui matrimoni. Siamo amiche da quasi due anni e mezzo, ormai, e a volte mi sembra ancora che ci conosciamo appena. Forse è per la mia incapacità di affrontare discorsi profondi, o perché a quanto pare amiamo entrambe custodire i nostri segreti.

«Quindi tra te e Ethan...», esordisco appoggiando la tazza sul tavolo, «...come vanno le cose?».

Lila si stringe nelle spalle, trattenendo un sorriso mentre sfoglia la rivista. «Bene, credo».

«Ma tu... lo ami?», le chiedo scimmiottando un'espressione svenevole. Non ho mai avuto amiche durante l'infanzia e l'adolescenza. Al contrario, sono sempre stata circondata da Micha e dai suoi amici, o da mio fratello e dai suoi amici, quindi a volte non mi viene naturale comportarmi da ragazza.

Lila abbassa la mano sul tavolo e incrocia le braccia. «Credo di sì».

«Credi...», la incalzo, «...o lo sai? Perché ho sentito dire che ne siete convinti entrambi...».

Lila aggrotta le sopracciglia. «Ethan ha detto a Micha che ci siamo detti "Ti amo"?».

Annuisco e bevo un altro sorso di caffè. «A volte lo fanno, lo sai. Si scambiano confidenze come due ragazzine».

«Be', dopotutto sono amici», commenta. «È normale che parlino di cose del genere».

Annuisco di nuovo e mi chiedo se debba confessarle la mia paura di scrivere e pronunciare ad alta voce le promesse di matrimonio, visto che non ne posso parlare con Micha. Lei potrebbe aiutarmi a venirne a capo. Forse. Anche se non credo che possa davvero aiutarmi a risolvere la mia paura di sposarmi, che potrebbe essere il vero motivo per cui non riesco a scrivere le promesse.

Ma prima che io possa aprire bocca, Lila si alza improvvisamente dalla sedia con un enorme sorriso stampato in faccia. «Per poco non me ne dimenticavo. Ti ho comprato un regalo».

«Perché?». Il mio volto si rabbuia. Nessuno mi ha mai fatto regali, a parte Micha, e non mi piace moltissimo riceverne.

«Per il tuo matrimonio, no?». Alza gli occhi al cielo come se fossi matta e si dirige verso la camera degli ospiti. Dopo pochi minuti, torna con un grande pacco rosa tra le mani. «Questo è per te, futura sposina», cantilena porgendomelo. «Stavo per dartelo ieri, ma... be', lo sai. È successo quello che è successo».

«Sì, lo so». Appoggio il regalo sul tavolo. «Ma giuro che non aveva a che fare con la mia paura di sposarmi. Davvero».

Lila si abbandona sulla sedia e appoggia i gomiti al tavolo. «E allora con che?»

«Varie cose...». Esito, e quando lei mi incalza con lo sguardo decido di farla entrare almeno un po' nella mia vita, soprattutto perché da poco ho scoperto che anche il suo rapporto con i genitori non è stato sempre felice, tutt'altro. «Sono solo preoccupata per il futuro».

Lila si adagia allo schienale. «Be', è normale, Ella. Lo sono tutti, soprattutto quando stanno per sposarsi e per cominciare una nuova vita con qualcun altro».

«Sì, penso tu abbia ragione. Forse dovrei solo cercare di rilassarmi». Ma persino quando pronuncio queste parole, non mi sembra possibile. Rilassarmi. Come no. È semplice quando sono tra le braccia di Micha o lui è dentro di me e tutto ciò che mi circonda – la vita – sembra inesistente. Ma quando sono sola, senza il suo conforto, sono più che consapevole di ciò che giace dentro di me, dei lati oscuri che potrebbero travolgermi di tristezza da un momento all'altro… Io potrei perdermi da un momento all'altro.

Sediamo in silenzio mentre soffici fiocchi di neve si sciolgono sulle finestre e lasciano sottili rivoli d'acqua sul vetro.

Alla fine Lila si tira su cercando di apparire allegra. «Ok, ci siamo depresse abbastanza. Adesso devi aprire il mio regalo».

Guardo con occhi sospettosi il pacco, poi lo apro: dentro c'è una scatola chiusa con un fiocco e circondata da carta velina. La appoggio sul tavolo, sciolgo il fiocco e sollevo il coperchio. Il primo oggetto in cui mi imbatto è una giarrettiera blu bordata di pizzo bianco. La prendo e me la giro intorno al polso.

«Sai che non va lì, vero?», mi prende in giro raddrizzando la schiena sulla sedia. «Così avrai qualcosa di blu».

«Quanto sei tradizionalista», commento scherzosa; Lila sorride mentre passo al secondo oggetto: un braccialetto d'argento con un cuore attaccato.

«E così avrai qualcosa di prestato», mi spiega. «Me lo restituirai appena la cerimonia sarà finita».

«È bello», le dico, anche se non è proprio nel mio stile. Ma lo apprezzo molto – il suo impegno, intendo. «Ma tu mi hai già prestato il vestito, pensavo che bastasse quello».

Lila scosta da una parte la rivista e incrocia le braccia sul tavolo. «Naaa. Quello puoi tenerlo, per avere anche qualcosa di vecchio. E comunque per me non racchiude altro che ricordi dolorosi».

«Sei sicura?», le chiedo.

«Certo che sì», mi conforta indicandomi la scatola. «Tira fuori il prossimo regalo e avrai qualcosa di nuovo da indossare».

Concentro di nuovo l'attenzione sul tavolo e prendo un pacchettino. Dentro ci sono due pezzetti di pizzo rosso, che tiro fuori e alzo davanti a me. «Dio, sono davvero da troia», commento passando le dita su quelli che sembrano dei copricapezzolo.

Lila ridacchia. «Da troia, ma divertenti».

Sospiro, affondo di nuovo la mano nella scatola e prendo un tanga di paillette. «E questo dovrebbe essere la parte di sotto del completino?»

«Può essere quello che preferisci», mi dice ironica. «Potrebbe anche essere per Micha».

Faccio una risatina nasale e appoggio il tanga sopra ai copricapezzolo. «Cosa sarebbe, un kit per la prima notte di sesso?».

Lila si stringe nelle spalle guardandosi le unghie. «Diciamo che sono andata in un negozio discutibile pieno di giocattoli sessuali e biancheria intima e ho chiesto ai commessi di preparare un kit con i migliori articoli per novelli sposini».

Mi sfilo la giarrettiera dal polso e la aggiungo al mucchietto. «Quindi anche tu non hai idea di cosa ci sia qui dentro?»

«Neanche una, io ho provveduto solo alla giarrettiera e al braccialetto. Ma sto morendo dalla voglia di scoprirlo!».

«Ok, adesso sono ancora più curiosa». Allungo le mani verso la scatola e prendo un altro oggetto, una specie di piumino per spolverare con il manico molto lungo. «E questo a che serve?». Accarezzo le piume con le dita e ho un fremito. «Fa il solletico».

Lila ridacchia ancora, arrotolando una ciocca di capelli intorno a un dito. «Credo serva proprio a quello», mi dice, così allungo il braccio sul tavolo e le solletico il viso. «Ehi, ma che diavolo...!». Ride scansando il piumino. «Non è per me, e sono abbastanza sicura che non sia pensato per fare il solletico in faccia».

«Potrebbe andare bene anche per te. Tu e Ethan potreste farci un giro». Ripongo il piumino sopra agli altri regali e mi avvicino all'ultimo oggetto, che si trova dentro a un'altra scatola stretta e lunga.

«Vuoi davvero andare fino in fondo?», mi chiede. «Sai che ci porterà a parlare della nostra vita sessuale, vero?».

Scrollo le spalle mentre sollevo il coperchio della scatola bianca e la inclino da una parte facendo cadere delle batterie. «Una volta mi parlavi sempre dei ragazzi con cui uscivi». Prendo le pile e mi gratto la fronte.

Il suo volto si fa serio e in un istante Lila sembra a disagio. «Sì, è vero, ma adesso non sto frequentando un ragazzo qualsiasi. Si tratta di Ethan, e in passato voi due non avete sempre avuto un rapporto idilliaco». Mi strappa di mano le batterie con un'aria incuriosita e uno sguardo strano sul volto.

«Sì, ma adesso va meglio tra noi, e comunque non ha importanza se io e Ethan andiamo d'accordo, puoi sempre parlarmene», la rassicuro infilando la mano nella scatola bianca. «Magari puoi evitare di scendere nei particolari...». La mia voce si affievolisce mentre estraggo l'ultimo oggetto. «Per l'amor di Dio, Lila! Vada per il kit erotico, ma questo!».

Il suo volto diventa di un rosso acceso quando scoppia a ridere, con le spalle incurvate in avanti. «Mi è venuto il dubbio che potesse esserci una cosa del genere, quando sono cadute le batterie».

Alzo davanti agli occhi un vibratore rosa con una strana protuberanza attaccata davanti, mordendomi un labbro per non ridere. Ma Lila continua a sbellicarsi e allunga un braccio sopra al tavolo per strapparmi il vibratore di mano. Poi inserisce le pile, chiude lo scomparto ruotando la base e quel coso comincia a ronzare. Scoppiamo entrambe a ridere quando Lila lo getta davanti a sé e il tavolo comincia a vibrare.

«Be', dev'essere una bomba!», commenta con le lacrime agli occhi e il corpo scosso dai singulti.

Sto ancora ridendo quando le chiedo: «Chi ti ha preparato il pacco, un ragazzo o una ragazza?»

«Un ragazzo», risponde lei, dando un colpetto con la punta di un dito al vibratore per evitare che cada dal tavolo. «Ma è un aggeggio striscian...». Lila balza all'indietro appena la porta sul retro si spalanca. I fiocchi di neve turbinano in casa appena Micha e Ethan si trascinano dentro con i sacchetti della spesa.

Lo sguardo di Micha cade sul vibratore, sul mucchietto di pizzo e paillette e sul piumino, e le buste gli cadono immediatamente di mano appena scoppia a ridere. «Cosa diavolo ci siamo persi?». Si aggrappa al bancone della cucina, per tenersi in piedi, perché le ginocchia gli tremano dalle risate.

Ethan invece è in piedi davanti alla porta sul retro, con lo sguardo perso, come se non riuscisse a capire cosa diavolo stavamo facendo.

Lila intreccia le dita mentre torna ad appoggiarsi allo schienale della sedia. «Stavamo facendo un giochetto...».

«Che giochetto?», la incalza Ethan, e l'espressione confusa è subito soppiantata da uno sguardo perverso. «Vediamo chi riesce a ficcarlo più...».

Lila lo mette a tacere afferrando il vibratore e lanciandolo attraverso la stanza. Quell'aggeggio sibila a un millimetro dalla testa di Ethan e si schianta contro la porta, continuando a ronzare. «Non ti azzardare a finire la frase, Ethan Gregory».

Un improvviso silenzio cala tra di noi, poi scoppiamo tutti a ridere a crepapelle. E continuiamo finché Micha non raccoglie il vibratore e lo spegne. Il ronzio si interrompe e Micha appoggia quell'aggeggio sul tavolo, di fronte a me, e mi fa l'occhiolino mentre va a recuperare la spesa.

«Allora, stavamo pensando di organizzare una festa», annuncia appoggiando le buste sul bancone.

Faccio una smorfia mentre ripongo nella scatola il vibratore, la biancheria sexy e il piumino. «Davvero?».

Micha tira fuori dalla busta una scatola di cereali. «Sarà una specie di addio al celibato-barra-nubilato».

«Non dovremmo festeggiare ognuno per conto proprio?», chiedo accantonando i regali.

«E con gli spogliarellisti, anche», aggiunge Lila, e Ethan le lancia uno sguardo strano mentre si sfila la giacca e la appende accanto alla porta sul retro.

«Sì, dovremmo, ma preferirei festeggiare con te», insiste Micha. «E potrai sempre spogliarti, quando sarà finita. Mi piace molto di più come idea».

«Evita di scendere nei particolari», lo riprende Ethan con un sospiro di frustrazione mentre solleva le sue buste sul bancone. Micha lo guarda di traverso e poi si rivolge di nuovo a me. «Allora, ti va?»

«Di fare una festa?», gli chiedo. «Perché no».

«"Perché no"?», mi domanda mentre ripone i cereali nella credenza. «Non dobbiamo farlo per forza se non vuoi».

«No, va bene. È un'idea carina». Mi alzo dalla sedia e attraverso la cucina per raggiungerlo. Sbarro il passo a Ethan, che invece si sta muovendo verso Lila. Le sussurra qualcosa all'orecchio, insieme si avviano verso la camera degli ospiti e Ethan borbotta che torneranno tra poco.

Comincio ad aiutare Micha a sistemare la spesa e metto a posto del cibo in scatola nella credenza. «Chi pensi di invitare alla festa?», gli chiedo.

Lui si stringe nelle spalle e apre il frigo per mettere via

una bottiglia di latte. «Giusto le persone con cui uscivamo. Quelli che vivono ancora qui, per lo meno».

Chiudo la dispensa e mi appoggio con i gomiti al bancone. «Cioè praticamente tutti, immagino», mormoro, sospirando tra me. «Pensi di suonare, durante la festa?».

Micha chiude lo sportello del frigo con il piede e torna alle buste della spesa. «Tu vuoi che io suoni?».

Rivolgo lo sguardo al pavimento. «Se lo vuoi tu».

Si ferma e io continuo a fissare il linoleum per terra, finché i suoi stivali non entrano nel mio campo visivo; quando alzo il mento incontro i suoi occhi. «Che c'è?», gli chiedo appena mi fissa con uno sguardo sospettoso.

«Come "che c'è"?». Micha mi si para davanti, con il giaccone ancora punteggiato di goccioline di acqua. «Questa cosa ti preoccupa e voglio sapere perché».

«Non mi preoccupa», comincio a protestare, ma lui mi punta con uno sguardo apprensivo. «È solo che sarà la nostra prima festa come coppia».

«E...?»

«E per quello che ne so a queste feste ci sono un sacco di persone... e di ragazze...». Cerco le parole giuste, che non mi facciano sembrare una stronza gelosa, ma non riesco a trovarle, così decido di arrivare dritta al punto: «...di ragazze con cui hai scopato».

Micha fa una smorfia di sorpresa, ma si riprende subito. «Lo so, ma è successo parecchio tempo fa. Quello che conta davvero è che io scoperò *te* alla fine della serata, ancora e ancora e ancora... E ti scoperò ogni notte per il resto della tua vita». Mi rivolge un sorrisetto provocante e io gli do uno schiaffo sul torace.

«Che c'è?», mi dice con voce innocente, trattenendo la mano sul suo petto. «Preferiresti che dicessi "farò l'amore con te"?», mi chiede, e con il pollice sfiora dolcemente l'anello. «Perché possiamo fare anche quello, sai?». Con un rapido movimento, fa scivolare la mano da un lato, mi afferra un fianco e mi fa girare su me stessa. Si appoggia alla mia schiena e si stringe a me, mentre io mi sorreggo al bancone.

«Dipende solo da te». Il suo respiro mi accarezza l'orecchio, poi Micha scosta la bocca per mordicchiarmi il lobo.

Ho un brivido e con il petto sbatte contro la mia schiena mentre scoppia a ridere. «Ovviamente se facciamo l'amore il vibratore non ci servirà a niente», dice.

«È un regalo di Lila».

«Sembra divertente», commenta con voce roca.

«Divertente per me o per te?», scherzo io.

I suoi capelli mi solleticano il collo mentre piega la testa verso di me e inspira profondamente. «Prendilo e lo scoprirai molto presto».

«Forse è proprio quello che voglio». Mi mordicchio il labbro trepidante, in attesa di una sua reazione.

Lui rimane interdetto e lo sento muovere i fianchi, dietro di me. «Lo giuro su Dio, tu mi farai morire». Le labbra di Micha mi sfiorano il collo, leggere come una piuma, e con i fianchi si struscia su di me prima di allontanarsi per tornare a mettere via la spesa.

Lo vedo lanciare un paio di sguardi al diario chiuso sul tavolo, ma non dice nulla. In realtà, ho deciso di rispondere alle sue domande, ma esita perché sa che è meglio se sono io a sollevare l'argomento.

«Ne ho lette alcune pagine», gli confesso mentre mi alzo sulle punte per riporre una scatola di fagioli sul ripiano più alto.

«E com'erano?», mi chiede come se niente fosse mentre rovista nell'ultima busta.

Con un saltello mi metto a sedere sul bancone, con le gambe a penzoloni. «Intense».

«Quanto intense?».

Mi stringo nelle spalle. «I suoi pensieri erano molto tetri e ho scoperto che era incinta di Dean quando ha deciso di sposare mio padre».

Micha si sposta davanti a me e mi fa aprire le gambe per potersi avvicinare di più. «Davvero?».

Annuisco, stringendo le ginocchia sui suoi fianchi. «E aveva paura».

«Di diventare madre?». Stringe le mani sulle mie cosce.

«E del futuro». Sento le lacrime pungermi gli occhi. Queste parole hanno toccato un nervo. Un nervo scoperto e dolorante sepolto in fondo alla mia anima. Poso una mano sul cuore, cercando di scacciare via la sofferenza.

Micha percepisce la mia angoscia e subito mi stringe tra le braccia. E appena mi avvolge con il suo calore mi sento meglio, più leggera. Mi abbraccia mentre respiro. Respira. Respira. Respira. Mi rannicchio addosso a lui, che mi aiuta a sostenere questo peso come sempre. *Sempre*.

«Sei davvero sicuro di voler fare tutto questo per il resto della vita?», mormoro contro il suo petto.

«Più di ogni cosa al mondo, Ella May», mi risponde baciandomi la testa. «L'ho sempre saputo fin da quando ti ho conosciuta».

Le lacrime rientrano appena alzo gli occhi su di lui. «Sapevi di volere la pazza della porta accanto fin da quando avevi quattro anni?».

Annuisce, fissandomi. «Forse non come moglie, ma sapevo fin dal primo istante in cui ti ho vista che ti avrei voluto per sempre nella mia vita».

Le lacrime riaffiorano, questa volta non per l'angoscia, ma per la travolgente quantità di emozioni che provo per lui. Dannazione, sono così intense. Troppo intense. Sentimenti costruiti in anni e anni di storia, cominciata il primo momento in cui ci siamo incontrati.

«Tu ci sei sempre stato», gli dico. «Nonostante sia stata una gran rottura di palle».

Micha sorride. «E per quanto non lo ammetterai mai, anche tu ci sei sempre stata, ogni volta che avevo bisogno di te».

Vorrei contraddirlo, ma non lo faccio per non rovinare il momento. «Solo io e te contro il mondo», sussurro mentre le lacrime mi scivolano sulle guance.

Micha mi solleva il mento con un dito e si china su di me per baciarmi. «Sempre e per sempre».

Capitolo 5

Micha, quattro anni

Mi piace passare il tempo con papà, soprattutto quando aggiusta le macchine, perché è l'unico momento in cui parla e fa cose con me. Adesso sta lavorando sulla Challenger, mentre io gioco con la mia macchinina e la faccio correre avanti e indietro sul paraurti.

«Micha, mi passi la chiave inglese?», mi chiede papà con la testa infilata sotto il cofano della macchina. È davvero una macchina vecchia, quella che ha deciso di aggiustare, ma ci sta mettendo una vita. Non capisco perché non la guida così com'è. È divertente, perché ha tutte le fiancate di colori diversi.

Mi allontano dal paraurti e frugo nella cassetta degli attrezzi vicino al retro della macchina, poi torno davanti e passo la chiave a papà.

«Grazie», mormora lui, e si rimette a lavorare sul motore.

Prendo un succo di frutta dalla ghiacciaia e mi appoggio al paraurti, a guardare la casa dei vicini. Assomiglia molto alla mia, ma c'è un sacco di immondizia e di rottami dappertutto, come se nessuno pulisse mai.

Sto per tornare verso il portabagagli, quando la porta dei vicini si apre e la bambina che vive qui accanto esce fuori. Sembra che stia per piangere, ma è così quasi tutte le volte che la vedo. I suoi capelli sono rossi come la nostra cassetta della posta e ogni volta che parlo con lei i suoi occhi mi ricordano le foglie. Si chiama Ella e ha sempre gli occhi bagnati di lacrime. Non so se è perché sua mamma la sgrida tutto il tempo o perché i suoi le fanno portare fuori la spazzatura ogni giorno. Ma comunque sembra sempre sul punto di scoppiare a piangere. Una volta ho chiesto a papà perché i nostri vicini urlano in continuazione e lui mi ha risposto perché sono fuori di testa.

Prendo un altro succo e le faccio "ciao" con la mano mentre esco dal garage. Lei non mi saluta, ma di solito all'inizio è timida, come se pensasse che sono l'Uomo Nero, o qualcosa del genere. Con la testa piegata in basso, si asciuga le lacrime dagli occhi e scende i gradini. Non ha le scarpe e il cemento dev'essere bollente, sotto i suoi piedi.

«Ehi, Ella», le dico mentre mi avvicino al recinto tra le due case.

Sta ferma in piedi davanti all'angolo di casa, con le braccia incrociate, e guarda per terra. Parla a malapena e, anche quando parla, per la metà del tempo tiene gli occhi fissi sui suoi piedi, o per terra, o sugli alberi intorno.

Ho sentito sua madre urlarle contro che doveva lavare i piatti. Mia mamma dice che sono troppo piccolo per aiutarla nelle cose di casa, anche se papà pensa che dovrei impegnarmi di più.

Ella continua ad asciugarsi le lacrime con la mano, mentre sua madre la strilla da dentro casa, così mi chiedo se si stia nascondendo da lei. Alla fine le grida si interrompono e Ella trova il coraggio di guardarmi.

Stringo in mano il succo di frutta e glielo offro, sperando che si avvicini a casa mia, per una volta. «Ne vuoi uno?».

I suoi occhi mi fissano a lungo, poi Ella cammina lentamente verso di me. Si ferma davanti al prato, sembra quasi spaventata di avvicinarsi, così allungo il braccio sopra il recinto. Lei fissa il succo di frutta, alla fine mi corre incontro e lo prende.

«Grazie, Micha», mi dice con voce flebile mentre fa un passo indietro e infila la cannuccia nel cartone del succo.

«Prego», le rispondo mentre lei comincia a bere.

Sto male per Ella. Credo che i suoi genitori non se ne prendano cura, perché sembra sempre avere molta sete e fame, ogni volta che le offro qualcosa. Qualche volta ho cercato di farla venire da me per giocare, ma dice sempre che non può.

«Micha, vieni qui», mi chiama papà dal garage, e sembra davvero arrabbiato. «Ho bisogno del tuo aiuto».

Ella fa subito un passo indietro, con gli occhi spalancati. «Ciao, Micha».

«Dovresti venire di qua», esclamo infilando la mia macchinina attraverso i buchi della rete. «È la mia preferita, ma ti ci farò giocare».

Ella guarda la macchina, poi si gira verso casa. «Credo che mia madre si arrabbierebbe».

«Solo per poco tempo», la invito. «Quando tua mamma viene fuori a cercarti, puoi scavalcare il recinto e tornare indietro. E poi è davvero divertente guardare papà mentre lavora sulla macchina».

Lei si volta da una parte all'altra, guardando casa sua e la macchinina, e alla fine corre verso casa. Penso che stia tornando dentro, ma invece afferra una scatola di plastica che assomiglia a quella in cui tengo tutte le mie macchinine. La trascina fin sotto la recinzione e ci sale sopra. Succhia un sorso di succo di frutta, poi lo passa a me e io faccio un passo indietro mentre lei scavalca. Quando atterra, cade sulle ginocchia e si fa un piccolo taglio.

«Tutto ok?», le chiedo.

Ella annuisce, e sembra che non le faccia per niente male, mentre con le mani si spazzola via la terra e si tira su. Poi prende il succo di frutta e la macchinina e io sorrido, mentre cammino con lei verso il garage, felice di averle fatto finalmente scavalcare il recinto.

Ella, sei anni

Mi piace tanto il mio vicino di casa, Micha. All'inizio mi faceva un po' paura, perché è tanto gentile, e nessuno è mai stato tanto gentile con me. Ma adesso non mi fa più paura. Divide sempre con me il suo succo di frutta e i biscotti, e quando Davey Straford mi ha tirato i capelli e mi ha dato della schifosa perché i miei vestiti erano bucati, Micha lo ha buttato a terra con uno spintone e gli ha detto che puzzava di uova marce.

La maestra si è arrabbiata con lui e poi anche suo padre si è arrabbiato con lui, quando è tornato a casa da scuola. Non ha potuto giocare con me per tre giorni, perché sua mamma e suo papà gli hanno detto che era in castigo, ma adesso sono passati tre giorni e posso tornare da lui.

Fa davvero caldo, così prendo due ghiaccioli dal freezer, prima di andare da Micha. Le mie scarpe hanno di nuovo le suole bucate, quindi è inutile che me le metta. Mia mamma mi urla di portare fuori la spazzatura, mentre esco, così devo tornare indietro per tirarla fuori dal secchio. Mi urla sempre di portare fuori la spazzatura e di lavare i piatti. A volte questa cosa mi rende infelice, perché è stancante, ma papà dice che mamma è malata e io e mio fratello dobbiamo essere gentili con lei e aiutarla, perché lui la sera deve uscire per «schiarirsi la mente e prendere una pausa».

Il sacco della spazzatura è davvero pesante e lascia una viscida scia schifosa sul pavimento della cucina mentre lo trascino fuori, giù per i gradini, e lo getto nel bidone. Chiudo il coperchio, saltello lungo il marciapiede e scavalco il recinto.

Gli irrigatori sono accesi e l'erba è tutta bagnata e quasi fangosa, ma io ci salto sopra comunque, bagnandomi l'orlo dei pantaloni e sporcandomi le dita dei piedi. Saltello sul marciapiede, lasciando le impronte sul cemento mentre mi avvicino alla porta sul retro di Micha.

Sto per bussare quando sento qualcuno piangere in garage. La serranda è aperta e la Challenger del papà di Micha non c'è, anche se di solito è sempre parcheggiata lì, quindi è strano. Il papà di Micha ci lavora sempre da impazzire. Quando entro nel garage, trovo Micha seduto nel posto di solito occupato dalla macchina, di spalle. Sembra che sia lui a piangere, ma non ha senso. Di solito sono io che piango, mentre Micha è quello che sorride.

«Micha», lo chiamo, e il pianto si interrompe.

«Non posso giocare oggi, Ella», mi risponde a bassa voce, e sembra che stia cercando di asciugarsi le lacrime.

Gli giro intorno per mettermi di fronte a lui, ma Micha non alza gli occhi, così mi siedo. Le sue braccia sono rannicchiate in grembo e gli posso solo vedere la cima della testa, perché sta guardando per terra.

«Micha, cos'è successo?», gli chiedo, con i ghiaccioli freddi in mano.

Lui scuote la testa, poi le spalle cominciano a tremargli appena inizia a piangere. «Papà ha preso la macchina e se n'è andato».

«Sono sicura che tornerà tra poco», gli dico io, che non capisco cosa lo faccia piangere. Mio papà prende la macchina tutti i giorni.

Micha scuote la testa e mi guarda. I suoi occhi sono di questo bel colore turchese, come le perline che ho usato una volta a scuola per fare un braccialetto. Adesso sono enormi e lucidi, proprio come le perline, e lui ha uno sguardo davvero triste. Per poco non fa piangere anche me.

«No, non tornerà», mi risponde, e le lacrime scivolano sulle sue guance e cadono a terra. «Mai più. Mamma ha detto che è scappato via e non tornerà più a casa».

Non so cosa dirgli. Una volta anche mio papà è scappato, o almeno questo è quello che mi ha raccontato mamma, ma poi è rientrato a casa quella stessa notte; mamma dice che è perché non aveva un altro posto dove andare. Anche se a volte mi racconta storie che non penso siano vere.

Mi avvicino a Micha e non so cosa dirgli, così gli offro un ghiacciolo. Lui scoppia a piangere quando lo vede e alla fine lo prende. Lo scarta, e io scarto il mio; poi mi siedo lì con lui mentre piange, perché mi fa sempre sentire meglio, se lui si siede accanto a me quando sono infelice. Alla fine le lacrime smettono di bagnargli le guance, molto dopo che i ghiaccioli si sono sciolti nelle nostre pance, e Micha si alza in piedi asciugandosi gli occhi con il dorso della mano. Mi tiro su anch'io e penso a qualcosa da dire.

«Vuoi fare qualcosa?», gli chiedo.

Lui mi guarda, ancora triste, ma poi annuisce. «Sì, tu che vuoi fare?».

Gli sorrido e lo prendo per mano. «Quello che vuoi fare tu», gli dico. Di solito è sempre lui a fare qualcosa per me, ma oggi dobbiamo fare qualcosa che renda felice lui.

Ci pensa su, poi una debole scintilla gli accende gli occhi. «Che te ne pare di nascondino?».

Annuisco e giochiamo fino al tramonto, trasformando un giorno triste in uno decente solo perché siamo insieme.

Capitolo 6

Micha

Più tardi, tamburello le dita sulla porta mentre entro nella mia stanza. Ella è sdraiata sul letto, a pancia in giù, con il diario aperto di fronte a lei. Vorrei davvero che smettesse di leggerlo. Per quanto sappia che le fa bene avere qualcosa che apparteneva alla sua mamma, posso leggere nei suoi occhi che qualunque cosa sia scritta lì dentro la sta trascinando a fondo. È un po' di tempo che non prende le medicine e sono alcuni mesi che non va dalla terapista, per quello che ne so. È stata bene, e io voglio che continui così, ma non me la sento di essere lo stronzo che le dice di chiudere il diario della madre morta.

Così tengo la bocca chiusa e le do un'occhiata. È splendida, i capelli ramati sono appuntati sulla nuca, morbidi ricci le incorniciano il volto, e indossa un vestito rosso e nero che le fascia il corpo e un paio di décolleté nere con i tacchi a spillo.

«Dio, quanto sei sexy», le dico, cercando di non farmi sopraffare dal desiderio di chiudere la porta e prenderla da dietro. Ma gli invitati alla festa stanno arrivando, così riprendo il controllo.

Ethan sta facendo entrare tutti, ma all'inizio l'idea della festa non lo entusiasmava, anche se non capisco perché, visto che quando eravamo più giovani ci piaceva parecchio andarci. Lo facevamo sempre e probabilmente sono più le feste che abbiamo organizzato a casa mia di quelle a cui abbiamo partecipato, visto che a mia mamma non è mai importato granché (a patto che dopo rimettessimo tutto a posto). Mi sono divertito a prenderlo un po' in giro quando eravamo in macchina e abbiamo parlato delle nostre vite negli ultimi sei mesi o giù di lì. Credo che quando lui e Lila torneranno a Las Vegas, faranno i bagagli e si metteranno in viaggio per realizzare il suo sogno di diventare un uomo delle montagne. È strano, perché Lila non sembrava proprio il tipo, quando l'ho conosciuta, ma adesso è diversa. Non è più una figlia di papà e mi dispiace ammetterlo, ma all'inizio ho pensato che fosse solo una ricca ragazzina viziata. Non è così. In realtà è davvero molto carina.

Ella mi scruta attraverso le lunghe ciglia, gli occhi si posano sui miei jeans neri, sulla cinta borchiata e sulla T-shirt dei Pink Floyd, e poi si mordicchia un labbro. «Anche tu non sei male». Chiude il diario e si mette a sedere. «Stai cercando di fare colpo su qualcuna in particolare?».

Alzo gli occhi al cielo e mentre attraverso la stanza scalcio via una maglietta buttata per terra. «Solo su te».

«Sì, *io* lo so». Ella abbassa lo sguardo sulla mano e allunga le dita davanti a sé, facendo risplendere i diamanti e la pietra nera dell'anello di fidanzamento. «Ma a differenza di me, tu non hai un anello al dito che dice a tutti che sei impegnato».

«Potresti sempre darmi il mio anello», le propongo. «Lo metterei».

Lei scuote la testa, scende dal letto e si tira giù l'orlo del vestito, un vestito che sembra molto più corto, ora che è in piedi. «Non se ne parla. Non lo vedrai fino al giorno del matrimonio». Poi si ferma, mettendosi le mani sui fianchi. «Ma non importa. Se una ragazza ci prova con te, la prendo a calci in culo».

«Ora sì che riconosco la mia Ella!». La bacio appassionatamente, poi alzo un dito appena mi viene un'idea. «Ci sono». Torno verso la porta. «Tu esci fuori e comincia a divertirti, io mi occupo del problema dell'anello».

Ella ha uno sguardo perplesso, ma mi segue fuori dalla stanza. Raggiunge un gruppetto di persone raccolte nel soggiorno, e intanto io mi dirigo verso la porta d'ingresso. Mi infilo il giaccone uscendo sul portico e poi sulla neve. La casa di fronte lampeggia di luci natalizie e una musica martellante si diffonde da qualche abitazione lungo la strada. Saltello giù per i gradini e corro nel garage, accendendo la luce. Prendo una scatola dallo scaffale più alto e la appoggio sul banco da lavoro. Mentre passo al setaccio viti e bulloni, il cellulare mi squilla in tasca. Quando lo tiro fuori, il nome del mio produttore, Mike Anderly, lampeggia sullo schermo luminoso. Premo il tasto verde e appoggio il telefono all'orecchio.

«Ti pare l'ora di chiamare?», gli chiedo tenendo il telefono con la spalla, mentre continuo a rovistare nella scatola.

«Lo so, hai ragione, ma non potevo aspettare fino a domani per darti la notizia», mi risponde con una voce più allegra del solito. In genere è sempre indaffarato e irascibile.

«Che notizia?». Estraggo un anello di metallo dalla scatola, sorridendo tra me per l'idea geniale.

«Andrai in tour».

Per poco non faccio cadere il cellulare. «Il Rocking Slam Tour?», gli chiedo. È la tournée in cui ho cercato di entrare per mesi, quella in cui suonano un sacco delle mie band preferite, musicisti che idolatro. Quella che mi porterà in viaggio per tre mesi.

«Esattamente», mi risponde felice. «Quindi porta il tuo culo qui, così festeggiamo!».

Il mio volto si incupisce. «Non posso. Sono nel Wyoming, mi sto per sposare. Te l'ho detto ieri sera».

«Ah, già, l'avevo dimenticato», sospira. «Be', sbrigati e abbi cura di te, così brinderemo al tuo ritorno. Comunque la partenza è prevista tra poche settimane e dobbiamo ancora finire le registrazioni».

Merda. «Sì, certo... Ma non sono sicuro di poter andare».

«Che diavolo vuol dire "non sono sicuro di poter andare"?!», esclama. «Sono mesi che cerchiamo di farti entrare in questo tour!».

«Lo so», replico. «Ma non ho mai creduto davvero che succedesse una cosa del genere, e adesso ho delle cose in ballo».

«Be', è successa e tu partirai», dice Mike inflessibile.

«Senti, non sto dicendo che non lo farò. Dico solo che prima devo parlarne con Ella. Starei via per molto tempo e lei deve essere d'accordo».

«E se invece non lo fosse?», mi chiede sbalordito. «Che faresti?»

«Allora non partirei». Fa male dirlo, ma è la verità. Ella è più importante di qualunque cosa, e se non vuole che io stia via nei nostri primi mesi di matrimonio, allora non lo farò. È semplice.

Dentro casa comincia a suonare la musica e io infilo rapidamente l'anello di metallo all'anulare, sperando che plachi le preoccupazioni di Ella. «Senti, adesso devo andare. Ti chiamo la prossima settimana, quando tornerò in città».

«Vedi di non dire di no», mugugna, e io chiudo la telefonata prima che lui possa cominciare una delle sue solite filippiche.

Ripongo il cellulare nella tasca posteriore e rientro in casa, chiedendomi come reagirà Ella alla notizia. Già la immagino far finta che vada tutto bene, anche se magari non vuole che parta. Sa nascondere bene i suoi sentimenti, quindi se partirò dovrò essere assolutamente certo che è del tutto a suo agio con questa idea. Al minimo dubbio, resterò. Inoltre, per quanto la tournée possa essere divertente, la nostra piccola vita a San Diego è perfetta, perché rovinarla?

Perché prendere parte a questo tour è il mio sogno.

Aggrotto la fronte a questo pensiero, mi chiudo dietro la porta sul retro ed entro in cucina. Ethan è seduto sul tavolo, che beve qualcosa da un bicchiere di plastica rossa, e Lila sta ridendo a una sua battuta mentre si prepara un drink appoggiata al bancone. C'è un'altra coppia che chiacchiera davanti al lavello. Andavo a scuola con loro, ma non riesco a ricordarne i nomi. Li saluto con un cenno della mano quando mi dicono «Ehi, ciao», e mi dirigo verso il salotto.

«Salute!». Ethan alza il bicchiere mentre gli passo accanto, brindando a qualcosa, poi getta la testa all'indietro e manda giù il drink.

«Sei già sbronzo?», gli chiedo. «Perché tra circa cinque minuti dovresti suonare la batteria...».

«Naaa», mi risponde, ma i suoi occhi arrossati lasciano pensare il contrario. «Ho bevuto solo questo. E poi posso benissimo suonare anche se sono ubriaco».

«Micha, vuoi che ti prepari un cocktail o ti verso uno shot?», esclama Lila con una bottiglia di succo d'arancia in mano.

«No, grazie», le rispondo prendendo una birra dalla ghiacciaia vicino alla porta. «Mi accontenterò di qualche birra».

Lila mi fa un cenno d'intesa e ripone il succo sul bancone, dietro alle bottiglie di vodka, tequila e rum e alla pila di bicchieri di plastica. Da quando Ella mi ha rimproverato perché mi comportavo da stronzo ubriacone, circa un anno fa, ho deciso di evitare le sbronze e limitarmi solo a un paio di birre. All'inizio è stato difficile, ma adesso mi sta più che bene.

Stappo la bottiglia mentre avanzo nel soggiorno saturo di fumo di sigaretta e inspiro a pieni polmoni. Anche se ho smesso da un paio di anni – se non si conta qualche piccola trasgressione – l'odore del fumo mi tenta ancora.

Prima io e Ethan abbiamo scansato i divani da una parte per fare posto alla batteria, che abbiamo recuperato da casa sua quando siamo andati a fare la spesa. La mia chitarra è appoggiata a un'asta del microfono malconcia, tenuta insieme con il nastro adesivo. Ci sono anche un amplificatore e un basso, nell'angolo, accanto a un piccolo albero di Natale di plastica pieno di decorazioni rosse e argentate e fili di lamé. Ancora non so chi lo suonerà, ma l'ho comunque messo lì, per ogni evenienza. Conosco un sacco di persone che suonano il basso e sarebbe bello riuscire a trovare un buon sound, anche se si tratta solo di una festa. Mi sento come se stessi dando una festa d'addio, perché tra pochi giorni sarò sposato e la mia nuova vita con Ella avrà finalmente inizio, e spero che questa vita possa diventare un monumento a tutto quello che abbiamo condiviso e che ci ha condotti fin qui.

Avanzo verso la mia chitarra, quando vedo Ella seduta sullo schienale del divano con un bicchiere di plastica rossa in mano. Un ragazzo alto e trasandato, che credo si chiami Brody, sta in piedi davanti a lei e le fissa le gambe e la scollatura mentre blatera qualcosa. La raggiungo, le sbuco da dietro e le cingo le spalle con un braccio. So che è un atteggiamento possessivo e che lei non mi tradirebbe mai, ma questo non significa che permetterò a un tizio qualsiasi di divorarla con gli occhi. È fortunato che non lo prendo a pugni in faccia. Ella è mia e lui deve girare al largo.

«Ehi, dove sei stato?», mi chiede Ella mentre Brody mi rivolge uno sguardo imbarazzato e se ne va senza dire una parola.

«A prendere questo», le rispondo alzando la mano.

Lei me l'afferra e scorre un dito sull'anello di metallo. «Ti sei davvero infilato una guarnizione di metallo all'anulare?».

La abbaglio con il mio sorriso più seducente, quello che le fa girare la testa. «Così tutti sanno che sono impegnato».

Ella sorseggia il suo drink e si lecca le labbra. «Che peccato. Non vedevo l'ora di prendere a calci in culo le tue pretendenti».

«Ci avrei scommesso», le sussurro mentre mi chino su di lei e le lecco una goccia di alcol dalle labbra. «Bacardi, eh?».

Lei si stringe nelle spalle e piega la testa indietro per bere un lungo sorso. «Stasera ho deciso di divertirmi. E magari sbronzarmi un po'».

La osservo cauto. «Non sono sicuro che mi piaccia. A volte quando sei ubriaca diventi volgare. E arrapata».

«Ehi!». Ella trattiene un sorriso mentre mi serra una coscia con una mano, stringendo con forza. «Non è vero!».

Esito un attimo e sorseggio la birra. «Ricordo bene un tuo scatto d'ira dopo aver perso una mano a strip poker. Quando mi tirasti una fiche, sbronza».

Ella mi lancia un'occhiataccia. «Solo perché cominciavi a fare lo spaccone».

«Facevo lo spaccone perché avevo vinto e stavo per vederti nuda».

«Be', magari anche alla fine di questa serata sarò abbastanza sbronza da farmi vedere nuda da te. Ma solo a patto che tu smetta di dire che divento volgare». Ella salta giù dallo schienale del divano e il mio braccio lascia le sue spalle. «E comunque, sei tu che diventi così quando ti ubriachi».

«Così come?»

«Volgare e arrapato».

Alzo la birra e la indico con un dito. «Ecco perché mi limito solo a questa». Mi allontano dal divano e le chiedo: «Allora, che canzone vuoi che suoni stasera?».

Lei si picchietta le labbra con un dito e nei suoi occhi verdi compare uno sguardo divertito. È già brilla, il che significa che avrò parecchio da fare stanotte. «Che ne pensi di quella che hai tatuata sulle costole? Quella che dici di aver scritto per me, ma che non ti ho mai sentito cantare?».

D'istinto mi tocco il fianco, dove le parole della canzone sono impresse sotto la maglietta. «Non l'ho mai cantata davanti a nessuno. E non mi sento pronto a farlo».

«Perché?»

«Perché...». Gioco nervosamente con l'etichetta umida della birra. «...perché è scritta per te».

«Ok...». Ella si acciglia, confusa. «Allora cantamela adesso».

Getto uno sguardo sulla stanza piena di gente chiassosa e ubriaca. «Non credo di poterlo fare».

«Perché no?»

«Perché è personale». Perché per me significa troppo e l'ultima cosa che voglio è suonarla in una stanza affollata, quando non l'ho mai cantata nemmeno a lei. Inoltre, mi rende nervoso persino l'idea di fargliela ascoltare, perché è così intensa.

Ella mi rivolge il più sperduto degli sguardi e io sospiro, perché so che mi sto comportando in modo strano. «È solo che quando l'ho scritta, i versi mi hanno come travolto, perché era la prima volta… che mi rendevo conto che pensavo a te… in un certo modo».

«Ma adesso sappiamo entrambi quello che provi», mi dice guardando la guarnizione di metallo che ho messo al dito.

«Lo so», la rassicuro accarezzandole la guancia. «E voglio che siamo solo io e te, quando la suonerò per la prima volta».

«Per esempio alla fine di questa serata?», mi chiede fiduciosa.

«O magari durante la nostra luna di miele», le rispondo, e lei spalanca la bocca meravigliata. «Che c'è? Pensavi che non avessi organizzato nulla?»

«Ma il matrimonio è stato posticipato». Ella allunga il collo e gira la testa verso la porta appena altri invitati entrano nel salotto. «E se avevi programmato qualcosa, come farai a rinviarlo?»

«In realtà avevo pianificato che saremmo partiti qualche settimana dopo la cerimonia di ieri». Improvvisamente realizzo che se andrò in tour, i miei programmi andranno nel cesso. E avevo anche messo da parte i soldi per prenotare il viaggio, per esempio evitando di mangiare al fast food e portandomi il pranzo da casa… cose così. Una vacanza di tre giorni, una luna di miele semplice e tradizionale, ma perfetta per noi, che nella nostra vita abbiamo fatto raramente qualcosa di semplice e tradizionale.

«Allora dove andiamo?», mi chiede, intrigata, e scansa il braccio appena un ragazzo che credo si chiami Del le passa accanto con un cappello da Babbo Natale in testa, cantando *We Wish You a Merry Christmas*, sbronzo fradicio e completamente stonato.

«Non ci sperare. È una sorpresa», le rispondo accompagnandola verso il centro della stanza appena Ethan mi fa cenno di raggiungerlo. Accanto a lui c'è Jude Taylorsen, un bassista davvero bravo, quindi immagino che siano pronti per cominciare. «Adesso devo suonare».

Ella stringe il bicchiere a sé, in piedi in mezzo alla folla. Il soggiorno è sempre più caotico e fumoso, ogni secondo che passa. So che se arriverà altra gente i mobili verranno distrutti. Di solito non ci faccio caso, ma adesso mi sento in colpa e mi impongo di ricordarmi di cacciare fuori tutti prima di arrivare al punto di non ritorno.

«E suona quella canzone!», mi urla mentre mi avvicino a Ethan e Jude. «Quella che hai suonato alla caffetteria quando sono tornata da Las Vegas».

Le rivolgo un sorriso seducente. «Quella volta che ti sei comportata come se fossi di tua proprietà?».

Mi fa una linguaccia. «Kenzie è una strega e una puttana. Dovresti ringraziarmi per averti salvato il culo».

Mi premo una mano sul petto. «Eri gelosa. Ammettilo».

Ella mi lancia un'occhiataccia, ma le sue labbra non vedono l'ora di sorridere. «Giusto un po'».

«Lo sapevo». Le faccio l'occhiolino, e sto per girarmi quando mi dice: «E se ti va, potresti fare una cover della canzone che risuonava prima nel bagno. Mi piace quella canzone».

«Ti piace quella canzone?», le domando guardandomi indietro. «O ti piace il ricordo a cui è legata?»

«Entrambi», mi risponde diretta, e piega la testa all'indietro per bere il suo drink. Dalla scollatura del vestito si intravedono le curve rotonde dei suoi seni e io scuoto la testa, consapevole di non essere il solo ragazzo che la sta guardando. Ma poi le sorrido, perché sono il solo ragazzo che è riuscito a conquistarla.

Ella abbassa il bicchiere e mi rivolge un'occhiata accusatoria, come se si fosse accorta che le stavo guardando il seno. Distolgo gli occhi da lei e mi dirigo verso il microfono.

Appoggio la birra per terra, accanto al muro, prendo la chitarra e faccio scivolare la tracolla sopra la spalla, scorrendo le dita sulle iniziali che ho inciso sulla cassa. L'ho comprata a un mercatino dell'usato quando avevo tredici anni, per cinque dollari. È stata la mia prima chitarra e anche se mi ci è voluto un po' per imparare a suonarla, la adoro. C'è qualcosa nella musica e nei versi che mi aiuta a esprimere me stesso, persino quando è molto difficile.

Stavo suonando, la prima volta che ho compreso i miei sentimenti per Ella, sentimenti molto più profondi di quelli che legano due semplici amici. Ballava tra la folla da sola – come faceva sempre – con le mani in alto e i fianchi che ondeggiavano a tempo. Non riuscivo a staccarle gli occhi di dosso e scoprii che l'unica cosa che volevo davvero era stare con lei, toccarla e baciare ogni millimetro della sua pelle. Quella notte tornai a casa e scrissi la canzone che poi mi sono fatto tatuare, perché quel momento era stato così carico di emozioni che quei versi creati per lei dovevano rimanere impressi sulla mia pelle per sempre.

In quell'istante mi resi conto di amarla, anche se allora non ne ero del tutto consapevole, ma solo perché non comprendevo a pieno cosa significasse amare. Adesso, però, guardandomi indietro, so che dal momento in cui ho scritto quelle parole non ci sarebbe stata nessun'altra.

Ella era la sola e unica per me.

Capitolo 7

Ella

Ho deciso che stasera non sarò la solita Ella triste che rimugina su ciò che la rende infelice: mia mamma, i suoi oscuri pensieri e timori… i *miei* oscuri pensieri e timori. E non penserò nemmeno al futuro, o al fatto che sembra che non riesca neanche a iniziare il mio book. Stasera mi voglio divertire e guardare Micha suonare, una delle cose che preferisco in assoluto. Non sprofonderò in un pozzo.

Micha esordisce con la canzone che ha suonato alla caffetteria, come gli ho chiesto di fare. I corpi sudati intorno a me quasi mi soffocano mentre mi scateno a tempo di musica. Accanto a me c'è Lila, che guarda Ethan, alla batteria, come se fosse l'amore della sua vita. Indossa una maglietta blu senza maniche e un paio di jeans, insieme agli stivali che le ho prestato.

«Sembri una groupie che stravede per il suo idolo», le urlo per sovrastare la musica, sventolandomi il viso con una mano. Ho già la pelle madida di sudore: anche se fuori fa un freddo mortale, questo piccolo soggiorno è così pieno zeppo di gente che dentro casa fa un caldo tropicale.

Lila scrolla le spalle, con gli occhi fissi verso il centro della stanza, dove i ragazzi stanno suonando. «Forse lo sono».

Scuoto la testa e la prendo per mano, mentre sento l'alcol che impedisce a ogni preoccupazione di riaffiorare. Lila scoppia a ridere appena le faccio fare una piroetta, con il mio bicchiere in mano, incurante del ragazzo che mi urla contro quando senza volere gli conficco un gomito nelle costole. Lila sorseggia il suo drink mentre gira su se stessa, cercando di non farne cadere neanche una goccia. Continuo a farla volteggiare finché la musica non si interrompe e la voce di Micha si diffonde nella stanza.

«Ok, il prossimo pezzo mi è stato richiesto dalla sola persona da cui accetterò richieste stasera». Mi fa l'occhiolino e una ragazza gli urla che farà qualsiasi cosa lui voglia, se le dedicherà una canzone.

Mi giro, scrutando la folla in cerca della colpevole e la trovo in fondo alla stanza. È una ragazza con i capelli neri alta e formosa, che mi guarda con sufficienza mentre sorseggia una birra: Kenzie, la cameriera della caffetteria. Pensa te.

«Vedo che stasera c'è qualcuno che vuole essere preso a calci in culo», annuncio puntando gli occhi su di lei. Veniva a scuola con me e sa di cosa sono capace. È un po' che non finisco in una rissa, ma non vuol dire che non ricordi come cavarmela.

Lila batte le mani e saltella su e giù. «Oh mio Dio, dobbiamo affrontarla insieme!». Si gira verso di me sorridente. «Io la tengo da dietro e tu le tiri i capelli».

Resto a bocca aperta. «E tu chi sei? Non ti riconosco!».

«Una ragazza che vuole scoprire cosa si prova a finire in una rissa». Mi guarda raggiante, roteando i pugni. «Forza, Ella, voglio che tu sia il mio Maestro Miyagi!».

«Wow, ti stai comportando in modo strano, ma mi piace!». Mi picchietto il dito sul mento pensierosa. «Be', prima di tutto, non si tirano i capelli. È una cosa da ragazze».

«Ma io sono una ragazza».

«Sì, ma se ti batti come un ragazzo vinci. Effetto sorpresa, confonde chiunque».

Lila fa su e giù con la testa, lanciando un'occhiataccia a

Kenzie mentre sorseggia il suo drink. «Potrei provare a vedere se funziona…».

«Funziona praticamente sempre», le assicuro. «E se proprio vuoi farla sporca, puoi darle un cal…». Vengo interrotta da un perfetto accordo di batteria, chitarra e base musicale. Mi volto di nuovo verso il centro della stanza, fregandomene di Kenzie. Può dire quello che vuole. Non conta niente.

Micha fa vibrare le corde della chitarra, in piedi davanti al microfono. I suoi occhi sono incollati a me, la guarnizione di metallo che porta all'anulare risplende nella luce soffusa del soggiorno mentre canta la canzone che risuonava nella doccia. I versi mi riportano alle mente i momenti travolgenti di poco fa e riesco di nuovo a sentire – giuro su Dio – il vapore sulla pelle e il calore irresistibile che le sue mani mi hanno lasciato su tutto il corpo.

Mentre lo guardo suonare, voglio solo toccarlo ed essere toccata da lui. Porto il bicchiere alle labbra e mando giù un altro sorso di Bacardi, lo sento bruciare dentro di me come brucia la mia pelle, e mi rendo conto che Micha aveva ragione. Divento arrapata quando mi ubriaco, perché non posso fare a meno di pensarlo dentro di me come lo era sotto la doccia.

Quando schiude le labbra per cantare il ritornello, serro gli occhi e lascio che i versi e la sua voce sensuale travolgano tutto il mio corpo. Mi perdo. La gente intorno a me non esiste più. Ci siamo solo io, Micha e la sua splendida voce. Ricordo la prima volta che l'ho sentito suonare, seduta sul pouf a sacco nella sua stanza: stava sul letto, a petto nudo, e i suoi occhi erano così intensi, sembrava quasi che le parole che stava cantando si fossero impossessate di lui.

«Allora, che ne pensi?», mi chiese quando smise di far vibrare le corde della chitarra.

Io mi strinsi nelle spalle, facendo finta che l'album da disegno che avevo in grembo non racchiudesse un ritratto di lui sul letto. Che non lo avessi appena raffigurato con linee e ombre. Che per me non fosse tanto importante da dedicare quei minuti a un suo ritratto. In quel momento mi sentii smarrita, mentre lo ascoltavo cantare in quel modo e fissavo quello che non era un semplice disegno. Meravigliosamente smarrita.

«Niente male, credo», gli risposi con noncuranza aggiungendo qualche sfumatura intorno agli occhi, troppo belli e intensi per non meritare un altro dettaglio.

«Niente male? Solo?», ribatté lui alzando un sopracciglio. Sembrava un po' deluso dalla mia risposta e mi fece sentire in colpa.

«No, è stato splendido», dissi con voce flebile mentre continuavo a fissare il disegno, a disagio per quel momento così intimo, perché non usavo mai la parola "splendido". Perché non avevo mai ritratto qualcuno, a meno che non ce lo avesse chiesto l'insegnante, durante le lezioni.

Aspettai che dicesse qualcosa, anche se non volevo davvero che lo facesse. Ma lui non disse nulla, e alla fine suonò di nuovo quella canzone. Abbassai lo sguardo sul disegno con un sorriso: era impossibile, lo sapevo bene, ma avrei quasi potuto giurare che mi potesse leggere nel pensiero. Alla fine continuai a lavorare sul suo ritratto, mentre lo ascoltavo cantare. Avevo sempre amato la musica, ma sentirla uscire dalle sue labbra mi riscaldava l'anima in un modo che non credevo possibile.

Scuoto la testa per riemergere dai ricordi. Magari potrei scrivere anche questa frase nelle promesse di matrimonio. Anche se tutte queste parole sono troppo personali, intime, e non sono sicura che troverò il coraggio di leggerle ad alta voce. Il panico mi artiglia la gola e apro gli occhi per andare a prendere un altro drink, ma poi Micha arriva ai versi più intensi della canzone e io resto ferma lì per non perdermi il momento. Voglio ballare, smarrirmi ancora come ho fatto la prima volta che l'ho sentito cantare. Così continuo a tenere le palpebre chiuse, ondeggio i fianchi, muovo la testa avanti e indietro. Porto i tacchi alti e faccio fatica a mantenere l'equilibrio, ma anche se inciampo un paio di volte non mi importa. Come non m'importa se mi sto scatenando in una stanza piena di gente stordita di birra che probabilmente mi guarda come fossi pazza. Preferisco sembrare una pazza piuttosto che rinunciare a questo istante.

Nella vita sono stata costretta a rinunciare a troppi momenti belli. Adesso ho bisogno di godermeli. Forse è l'alcol che ho in corpo che mi fa pensare queste cose, o forse sto solo tornando quella che ero un tempo. O solo me stessa, magari. Sia quel che sia, mi dimeno a tempo di musica, Lila è accanto a me, e quando riapro gli occhi sta ballando anche lei.

Continuiamo per tutta la canzone, e io ondeggio i fianchi con le braccia sopra la testa anche quando la musica finisce e le voci intorno a me tornano a riempire la stanza. Pochi istanti dopo lo stereo si accende, soffocando il chiacchiericcio: *New Low*, dei Middle Class Rut, comincia a vibrare dalle casse, e io so che tra pochi secondi non ballerò più sola in mezzo a una stanza piena di gente.

In quel preciso istante le lunghe braccia di Micha mi cingono la vita e da dietro mi stringono a lui. Lo riconosco dal suo odore irresistibile: un misto di profumo, menta, birra unito a qualcosa di meraviglioso e inebriante che appartiene solo a lui. Inspiro profondamente, muovendomi con lui mentre ondeggiamo i fianchi a tempo.

«Sei dannatamente sexy», mi dice ansimandomi nell'orecchio e mordicchiandomi il lobo. «Sai quanto è difficile restare lì a cantare quando fai una cosa del genere?»

«Quando faccio cosa?», gli chiedo con aria innocente mentre le sue mani si insinuano furtive sotto l'orlo del vestito e mi afferrano le natiche nude.

Micha inarca un sopracciglio. «Che mutandine indossi?».

Sorrido compiaciuta. «Un tanga di paillette». Giro su me stessa e mi avvicino a lui eccitata.

La sua mano mi scivola sulla schiena e preme il mio corpo contro il suo, finché tra noi non c'è neanche un millimetro. Mi struscio a lui con i fianchi, e Micha si lascia sfuggire un gemito roco. Ormai senza controllo, gli getto le braccia al collo, alzandomi sulle punte, lo bacio e con la lingua gli schiudo le labbra. Lui ricambia con altrettanta passione, mentre gli succhio il piercing sul labbro, spingo la lingua nella sua bocca e gli mordicchio il labbro inferiore.

«Dio santo, bellezza, mi stai uccidendo». Ansima con una voce profonda e gutturale che mi fa formicolare le cosce, tanto che infilo una mano tra noi e la struscio contro i suoi pantaloni. «Calma, piccola. C'è gente...». Si scosta leggermente da me quando muovo le dita sopra l'allacciatura dei jeans. So che sono ubriaca e arrapata, proprio come mi ha detto lui prima, ma non mi importa. So solo cosa voglio. Lui.

Quando comincio a slacciare il primo bottone, lui balza indietro, gli occhi turchesi sono offuscati dal desiderio, il suo volto è acceso dalla stessa passione che provo io. Non dice nulla mentre intreccia le dita alle mie e mi trascina con sé facendosi strada tra la folla fino alla cucina, spintonando via le persone che incontra.

Quando passiamo accanto alla ghiacciaia prende due birre e me ne passa una. Incontriamo Ethan, madido di sudore per aver suonato la batteria, a petto nudo e con i tatuaggi in bella mostra. Lila è dietro di lui, con la testa appoggiata alla sua schiena, e gli accarezza dolcemente la pelle con le dita.

Micha gli fa un cenno con la testa e dice: «Tra un'ora caccia tutti».

«Perché non lo fai...». Ethan gli lancia un'occhiata e poi fa una smorfia appena sposta lo sguardo da Micha a me, e Lila ridacchia. «Ok, lo farò io».

Pizzico il sedere di Micha, appena ci riesco, e lui mugugna qualcosa di incomprensibile. Poi mi trascina attraverso la cucina e si incammina verso il corridoio. Entriamo nella sua stanza e lui si chiude dietro la porta con un calcio. Quando si gira di nuovo verso di me, le nostre labbra si uniscono e con le dita fruga selvaggio tra le pieghe del mio vestito.

«Sai di birra», gli sussurro con una risatina ubriaca, ricambiando il bacio e armeggiando con l'orlo della sua maglietta mentre indietreggiamo verso il letto con le birre ancora in mano.

«E tu sai di Bacardi», mormora sfiorandomi le labbra con le sue. Poi all'improvviso si scosta da me. «Aspetta, quanto sei sbronza?».

Alzo gli occhi al cielo. «Innanzitutto, anche se fossi sbronza, non avrebbe alcuna importanza. Puoi approfittare di me, visto che sono già tua», gli rispondo, e uno sguardo lascivo gli lampeggia negli occhi. «Secondo poi, non sono così ubriaca. Domani mattina ricorderò tutto quello che abbiamo fatto».

«Mi piace il tuo ragionamento». Mi strappa di mano la bottiglia di birra ancora chiusa e la appoggia sulla cassettiera, accanto alla sua. «Ma sei sicura?»

«Certo che sì».

E questa è l'unica conferma di cui ha bisogno. Con un rapido strattone, mi tira su il vestito sopra la testa con una tale foga che un angolo di stoffa si strappa e le mollette che mi trattengono i capelli volano nella stanza.

Fa una smorfia imbarazzata, come per dire “Ops!”, ma io gli copro la bocca con una mano. «È solo un vestito». Poi con le labbra divoro di nuovo le sue e il piercing preme incandescente contro la mia bocca, mentre i miei capelli si sciolgono e ricadono sulle spalle. Nel giro di pochi minuti tutti i vestiti sono per terra e noi siamo distesi sul letto, Micha supino e io a cavalcioni sopra di lui. Spinge i fianchi verso di me e io scivolo su di lui facendolo entrare. I suoi occhi si chiudono, e io mi aggrappo alle sue spalle e gemo quando lui affonda ancora di più dentro di me. I capelli mi accarezzano dolcemente la schiena, appena piego la testa all'indietro e chiudo gli occhi. Micha mi prende per i fianchi e con un ritmo intenso mi penetra ancora, e ancora, e ancora. I nostri corpi sono imperlati di sudore e la mia mente si allontana alla deriva. Un flusso di energia sessuale mi attraversa indifesa e affondo le unghie nella sua carne, perché ho bisogno di stringere qualcosa. Poi Micha mi prende le mani e io mi aggrappo a lui perdendo il controllo. Urlo il suo nome, ogni singola preoccupazione scompare e tutto ciò che resta è l'appagamento paradisiaco che solo Micha può farmi provare.

Capitolo 8

Micha

Sono disteso sul letto e sto pensando a come parlare a Ella del tour, mentre Ethan sta cacciando tutti di casa. L'oscurità domina la camera da letto e i rumori e le voci fuori di qui si affievoliscono lentamente finché nella casa non cala il silenzio. Mi alzo a sedere, ma solo per accendere l'iPod e selezionare *I Can Feel a Hot One*, dei Manchester Orchestra, poi mi rimetto giù. Ella è nuda accanto a me, sdraiata sulla pancia e con i capelli sparsi sulla schiena, le lenzuola le coprono solo metà corpo, mentre dorme placida.

La luce della luna penetra dalla finestra e le lambisce la pelle, illuminando il simbolo dell'infinito tatuato alla base della sua schiena. È identico a quello che ho io sul braccio e a volte vorrei poter ricordare la notte in cui ce lo siamo fatto, il momento in cui abbiamo preso questa decisione irreversibile. Cosa ci ha portato a pensare: "Ehi, che diavolo, andiamo a farci tatuare un simbolo che significa 'per sempre, per l'eternità'". Cosa ci è passato per la testa? Cosa le è passato per la testa? Con dolcezza le traccio una curva sulle spalle e sento che il mio tocco la fa rabbrividire.

«Sei sveglia?», le chiedo mentre le mie dita si spingono più giù, sopra le natiche.

Ella annuisce, con gli occhi ancora chiusi. «Non posso dormire se mi tocchi così».

«E se faccio così?». Rotolo su un fianco e mi piego per baciarle la schiena. «Va meglio?», le domando soffocando una risata mentre lei è scossa da un altro fremito.

«No, peggio, ma va bene così. Puoi continuare a baciarmi, se vuoi».

Sorrido tra me e le sfioro di nuovo la schiena con le labbra, facendo scivolare la lingua sulla pelle. Ella si contorce, così lo faccio ancora, poi appoggio la testa sulla sua schiena, la circondo con un braccio e chiudo le dita sul suo torace.

«Ti ricordi qualcosa di quella notte?», mormora contro il cuscino.

«Quale notte?»

«Quella dei tatuaggi».

«Già quando ci svegliammo su quella panchina nel parco ti dissi che avevo dimenticato tutto, e i ricordi non sono più tornati. È solo un'altra di quelle notti che rimarranno oscure per sempre».

«Sì, ma ho sempre pensato che me lo avessi detto perché temevi la mia reazione, quando avessi saputo cos'era successo».

«Be', per quanto possa sembrare così, in realtà non ricordo nulla», le dico. «Un minuto prima stavamo bevendo nel mio giardino durante la festa, e un minuto dopo ci siamo svegliati sulla panchina, tu senza scarpe, io con un dolore cane al braccio. Mi piacerebbe davvero sapere come sono riuscito a convincere entrambi. E come sono riuscito a farti fare una cosa così irreversibile». Ella tace, il suono del suo respiro si fonde con il ritmo dolce della canzone. Ma più resta in silenzio, più comincio a preoccuparmi. «Ella May?»

«Sì». La sua voce è acuta e nervosa.

La mia mano scivola fino ai fianchi. «Mi hai mentito quando hai detto di aver dimenticato tutto?».

Lei esita, il suo corpo è teso. «No. Ti ho già detto un centinaio di volte che non mi ricordo nulla di quella notte».

«Piccola, quando menti ti si legge in faccia». Le solletico il fianco e lei affonda il viso nel cuscino, scuotendo la testa. «Tu ricordi qualcosa, allora!». Mi appoggio con il petto alla sua schiena e mi piego verso la sua spalla, avvicinando la bocca all'orecchio. «Dimmelo, non mi arrabbierò».

«So che non ti arrabbierai», mi dice girando la testa da una parte per riemergere dal cuscino. «Ma andrai in brodo di giuggiole e farai lo spaccone, che è peggio, ed è per questo che te l'ho tenuto nascosto».

«Non farò lo spaccone», la rassicuro con voce allettante. «Te lo prometto».

«Lo farai eccome, Micha Scott», ribatte. «Ti conosco troppo bene per pensare il contrario».

«Posso costringerti a girarti e a dirmelo». Mi scosto di poco e lascio correre il dito lungo la sua schiena fino in mezzo alle gambe. Lei sussulta meravigliata appena faccio scivolare il dito dentro di lei.

«Micha!». Ella mi lancia un'occhiataccia nell'oscurità mentre si rigira sulla schiena e si tira su, con un raggio di luna che le illumina il seno nudo. «Questo è stato un colpo basso».

Mi sollevo per mettermi seduto e mi metto le sue gambe in grembo mentre raggiungo la testa del letto e appoggio la schiena al muro. Poi la faccio sedere sul mio ventre, con il fondoschiena sopra il mio pene. «Sputa il rospo», le dico. «Cercherò di non fare lo spaccone, ma voglio sapere».

Ella sospira e mi appoggia la testa sulla spalla. «Va bene, ma solo perché ti amo».

Le bacio la fronte, inspirando profondamente a quelle parole che non mi stanco mai di sentire. «Mi sembra giusto».

Lei sospira ancora, accarezzandomi la pancia. «Ti ricordi

quando abbiamo deciso che tutta la gente dentro casa tua era fastidiosa e avevamo solo bisogno di divertirci per conto nostro, così abbiamo preso una bottiglia di Bacardi e siamo sgattaiolati fuori?».

Annuisco, con il mento poggiato sulla sua testa. «Erano sempre fastidiosi, tutti quanti».

«Eppure continuavi a dare delle feste». Con le dita traccia delle linee sul mio addome e poi su fino al petto. «Quasi ogni fine settimana, dopo che hai compiuto sedici anni».

«Ero annoiato e avevo bisogno di distrarmi». Un fremito mi corre lungo la schiena quando mi tocca… È la sola ragazza che sia riuscita a farmi questo effetto.

Le sue dita mi corrono sull'addome e si fermano sul petto, con il palmo della mano sul cuore. «Distrarti da cosa?».

Poso una mano sulla sua, per trattenerla lì. «Da te».

Ella si irrigidisce, e anch'io, perché so cosa sta per succedere.

«È per questo che sei andato a letto con tante ragazze?», mi chiede sommessamente.

Chiudo gli occhi, certo che possa sentire i battiti del mio cuore. «Non ti ho sempre detto che era solo un passatempo nell'attesa del tuo arrivo?»

«Sì, ma dovevi proprio andare a letto con chiunque?»

«Non sono andato a letto con chiunque… neanche lontanamente», la correggo. «E poi avevo sedici anni ed ero arrapato, e tutta la gente che frequentavo faceva sesso».

«Quindi era per una sorta di desiderio di emulazione», mi chiede scettica. «Perché non mi sembra da te».

Apro gli occhi e sospiro, lasciandole la mano. «Non c'era un vero motivo, e forse è proprio questo il punto. Ero giovane, annoiato e innamorato della mia migliore amica, che entrava nel panico appena facevo una qualsiasi cosa che oltrepassasse il legame di amicizia. Per la maggior parte del tempo non sapevo come affrontare la situazione, e a essere sinceri, Ella, il modo in cui mi comportavo di solito mi faceva sentire una merda, non solo nei confronti delle altre ragazze, ma anche nei tuoi». Mi fermo un attimo, per darle modo di dire qualcosa, ma lei tace, così proseguo. «Ti ricordi quella volta che ti ho convinto a gareggiare con me e quando ho vinto ti ho baciato perché ero un po' su di giri?».

Lei annuisce esitante, con la mano ancora ferma sul mio cuore. «Per poco non ti ho dato un pugno, ma solo per un riflesso involontario. Nessuno mi aveva mai toccato così».

«Eri così incazzata».

«Solo perché ero confusa».

Mi fermo un attimo. «A proposito di cosa?».

Lei esita. «Di noi due e di quello che stavo provando».

«E cosa stavi provando? Muoio dalla voglia di saperlo». Anche se ormai lei è mia, adoro sentirla parlare del nostro passato e del fatto che a volte non sono stato l'unico che ha sofferto in silenzio.

Ella si volta verso di me, il suo respiro mi riscalda il petto, le sue labbra mi sfiorano la pelle. «Non ne sono sicura».

«Ti piacevano le sensazioni che stavi provando?», le chiedo premendo le labbra contro la sua fronte.

Dopo un istante di esitazione, annuisce. «Sì. Molto. E questo era un problema».

Sorrido e alzo lo sguardo sopra la sua testa, fuori dalla finestra, dove le luci natalizie lampeggiano nell'oscurità. Ce ne sono anche sull'albero accanto alla finestra di Ella, quello su cui mi arrampicavo sempre per poter stare con lei. «Grazie, piccola».

«Per cosa?»

«Per avermelo detto. È bello sapere che non ero il solo a sentirmi così», le dico. «Adesso vuoi dirmi dei tatuaggi?».

Ella fa una smorfia e si scosta un po' per guardarmi negli occhi. «È stata una mia idea», confessa.

Resto a bocca aperta. «Cosa?».

Lei abbassa lo sguardo, si tira su e si siede a cavalcioni su di me, con i capezzoli che mi sfiorano il petto. «Eravamo ubriachi e mi hai sfidato a darti un bacio, e io l'ho fatto. Poi ti ho proposto stupidamente che sarebbe stato divertente farci fare un tatuaggio per immortalare il momento».

«E io ti ho seguito senza fare una piega?», le chiedo, ma senza ironia, perché sembra proprio una cosa da me.

Ella annuisce mentre mi accarezza le spalle, intreccia le braccia intorno al mio collo e i suoi capezzoli morbidi mi solleticano la pelle. «Mi hai portato a casa di Jason e gli hai chiesto di tatuarci il simbolo dell'infinito».

«E poi?», la incalzo, con le mani sulla vita.

Lei scrolla le spalle. «Poi i ricordi si fanno un po' confusi».

Rifletto su quello che mi ha raccontato, mi sento felice. «Quindi in realtà il merito di tutto questo è tuo», le dico alzando il braccio con il tatuaggio.

Ella lo percorre con un dito. «Sei arrabbiato?»

«No! Sono molto, molto felice».

«Perché?»

«Perché è la prova che forse mi amavi da sempre».

Lei si inumidisce le labbra con la lingua e si piega su di me, così vicina che quando sbatte le palpebre le sue ciglia sfiorano le mie. «Anche se allora non lo sapevo», mi sussurra sulle labbra. «Credo tu abbia ragione, e sono felice di averlo finalmente capito».

Capitolo 9

Ella

Non dovrei farlo, lo so, ogni fibra del corpo me lo chiede, eppure la mattina dopo riapro il diario di mia madre. La parte che sto leggendo è stata scritta poco prima del suo matrimonio e lei non sembra affatto felice. Anzi, sembra depressa, triste, tutto ciò che una futura sposa non dovrebbe essere.

Non sono sicura di poterlo fare. Andare in tribunale e renderlo ufficiale. Preferirei cavarmi gli occhi. Secondo mia madre, non dovrei. Lei pensa che Raymond non vada bene per me, che rovinerà la mia vita e che non sono fatta per essere una madre e una moglie, soprattutto per quello che sto passando... i miei improvvisi cambi di umore, la mia instabilità. Probabilmente ha ragione, e ancora una volta mi sento come se la mia vita sia già rovinata, che diventi moglie e madre oppure no. Anche se forse amo davvero Raymond. Forse. Ma a volte il solo pensiero di continuare a respirare mi sembra l'impresa più difficile del mondo. Vorrei poter smettere. Chissà se esiste qualcuno in grado di trattenere il respiro fino a morire.

Forse dovrei provare.

Scruto la sua foto e il disegno del vaso. Quando lo fece? E quando fu scattata la foto? Nei giorni in cui scriveva queste cose? Prima? Dopo? Perché questa cosa mi ossessiona tanto? Devo lasciar stare.

«Piccola, sei pronta?», mi chiede Micha infilando la cinta di pelle tra i passanti dei jeans logori.

Chiudo il diario, inquieta, e noto che lui lo sta guardando esitante. «Sì, per quanto possa esserlo».

«Basterà». Lui si allaccia la cinta, poi prende il profumo, lanciando un'altra occhiata al diario mentre scendo dal letto. «Parlerai a tuo padre del diario?»

«Sì, credo che possa essere il momento giusto». Indosso una camicia a scacchi neri e viola e un paio di jeans rimboccati negli stivali. Mi passo le dita tra i capelli arruffati e tiro fuori il deodorante dal mio borsone. «Spero solo che non la prenda male».

Micha ripone il profumo sulla cassettiera, accanto a un mucchietto di vecchi plettri. «Perché dovrebbe prenderla male?».

Mi stringo nelle spalle, aprendo il deodorante. «Perché ha a che fare con mia mamma, e se volesse leggerlo?»

«Allora faglielo leggere».

Mi passo il deodorante sotto le ascelle e lo getto di nuovo nella borsa. «Sì, ma ci sono scritte delle cose... su di lui... e non sono piacevoli, per lo meno non quelle a proposito di come si sentiva prima di sposarlo».

Il suo pomo d'Adamo sobbalza mentre deglutisce, passandosi una mano tra i capelli. «Be', forse allora non dovrebbe». Poi apre il primo cassetto e comincia a frugarci dentro come se cercasse qualcosa, anche se ci sono solo delle vecchie magliette.

Tocco dolcemente il suo braccio. «Micha?».

Il contatto lo fa irrigidire. «Sì».

«Voglio sposarti più di ogni altra cosa al mondo», lo rassicuro facendolo girare verso di me, per poterlo guardare negli occhi, anche se ha la testa abbassata. «E sì, potrà sembrare supersdolcinato, ma è la pura verità...». La mia voce si affievolisce appena si piega su di me.

«Nonostante tutto quello che hai letto?», mi chiede posandomi una mano dietro il collo.

Annuisco e la sua bocca copre la mia. Le labbra si schiudono, mi divora in un lungo bacio appassionato, le sue dita affondano tra i miei capelli costringendomi a tenere la testa all'indietro. Quando si allontana da me sembra inebriato, ha gli occhi offuscati e le pupille dilatate, e io lo amo per questo.

«C'è una cosa di cui ti devo parlare», gli dico, perché so che è giunto il momento di chiedere ciò che deve essere chiesto. Di parlare di cosa faremo nei prossimi anni, dei nostri progetti per il futuro. «Ma prima andiamo a dire a tua madre e a mio papà che ci stiamo per sposare».

«Sei sicura?», mi chiede, lasciandomi i capelli.

«Sicura», rispondo. «Tra l'altro, se non ci decidiamo ad annunciare il nostro matrimonio, non ci sarà nessuna cerimonia, per lo meno non una a cui possa venire qualcuno».

«Dove lo faremo?»

«Non lo so», ribatto, ed è davvero così. Non ho mai pensato che mi sarei sposata, neanche da bambina. Anzi, quando nella mia mente si delineava una simile eventualità, la respingevo con tutta me stessa. Vedevo i miei genitori scontrarsi, essere infelici, perdere il controllo, la nostra vita familiare era sempre sull'orlo del collasso, finché un giorno non è andata completamente in frantumi. Ma sono cambiata. E non importa dove avverrà, o cosa indosserò. Voglio solo che Micha sia lì accanto a me. «Nel tuo giardino?», propongo. «Sono successe un sacco di cose nel tuo giardino».

Micha si succhia il piercing sul labbro, assorto. «Sì, è vero, ma sono successe un sacco di cose anche nel nostro posto speciale, quindi perché non ci sposiamo al lago? È lì che ci siamo detti "Ti amo" per la prima volta, anche se tu non te ne ricordi».

«Non farà freddo?»

«E che importa?».

Ha ragione, ma io guardo ancora a terra, con un'espressione accigliata, il cuore mi martella in petto, appena ricordo quella notte sul ponte e come per poco non mi sono buttata giù. Come Micha mi ha salvata. Come l'ho baciato subito dopo per soffocare le due parole che stava per sussurrare, parole che adesso non mi stanco mai di sentire. Ricordo di essermi girata per andarmene, pronta a scappare da lui e dai miei sentimenti, ma poi le ore successive sono frammenti sparsi, per colpa dell'adrenalina e dell'ansia che mi offuscavano la mente, insieme alle pillole che avevo preso dall'armadietto di mia madre. Gocce di pioggia che cadono sull'asfalto, coperto di pozzanghere. Acqua nera come l'inchiostro. Lampi d'argento che fendono il cielo di mezzanotte. Il calore inebriante di Micha.

«Non mi hai mai detto cosa è successo quella notte». Alzo lo sguardo su di lui. «Ti... ti andrebbe di raccontarmelo? Voglio sapere cosa è successo la notte in cui ti ho detto per la prima volta "Ti amo"».

Mi osserva per quella che sembra un'eternità, mi scruta mentre riflette su ciò che gli ho chiesto. Poi, invece di uscire dalla stanza come temo, mi attira sul letto con lui e mi avvolge in un abbraccio. «Certo. Ti darò sempre tutto ciò che vuoi».

Capitolo 10
Due anni e mezzo prima

Micha

La pioggia scroscia dal cielo e si abbatte sull'asfalto nero come il carbone, impregnandomi i jeans e la maglietta. I lampi rischiarano il cielo e i tuoni esplodono riecheggiando sulle travi di metallo del ponte. Le mie labbra sono intorpidite dall'aria gelida, dal bacio di Ella e dal fatto che adesso si sta allontanando da me.

«Ella May, non osare scappare via», le urlo mentre le corro dietro, pestando le pozzanghere.

Procede a fatica, sbanda a destra e a sinistra, mentre la pioggia le inzuppa i jeans, la maglietta, i capelli. I fari della mia macchina, parcheggiata al centro del ponte, rischiarano l'oscurità e la illuminano facendola sembrare un'ombra. «Micha, lasciami in pace. *Ti prego*». Mette un piede in fallo, inciampa e cade a terra. Non so se è per le pillole che ha preso, se è ubriaca, magari entrambe le cose, o forse le è venuto un attacco di panico.

Scatto in avanti e le cingo la vita con le braccia. Mentre la aiuto ad alzarsi, Ella prova a divincolarsi con i gomiti e a spintonarmi via.

«Lasciami stare!», mi urla con voce incrinata dal pianto. Il mio cuore va in mille pezzi, perché non piange mai. *Mai*. Il dolore che prova… Dio, non posso neanche pensarci. «Ti prego, lasciami stare».

«No», le dico sorreggendola tra le braccia, e intanto torniamo verso la macchina. «Non ti lascerò mai andare, non lo capisci?».

Mentre continuo a sostenerla con un braccio, apro la portiera del sedile passeggeri, con la pioggia che continua a inondarci. Le metto una mano sulla testa per aiutarla a infilarsi in macchina. Una volta seduta, con la portiera chiusa, mi sento un po' meglio, il peso soffocante che mi schiaccia il petto si fa più leggero. Non mi abbandona del tutto, ma non mi opprime come quando l'ho trovata sulla ringhiera del ponte.

Strizzo gli occhi nella pioggia per guardare la trave su cui Ella si teneva in equilibrio e poi l'acqua scura sotto di noi. «Perdio!», impreco, e do un calcio alla ruota della macchina mentre mi passo una mano tra i capelli bagnati. Perché va sempre tutto a puttane? Com'è possibile che a una ragazza bella, intelligente ed eccezionale come lei succedano cose così fottutamente merdose? Ha trascorso la maggior parte della vita a prendersi cura dei genitori, e adesso la madre si è suicidata e il padre ha gettato la colpa su di lei. Perché deve affrontare tutto questo? Perché non può finalmente accaderle qualcosa di bello?

Non ho idea di come affrontare questa cosa, ma so che ci devo provare. Costringo le mie gambe ad aggirare il cofano della macchina, mi siedo al posto di guida e chiudo la portiera. «Qui dentro fa un freddo fottuto!», esclamo accendendo il riscaldamento mentre i vestiti fradici inzuppano il sedile di pelle.

Ella non mi guarda, tiene la testa appoggiata contro il finestrino e le mani in grembo, inerti, gocce di acqua le colano dai capelli fradici sulle guance. «Non sento niente», mormora.

Il cuore mi sprofonda nel petto e devo prendere un lento

e profondo respiro prima di poter aprire bocca. «Piccola, mettiti la cintura di sicurezza».

Lei scuote la testa, con gli occhi chiusi. «Non… non posso…». Sembra esausta, sul punto di svenire.

Mi allungo nella sua direzione. Afferro la cintura e lei non si sposta neanche quando gliela faccio passare sul petto; mentre la sto allacciando, all'improvviso Ella si gira con tutto il corpo verso di me. Il gancio scatta nell'attacco, e lei appoggia la fronte contro la mia, ha la pelle gelida come la pioggia.

«Tu hai… hai quasi detto di amarmi…». Il calore del suo respiro mi riscalda la pelle, mentre i suoi occhi rimangono chiusi.

«Lo so». Deglutisco, ma ho paura che il più piccolo movimento possa spezzare la connessione tra noi. L'acqua mi goccia dalla fronte, sulle labbra e dalle mani mentre sposto le dita dalla fibbia al suo fianco.

«Non me l'ha mai detto nessuno», sussurra.

«Lo so», le dico, e le dita mi tremano appena si posano su di lei.

Ella ruota la spalla verso l'interno e preme contro la mia, appena si abbandona ancora di più addosso a me. «Dicevi… dicevi sul serio?».

Annuisco lentamente, senza scostarmi da lei, strusciando la fronte contro la sua. «Mai stato più serio».

«Micha io…», comincia a dire, e il cuore mi si strugge nell'attesa. Ti prego, dillo. Ma poi la sua fronte si allontana dalla mia e lei si appoggia di nuovo alla portiera. «…sono davvero stanca», mormora con un filo di voce, con la testa contro il finestrino.

Inspiro un po' alla volta ed espiro, tentando di placare i battiti irregolari del cuore. Mi ci vuole qualche istante per tornare a parlare di nuovo. «Ti porto a casa».

«No», protesta. «Ovunque, ma non a casa… Odio quel posto…».

Mi rigiro sul sedile e osservo le gocce di pioggia che si abbattono sul cofano e sul parabrezza. «Dove vuoi andare?»

«In un luogo che mi renda felice», risponde sussultando, appena un tuono esplode in lontananza.

Appoggio le mani al volante e chiudo gli occhi. Un luogo che la renda felice? Non sono sicuro che un posto del genere esista davvero, ma devo tentare. Dopo aver riaperto gli occhi, metto la retromarcia e indietreggio lungo il ponte. Appena raggiungo la fine, ingrano la prima e giro il volante, facendo girare la macchina su se stessa.

La strada è inondata di pozzanghere e i tergicristalli si muovono veloci, mentre mi allontano dal ponte. Sussulto ogni volta che un fulmine e un tuono si susseguono, mentre Ella resta ferma, quasi inerte. Si muove solo per trafficare con l'iPod. Scorre avanti e indietro la lista delle canzoni, le sue dita armeggiano nervosamente con i pulsanti. Continua a tremare, ma quando le chiedo se ha freddo scuote la testa. Finalmente seleziona una canzone, *This Place Is a Prison*, dei Postal Service. Poi si abbandona contro lo schienale, contro il poggiatesta, e fissa il tettuccio mentre la canzone risuona attraverso le casse dello stereo.

Continuo a guidare, finché non arrivo a una strada laterale che procede serpeggiante fino a una radura isolata circondata dagli alberi, vicino alle sponde del lago. La strada è fangosa e ho paura che ci impantaneremo. Ma in qualche modo riesco a raggiungere il nostro posto speciale, quello in cui io e Ella siamo sempre andati da soli, per stare tra noi. Parcheggio la macchina di fronte alle acque scure e lascio i fari accesi. Rivoli d'acqua travolgono le gocce di pioggia quando i tergicristalli spazzano avanti e indietro il parabrezza.

«A cosa stai pensando?», mi decido a chiederle, senza guardare il lago.

«Che mi sarei dovuta buttare», mi risponde impassibile.

Qualcosa si spezza dentro di me e vado fuori di testa. «No che non avresti dovuto, cazzo!». Batto il pugno sul volante e lei sussulta, solleva la testa e mi guarda con gli occhi sgranati. «Tu non vuoi morire, smettila di dire una cosa del genere». La mia voce si addolcisce mentre allungo una mano e le sposto una ciocca di capelli bagnati dietro l'orecchio. «Sei solo confusa».

«No, non lo sono», protesta. «So esattamente cosa sto pensando». Ma io so che non è vero: ha gli occhi annebbiati, le pupille dilatate e fatica a tenere le palpebre aperte. «Non voglio più essere qui, Micha».

«Con me?», le chiedo con voce strozzata mentre accolgo la sua guancia in una mano.

Ella deglutisce, i suoi occhi scrutano i miei.

«Non lo so».

«Pensavo sapessi esattamente cosa stai pensando», ribatto. Non so se è il modo giusto di affrontare la situazione, ma è l'unico che conosco.

«L'unica cosa che so è che non voglio sentirmi così». Si batte una mano sul torace, forse con troppa forza, i suoi occhi sono enormi, pieni di panico e orrore, mentre il suo petto affanna in cerca dell'aria. «Non voglio sentire tutto questo dolore e questo senso di colpa».

«Quello che è successo a tua madre non è colpa tua». Poso una mano tremante sulla sua, con il terrore di mandare tutto a puttane. Non riesco a credere che il suo cuore possa sussultare tanto velocemente contro le nostre mani unite. Probabilmente è stordita da tutta l'adrenalina che le scorre nelle vene.

«Mio padre e Dean non la pensano così», sussurra, togliendosi la mano dal cuore e costringendo la mia a fare altrettanto.

«Tuo padre e tuo fratello sono due fottuti stronzi», replico risoluto piegandomi sul bracciolo tra noi. «E non conta quello che dicono… contiamo solo tu e io. Ricorda, tu e io contro il mondo».

Le sue palpebre si chiudono e aprono lentamente. «Lo dici sempre».

«Perché ci credo. È l'unica cosa di cui mi importa. Posso perdere chiunque e andare avanti per la mia strada. Ma non te, Ella May. Non posso farcela senza di te».

Le sue guance si bagnano di lacrime. «Odio me stessa».

«Ella, dannazione, non dire…».

«No!», urla mentre con uno scatto si allontana da me e si raggomitola contro la portiera. «Odio me stessa, cazzo! È così! E vorrei solo che riuscissi a vedere come sono davvero. Tu hai sempre visto in me più di quanto non ci sia in realtà…». Si volta verso il finestrino quando altre lacrime le inondano gli occhi e guarda fuori dalla macchina – gli alberi, l'acqua, la pioggia – come se volesse scappare via. «Se mi lasciassi andare, potresti essere felice».

«No, non lo sarei mai». Serro le dita per resistere alla tentazione di toccarla e rovinare tutto. «Io…». Emetto un sospiro strozzato, so che quanto dirò adesso cambierà tutto, anche se lei domattina non ricorderà nulla. Ma lo farò lo stesso. Non posso tornare indietro, e francamente neanche lo voglio. «Io ti amo, cazzo. Non lo capisci?». Le mie mani si schiudono e mi allungo verso di lei, per stringerle un braccio mentre scuote la testa. «Ti amo». La mia voce si addolcisce. «Non importa cosa accadrà, a te, a me… a noi… Io ti amerò *sempre*».

Le sue spalle cominciano a sussultare e la sento cedere alla mia presa, mentre la tiro a me sopra il bracciolo e sul mio grembo. Poi la stringo in un abbraccio e accolgo la sua testa sul mio petto, mentre lei piange disperata contro la maglietta bagnata. Le accarezzo i capelli, ogni singhiozzo mi lacera il cuore. Guardo fuori, la pioggia si abbatte sulle acque del lago, mi sento impotente. Vorrei poterla liberare da tutto il dolore e il senso di colpa che prova. Ella non merita niente di tutto questo... Merita solo di essere amata incondizionatamente, ed è proprio quello che cercherò di fare, se solo lei me lo permetterà. Ci devo riuscire.

«Micha». Il suono della sua voce tirata mi catapulta di nuovo alla realtà.

Quando abbasso lo sguardo su di lei, i suoi occhi sembrano smarriti, come se non avesse idea di dove si trova, mentre si stringe alla mia maglietta. So che presto, probabilmente, si addormenterà e che quando spunterà il giorno non ricorderà nulla di quello che è successo.

Le passo un dito sotto gli occhi, per asciugarle le lacrime. «Dimmi, piccola».

Ella inspira profondamente e mi tira per la maglietta, costringendomi ad avvicinarmi a lei. «Anch'io ti amo», sussurra, e poi preme le labbra contro le mie. È un bacio fugace, e tuttavia lo sento vibrare in ogni fibra del mio corpo. Mi stringo a lei e ricambio il bacio con tutto il sentimento che c'è in me. Vorrei che potessimo restare così per sempre, ma il momento svanisce con la stessa rapidità con cui si è presentato. Ella si scosta da me e si rannicchia tra le mie braccia. Un istante dopo dorme profondamente.

Ascolto il ritmo del suo respiro, e più resto lì, con Ella stretta a me, più il mio cuore batte impetuoso, e per quanto mi sforzi di ricacciarle indietro, alla fine le lacrime mi solcano il viso. La testa mi ricade sul volante, mentre piango in silenzio, con la pioggia scrosciante intorno a noi. Piango per lei. Per la vita che è costretta ad affrontare. Perché la amo così tanto che mi fa male vederla così. Perché so che con ogni probabilità, quando sorgerà il sole, lei non ricorderà nulla.

Perché ho paura che la perderò per sempre.

Capitolo 11

Ella

Quando Micha finisce di raccontarmi che cosa è successo, resto distesa sul letto in silenzio, con la testa sul suo cuore. Batte più veloce del normale, e mi chiedo se stia rivivendo la stessa paura e le stesse emozioni che ha provato quella notte.

«Non ricordo nulla», gli dico alzando gli occhi su di lui. «Credo sia stata la combinazione di pillole e… angoscia. Le immagini nella mia mente si fanno sempre sfumate quando torno in quel luogo».

«Lo so», commenta guardandomi. «Te l'ho detto, quella notte sapevo che molto probabilmente non avresti ricordato nulla. Pensavo solo che non ti avrei più rivista, dopo quello che era successo».

Il silenzio si spande tra noi mentre io mi sforzo di ricordare e lui di dimenticare.

«Mi dispiace». È la sola cosa che riesco a dire. Non ci sono parole per spiegare quanto sto male per quello che ho fatto e che gli ho fatto passare. Anche il solo pensiero mi fa soffrire: stavo per gettare via tutto… Tutto quello che adesso c'è tra me e Micha. «Mi dispiace da morire».

Mi tira su con sé mentre si mette seduto. «Non devi dispiacerti per una cosa successa anni fa… Qualcosa che non eri neanche in grado di controllare».

«Potevo evitare di scappare via».

«Lo sai, all'inizio anch'io la pensavo così, ma ora non credo che sia vero. A volte nella vita capitano delle cose di merda, e le persone devono fare quello che possono per non calpestarla». Gli angoli della sua bocca si piegano all'insù in un sorriso amaro. «Nel tuo caso, è stato scappare via, nel mio invece... è stato decidere che era meglio lasciar andare via mio padre».

«Ma poi sono tornata». Raccolgo le gambe sotto di me e resto in ginocchio tra le sue. «Be', in realtà sono tornata per le vacanze estive, ho dovuto farlo, ma adesso sono qui».

«Lo so». Mi posa le dita sulla guancia. «Si chiama "guarigione", Ella May».

«Credo di sì», concordo. «Ma tu non hai permesso a tuo padre di tornare nella tua vita, anche se ci ha provato».

Il suo pollice mi sfiora il labbro inferiore. «Nella mia vita c'erano già tutte le persone di cui avevo bisogno. Mia mamma. Tu. Anche Ethan e Lila. Più di quanto possa sperare la maggior parte della gente». La sua mano lascia la mia bocca e intreccia le dita alle mie, la guarnizione di metallo che porta all'anulare preme contro l'anello di fidanzamento. «Inoltre, tu sarai mia per sempre. E un giorno avremo una famiglia tutta nostra, alla fine non importa altro che questo».

Non sono sicura di quale espressione abbia assunto il mio volto, ma lui nota un cambiamento, mentre mi sposto verso il bordo del letto.

«Che succede?», mi chiede mentre raddrizza la schiena e fa scivolare giù le lunghe gambe e poggia i piedi a terra.

Volevo prepararmi prima di affrontare questa conversazione sul nostro futuro, ma adesso è inevitabile, perché Micha ha parlato della "nostra famiglia"... Merda. Si riferiva ai figli e a tutto il resto? «In realtà volevo proprio parlartene...».

«Parlarmi di cosa? Del fatto che sarai mia per sempre o della nostra famiglia?»

«Mmm...». Fatico a deglutire. «Dell'ultima parte».

«Del fatto che avremo una famiglia tutta nostra». Parla lentamente e con cautela, come se avesse paura di spaventarmi.

«Sì, più o meno...». Mi costringo ad affrontare un argomento che mi mette tanto a disagio. «Voglio dire, dove stiamo andando?».

Mi guarda interdetto. «Non sono sicuro di seguirti, piccola».

«Pensi che noi...». Dio, è così difficile. «Quando parli di famiglia... intendi dire che avremo dei figli?»

«Magari non ora, ma in futuro penso di sì», mi risponde soppesando attentamente le parole.

«E se io... se io ti dicessi che non voglio avere figli?». Riporto di nuovo i piedi sul letto e mi siedo con le gambe incrociate.

Micha si stropiccia la barba sfatta mentre anche lui assume la stessa posizione. «Dipende dal motivo per cui non vuoi averne, immagino».

«Quindi tu vuoi avere dei figli?». Sono un po' sorpresa che non si sia neanche posto il problema.

I suoi occhi cercano i miei, poi annuisce con decisione. «Non subito, tra un po' di tempo».

«E se ti dicessi che non riesco a pensare di diventare madre neanche tra un po' di tempo?». Mi mordo il labbro nervosamente. «Cosa faresti?».

Micha intreccia le sue dita alle mie e mi stringe le mani. «Perché non riesci a pensare di diventare madre?».

Alzo gli occhi al cielo e libero una mano per indicare me stessa. «Credo che sia ovvio».

Lui mi guarda con occhi sinceramente perplessi. «No, non lo è».

«Per quello che sono». Le parole faticano a uscire. «Per i miei problemi. Perché non ho idea di cosa significhi diventare madre. Voglio dire, durante l'infanzia ho vissuto alcuni momenti felici, ma, a parte quelli, sono stata io a prendermi cura di mia madre, e non il contrario».

Micha scioglie le dita dalla mia mano e mi attira a sé, afferrandomi per le ginocchia. «Proprio così, e questo farà di te un'ottima madre».

«Credo che ti sbagli», lo contraddico. «Semmai farà di me una madre molto confusa».

Le sue mani scivolano dalle mie ginocchia alle cosce e le dita affondano nella pelle come se avesse paura di lasciarmi andare. «Non è vero. Odio doverlo ricordare, ma eri tu a pensare a tutti e a mandare avanti la casa. Cucinavi. Facevi le pulizie. Pagavi le bollette. Aiutavi tua madre a prendere le medicine. Stavi a casa e ti occupavi di lei quando tuo padre usciva ogni sera per andare al bar e si comportava come un ragazzino. Ella May, a sedici anni eri molto più responsabile di molti trentenni».

«Ho fatto anche un sacco di cavolate», gli ricordo. «Dimentichi tutte le risse in cui sono finita, tutti i tetti da cui sono saltata, tutte le volte in cui ti ho fatto guidare come un pazzo spericolato per spingermi oltre il limite».

«Dovevi pur prendere fiato, in qualche modo».

Rifletto su quello che mi ha detto, ma non riesco a stare ferma, perché tutte le sue parole incoraggianti mi mettono a disagio. «Mi stai davvero facendo spaventare».

«Lo so», mi dice. «Ma è la verità. Sarai una madre magnifica, se e quando arriverà quel momento».

Lo guardo scettica. «E se invece non fosse così? Se ti dicessi che non è possibile che succeda una cosa del genere? Che voglio solo passare il resto della mia vita a disegnare e a sentirti suonare? Solo tu e io?»

«Be', allora vorrà dire che saremo solo tu e io e che invecchieremo insieme», mi risponde con un timido sorriso. «Posso accettarlo. Posso accettare tutto, basta che ci sposiamo». Detto questo, si alza in piedi. «Questo week end. Niente più perdite di tempo». Micha mi porge la mano e io l'afferro, annuendo.

Mi aiuta a tirarmi su e camminiamo insieme verso la porta. «Eppure devo dirti che faremmo dei bellissimi bambini». Mi fulmina con un sorriso impertinente e io alzo gli occhi al cielo. «Immagina se avessero i tuoi splendidi capelli e i miei meravigliosi occhi».

«Sei troppo presuntuoso per i miei gusti. Tra l'altro sarebbe meglio se avessero i tuoi capelli e i miei occhi. Non mi è mai piaciuto il mio colore». Faccio una smorfia disgustata mentre esamino un paio di ciocche. «Però adoro i tuoi occhi. Magari lei potrebbe avere i tuoi capelli e anche i tuoi occhi».

Micha inarca un sopracciglio mentre apre la porta. «Lei?».

Mi mordo la lingua, appena mi rendo conto del lapsus. «Ho detto "lei"?», faccio finta di niente.

Annuisce, e i suoi occhi turchesi scintillano mentre usciamo nel corridoio. «Quindi vorresti una bambina?».

Boccheggio in cerca d'aria e serro le labbra. Quando provo a pensare di diventare madre, mi immagino con una bambina piccola con i capelli biondi e gli occhi azzurri. Ma ancora non me la sento di ammetterlo ad alta voce. «Possiamo andare a dire a tua madre che ci sposiamo?», gli chiedo cercando di mantenere un tono indifferente, ma la mia voce è più acuta di quanto non volessi. «Prima che Lila ed Ethan se lo lascino sfuggire».

Micha mi fissa per dieci secondi e io mi chiedo chi stia vedendo. La ragazza che ha conosciuto quando aveva quattro anni? O quella che è scappata da lui a diciotto? O questa nuova Ella, che pensa a matrimoni e bambini? «Quello che vuoi», mi dice infine avviandosi verso il salotto.

Dice sempre così, allora mi aggrappo al suo braccio, trattenendolo. «Perché per una volta non facciamo quello che vuoi tu?».

Si ferma, scrutando nei miei occhi Dio solo sa cosa. «Ho tutto ciò che voglio proprio accanto a me», mi risponde sincero, e sono sicura che lo pensa davvero.

Capitolo 12

Micha

Tutto questa conversazione sui figli con Ella è stata un po' strana, ma necessaria, credo. Non ci avevo mai pensato a lungo, ma non dev'essere male avere dei figli – tra un po' di tempo, ovviamente. Non ho paura di diventare un padre di merda come il mio. Ho sempre pensato di assomigliare di più a mia madre che a lui, e ne sono orgoglioso. Ma se e quando decideremo di averne, voglio essere certo che sia il momento giusto per me e per Ella.

Pensavo tutto quello che le ho detto. In entrambi i casi, sia che avremo figli oppure no, sarò felice, mi basta stare con lei. Ma adesso penso di doverle davvero parlare del mio futuro musicale e del prossimo tour. Forse avrei dovuto dirglielo subito dopo la nostra conversazione sui figli, visto che stavamo parlando del nostro futuro. Sarebbe potuto essere un buon momento, ma ero spaventato e nervoso per quello che avrebbe potuto dire... o non dire. La musica è la mia passione, la valvola di sfogo per le mie emozioni nei momenti duri, ed Ella ne è consapevole; io so che mi sarà d'aiuto, ma non so se mi accompagnerà, e se verrà, lo farà perché lo desidera o perché pensa sia ciò che voglio io? E se deciderà di non venire, allora vorrà dire che dovrò rinunciare... rinunciare al mio sogno. Ed è proprio questa consapevolezza a farmi evitare il più possibile l'argomento.

Con il tour e il nostro futuro che ancora indugiano nella

mia mente, entriamo in cucina tenendoci per mano, nell'aria il fragrante aroma del caffè appena fatto. Mi sento di nuovo come quando avevo sette anni, e io ed Ella siamo andati a dire a mia madre che avevamo rotto il nano da giardino della nostra vicina di casa, la signora Millerson, per vedere se era un nano vero. La signora Millerson ci acciuffò e ci disse che gliene dovevamo comprare uno nuovo. Eravamo convinti che saremmo stati sgridati, ma fortunatamente mia mamma ci andava sempre piano con me, per il fatto che papà ci aveva abbandonato, e in più aveva un debole per Ella.

Ma adesso non stiamo per dirle che abbiamo rotto un nano da giardino, ma che vogliamo organizzare un matrimonio in cinque giorni e che per poco non ci siamo sposati senza di lei. All'inizio mia mamma va fuori di testa, più di quanto non prevedessi, ma poi la sua collera si trasforma in eccitazione, quando le ricordo che sì, stavamo per sposarci senza di lei, ma poi abbiamo deciso di non farlo.

Durante tutta la scena, Thomas, il suo fidanzato, di poco più giovane di lei, è in cucina, che mangia una tazza di cereali seduto al tavolo. Sembra un po' meno trasandato dell'ultima volta che l'ho visto, almeno indossa una maglietta pulita e un paio di jeans che non sono strappati. Mia madre si veste ancora come se fosse una ragazzina: la maglietta è tempestata di merdosissime paillette e ce ne sono anche lungo le cuciture dei pantaloni. Ma non dico niente. So che è felice, e anche se continuo a pensare che Thomas sia un idiota – soprattutto quando lo vedo sbrodolarsi la maglietta di latte – sembra che sia anche merito suo.

«Quindi stiamo per farlo davvero?», mi dice mia mamma mentre si versa una tazza di caffè con un sorrisetto stampato in faccia.

«Fare cosa?», le chiedo di rimando scambiando uno sguardo confuso con Ella, che si stringe nelle spalle, interdetta quanto me.

Mia madre scuote la testa mentre appoggia la caffettiera sul bancone, accanto al lavello. «Il matrimonio».

Trattengo un sorriso. «Non credevo che fosse una cosa che stiamo per fare *tutti insieme*».

Lei sospira, come se fossi uno sciocco bambinetto, e ci passa accanto mentre si dirige verso il frigorifero. «Non intendevo "tutti noi"». Apre il frigo e prende una bottiglia di latte. «Quando ho detto "stiamo", pensavo a te ed Ella», aggiunge rivolgendo un sorriso raggiante a Ella mentre versa un po' di latte nel suo caffè. «La figlia che non ho mai avuto. Dio, sarà così divertente».

Ella fa un passo indietro, tesa ed esitante di fronte all'entusiasmo di mia madre, che la sta spaventando a morte. «Cosa sarà divertente?», chiede.

«Organizzare il vostro matrimonio», risponde lei guardandoci mentre ripone il latte nel frigo. «Voi due avrete il miglior matrimonio della storia. Ve lo posso assicurare».

Mi sposto dietro Ella e le cingo la vita con le braccia, cercando di placare le sue paure. «Lo sai che hai solo cinque giorni e che dopo ce ne torneremo a casa, vero?», dico a mia mamma.

Lei batte le mani e si volta per guardare la neve che fiocca dal cielo nuvoloso. È il primo pomeriggio, ma c'è così poca luce che sembra sera. «Cinque giorni andranno benissimo». Poi rivolge di nuovo la sua attenzione su di noi. «Posso fare un sacco di cose in cinque giorni».

«E siamo anche al verde», le ricordo premendo il petto contro la schiena di Ella. È taciturna, e questo mi rende nervoso. Non so se è questa chiacchierata sul matrimonio a terrorizzarla, o quella di poco fa sul fatto di avere dei figli.

«Ho messo da parte un po' di soldi». Mia mamma riprende la tazza di caffè dal bancone. «E in più, si può organizzare un bel matrimonio anche senza spendere un patrimonio». I suoi occhi si posano su Ella. «Hai già un abito?».

Ella scuote la testa e sbatte le palpebre distratta. «Cosa?»

«Un abito, tesoro». Mia madre beve un sorso di caffè e mi guarda con occhi interrogativi da sopra il bordo della tazza. «Ne ha già uno?».

Mi piego sulla spalla di Ella per guardarla in volto e i suoi occhi velati di lacrime mi fanno trasalire. «Sì, mamma, ce l'ha», le rispondo, poi prendo Ella per mano e la trascino verso il corridoio esclamando dietro di me: «Mamma, torniamo tra un attimo».

Ella mi segue assente. Una volta nel corridoio, lontani dagli occhi di mia madre, mi fermo e la guardo.

«Ok, che succede?», chiedo scrutandole gli occhi umidi.

Lei fissa la parete alle mie spalle e le foto incorniciate di me e mia madre appese al muro. «Non è niente».

Le poso una mano sulla guancia e la costringo a guardarmi negli occhi. «Invece qualcosa c'è, altrimenti non saresti sul punto di piangere».

«Io non...». Le lacrime si raccolgono agli angoli degli occhi e le trema la voce. «È solo che... Dio, è una cosa così stupida». Si stropiccia gli occhi con il dorso della mano.

«Ciò che dici non è mai stupido», le assicuro asciugandole con il pollice una lacrima smarrita.

Ella si acciglia e mi guarda esitante. «Neanche quando ti ho detto che potevamo lanciare la macchina a 160 chilometri orari quando sulla strada c'era mezzo metro di neve?»

«Sì, be', un momento di follia può capitare a tutti», replico, richiamando alla mente quella notte. Era brilla e un po' euforica per il fatto che un tizio le aveva detto che aveva un bel culo. Lei non avrebbe mai ammesso che era stato questo a esaltarla, ma io invece ci avrei giurato, e la cosa mi faceva impazzire.

«Accelera», mi aveva pregato dal sedile passeggeri, con la testa appoggiata al cruscotto, mentre scrutava la notte attraverso il finestrino. «Arriva a 160».

«Non se ne parla», le avevo risposto mentre scalavo la marcia per placare il borbottio del motore. Era già pericoloso andare a 50 all'ora, a stento la macchina teneva la strada mentre avanzavamo lungo la carreggiata deserta, diretti verso casa.

«Oh, andiamo, Micha Scott». Si mise a sedere ben dritta e si passò una mano tra i capelli. Indossava una giacca di pelle sopra a una maglietta nera che lasciava intravedere le curve dei seni. Quella vista me lo fece diventare duro, ed ero incazzato, perché era stato un altro ragazzo a metterla così di buon umore. «Prova. Se le cose si mettono male, ti puoi sempre fermare».

Scossi la testa, distogliendo gli occhi dalla sua scollatura. «Sei ubriaca e stai dicendo un sacco di cretinate».

«Ehi, non è molto carino», mi disse imbronciata. Odiavo quando faceva così, perché con il broncio era incredibilmente sexy e non riuscivo a negarle niente, neanche se rischiavamo di ammazzarci. Lei appoggiò il gomito sul bracciolo e si piegò verso di me, avvicinando il volto a pochi centimetri dalla mia guancia. «Dài, fallo e basta». Aveva uno sguardo così allegro e divertito. Era troppo perfetta, splendida, meravigliosa. Se avessi potuto, gliel'avrei detto. Le avrei detto quanto era incredibilmente perfetta, che avrei passato migliaia di ore a scrivere canzoni sulla sua bellezza e che non sarebbero riuscite neanche lontanamente a descriverla.

Avevo gli occhi sulla strada, ma tutta la mia attenzione

era su di lei. «Carina, non ho intenzione di andarci ad ammazzare, non importa quanto mi implori».

Si appoggiò di scatto allo schienale, con il labbro inferiore ancora più in fuori. «Bene. Niente divertimento, allora», mi disse alzando i piedi sul cruscotto e sprofondando nel sedile. «E non capisco perché continui a chiamarmi così».

«Come, "carina"?», le chiesi divertito mentre lei annuiva accigliata, con le palpebre appesantite dalla stanchezza. Decisi di approfittarne per dirle la verità, tanto lei non avrebbe ricordato nulla il mattino dopo. «Perché penso che tu sia bellissima, ma se ti chiamassi "bellezza" mi prenderesti a calci in culo, così preferisco abbassare i toni». Sospirai, appena mi accorsi che si era addormentata. Le cedettero le ginocchia e i piedi caddero giù dal cruscotto, e lei si piegò verso il bracciolo tra noi, con la testa che mi premeva contro le costole e i capelli che mi sfioravano la pancia. Rallentai e tornai a casa senza fretta. Quella si trasformò davvero in una notte fottutamente meravigliosa.

«Ma io ho fatto molte più stupidaggini di te». La voce di Ella mi scuote dai ricordi.

«Oh, ne dubito», ribatto appoggiandomi al muro alle sue spalle con una mano. «E dubito che quello che mi dirai possa sembrare stupido».

Ella si stropiccia la faccia, lasciando delle linee rosse sulla pelle. «Il fatto è che...». Si schiarisce la voce. «Sto solo pensando a mia madre. Tutto qui».

«Al diario?»

«No... al fatto che ci sposeremo... e lei non ci sarà». Si interrompe, titubante. «In parte è per questo che ho voluto che ci sposassimo qui. Così saremmo stati più vicini a lei».

Il cuore mi sprofonda nello stomaco. Per tutto questo tempo, non ci ho mai pensato. A come doveva sentirsi, visto che sua madre non ci sarebbe stata.

«Vedi, ti avevo detto che era una stupidaggine», aggiunge con un sospiro triste. «Dovevo tenere la bocca chiusa».

«No, non è una stupidaggine. Affatto». Mi fermo, per pensare alle prossime parole che le dirò, perché so che sono importanti. «Vuoi che ci sposiamo da qualche parte vicino al cimitero?».

Ella scuote rapidamente la testa. «No, mi piace l'idea del lago. Mi basta sapere che lei è nella stessa città. Dio, è così strano. Sto parlando come se fosse ancora viva». La sua voce si incrina ed Ella gira la testa, per evitare di guardarmi negli occhi.

«Ehi». Con una mano la faccio voltare di nuovo verso di me. «Non c'è niente di strano nel volere la propria mamma accanto a sé, che sia viva o no».

Ella mi rivolge un sorriso triste, ma è comunque bello vederla sorridere quando parla di sua madre. «Voglio ancora che ci sposiamo al lago», mi dice. «E poi ci sarà papà, quindi non sarà poi così male, credo».

«Che mi dici di Dean e Caroline?», le chiedo. «Pensi che dobbiamo avvertirli?»

«Caroline è incinta, non sono sicura che possa venire, con così poco preavviso, poi...».

«Decidi tu». Le do un rapido bacio sulle labbra e mi scosto da lei. «Se non vuoi invitarli, mi sta bene. Però sai come si dice, ci si sposa una volta sola...».

Sulle sue labbra si insinua un sorriso malizioso. «Oh, a dire la verità io mi voglio sposare un sacco di volte, tra le dieci e le venti, almeno. Queste sono solo le prove generali». E per scherzare mi dà un colpetto con la spalla.

Io la abbraccio e la colgo di sorpresa quando la prendo per la vita per buttarla a terra come quando eravamo bambini. Allungo una mano prima di cadere sulla moquette e con l'altra sostengo il suo peso. Poi mi tengo leggermente scostato da lei per evitare di schiacciarla.

«Micha!». Ella ride e apre le gambe in modo che io possa cadere in mezzo. Con le mani si aggrappa alle mie scapole mentre le blocco il bacino e intreccio le gambe alle sue. «Lasciami andare. Siamo troppo vecchi per queste cose».

«Non ci pensare», le dico. Un'onda di calore irradia dai nostri corpi, lei ha i capelli sparsi intorno alla testa, sulla moquette, e le lacrime che le bagnavano gli occhi un attimo fa sono scomparse. «Non saremo mai troppo vecchi per queste cose. Mai. Ti butterò a terra anche quando avremo novant'anni».

Ella mi fissa per un istante, con un'espressione indecifrabile, sento il suo cuore pulsare attraverso le mani. «Mi rendi felice», mi dice con voce tremante.

Potrebbe sembrare una frase come tante, ma per Ella ammettere di essere felice è un passo enorme, importante, sconvolgente, e mi fa sperare che tutto andrà per il meglio.

«Anche tu mi rendi felice». E la bacio.

Capitolo 13

Ella

Parlare con la mamma di Micha è stato un gioco da ragazzi. Be', a parte il momento in cui gli ho detto dell'assurdo processo mentale che mi ha portato a volermi sposare qui a Star Grove, per potermi sentire più vicina a mia madre. È stato un po' strano. Ma Micha è stato... Be', Micha mi ha fatto sentire a mio agio con le mie emozioni. Più leggera. E ne sono felice, perché c'è la possibilità che dopo aver parlato con mio padre – non solo del matrimonio, ma anche di mia nonna e della scatola che mi ha mandato – questa leggerezza possa trasformarsi in tormento.

Micha mi accompagna verso casa, le nostre dita sono intrecciate come se fossimo bambini che stanno per confessare qualcosa di brutto ai genitori. Ma non siamo bambini, e il fatto che stiamo per sposarci non è una brutta notizia, anche se a volte le conversazioni con mio padre possono prendere quella piega. Ma non ultimamente. In realtà è diventato davvero amichevole e carino, da un po' di tempo a questa parte.

Quando entro in casa, per poco non svengo per quanto è pulita. Il bancone della cucina non è ricoperto di bottiglie di alcolici. Ha anche comprato un nuovo tavolo per la cucina, anche se di seconda mano. È bianco ed è circondato da una panca, da una parte, e da due sedie dall'altra. Il pavimento è ancora macchiato, ma è stato spazzato e lavato da poco, nell'aria si sente odore di detergente al pino e di cannella. Non ci sono bollette scadute sul bancone o sul tavolo. L'ultima volta che sono stata qui, gli stavano per pignorare la casa, ma è riuscito a evitarlo facendo gli straordinari e pagando i conti arretrati.

«Wow», dice Micha girando su se stesso e strofinandosi la mascella mentre esamina la stanza. «Sembra di essere entrati in un episodio di *Ai confini della realtà*».

Lascio la sua mano e attraverso la cucina fino al tavolo, dove c'è un gallo di ceramica. La testa è un coperchio e appena lo alzo per vedere cosa c'è dentro comincia a cantare. «Oh mio Dio, ci sono dei biscotti fatti in casa!».

Micha scoppia a ridere mentre mi raggiunge. «Sei adorabile!». Mi scansa i capelli da una parte e le sue labbra mi accarezzano il collo. «Non pensavo che dei biscotti ti avrebbero emozionato tanto».

Ne prendo uno e rimetto la testa del gallo a posto. «Che c'è di strano? Gli unici biscotti che ho visto dentro questa casa quando ero piccola erano gli Oreo». Do un morso al biscotto al cioccolato e mi giro per guardare Micha. «E tu volevi che facessimo a metà, ma poi tenevi per te la parte con tutto il ripieno. Mi hai sempre dato quello che volevo, tranne quando si trattava di quei maledetti biscotti».

Micha si avvicina e me ne ruba un morso. «Che posso dirti? Ti amo da morire, ma mai quanto la glassa». Manda giù il biscotto e apre la bocca per rubarmene un altro pezzo, ma io me lo ficco tutto in bocca e gli lancio un'occhiata arrogante.

E con quella stessa arroganza in volto, Micha si piega verso di me, preme la sua bocca contro la mia, e insinua la lingua tra le mie labbra nel tentativo di recuperare qualche pezzetto di biscotto masticato.

Io balzo indietro ridendo e con un'espressione schifata

in volto. «Sei disgustoso», gli dico asciugandomi la bocca con il dorso della mano.

Lui si lecca le labbra e sorride. «Ho vinto».

Tiro fuori la lingua, su cui c'è una poltiglia appiccicosa. «Ecco, guarda cosa hai mangiato».

La sua lingua passa di nuovo sulle labbra. «Ed era davvero delizioso».

Scuoto la testa, ma non posso fare a meno di sorridere, così alzo gli occhi al cielo, perché sono diventata come una di quelle ragazze che stravedono per il loro ragazzo... fidanzato... quasi-marito. All'improvviso la realtà mi dà uno schiaffo in pieno viso e io spalanco gli occhi.

«Porca puttana! Sto per diventare Ella May Scott!». Trattengo il respiro, non so se per il panico o per la sorpresa.

Il volto di Micha si acciglia, l'arroganza scompare. Non sono sicura che sia perché anche lui se n'è appena reso conto o perché è allarmato dalla mia esclamazione. Apro la bocca per dire qualcosa, ma appena mio padre entra in cucina, le parole mi si bloccano in gola.

Nonostante l'aspetto pulito della cucina, mio padre è ancora sudicio e trasandato. Indossa una giacca a scacchi più grande di lui, sopra una camicia blu piena di buchi e un paio di pantaloni sporchi di vernice, insieme a un paio di scarpe da cantiere che porta da quando fa l'imbianchino. Ha la barba sfatta e sembra ingrassato, dall'ultima volta che l'ho visto, ma ha gli occhi limpidi, non sono iniettati di sangue, e anche se odora di fumo di sigarette, non puzza di alcol.

Sussulta appena mi vede accanto al tavolo della cucina e si aggrappa alla cornice della porta. «Oh cazzo!». Sbatte le palpebre e mi scruta a lungo. «Che ci fai qui? Pensavo che non saresti tornata per Natale...».

Mi stringo a Micha, quasi per un meccanismo di difesa. Anche se so che papà è migliorato molto, non riesco a dimenticare del tutto il passato. Quando era ubriaco. Quando mi incolpava per la morte di mia madre. Quando non riusciva neanche a guardarmi, perché lo faceva soffrire troppo.

«Sì, abbiamo cambiato programma», gli spiego mentre sento le dita di Micha accarezzare le mie.

Mio padre lascia la cornice della porta e si avvicina al bancone. «Be', sono contento, Ella», mi dice imbarazzato, un atteggiamento molto comune, ogni volta che ci incontriamo. Si strofina il collo, nervoso, e lancia un'occhiata alla cucina pulita. «Se avessi saputo che sareste arrivati, avrei fatto un po' di provviste e riempito la credenza con del cibo, o roba del genere».

«Non ti preoccupare», gli dico. «In realtà stiamo a casa di Micha».

Il suo sguardo si posa prima su Micha e poi su di me. «Be', mi sembra giusto, credo».

Cala il silenzio tra noi e io non posso fare a meno di pensare a quello che mia madre ha scritto di lui nel diario. A quanto fosse spaventata dall'idea di sposarlo. A quanto sua madre fosse contraria a quel matrimonio. A quanto fosse depressa. Lui lo sa? Una volta mi disse che le cose non erano sempre andate così male, anzi. Fu perché mia madre gli nascondeva la sua disperazione e la sua angoscia? È quello che sto facendo anche io con Micha, visto che a quanto pare non riesco a parlargli delle mie paure circa il matrimonio e il nostro futuro insieme?

Finalmente Micha si schiarisce la voce e mi scuote un fianco con il gomito.

«Ah sì». Riemergo dai miei pensieri. «In realtà dobbiamo dirti una cosa».

Mio padre sembra frastornato, mentre si appoggia al bancone e incrocia le braccia al petto. «Ok».

«Ti ricordi che un paio di settimane fa ti ho detto che io e Micha ci saremmo sposati?». Passo un dito sulle pietre dell'anello, cercando di placare l'ansia che mi fa tremare la voce. Non so perché sono nervosa, al di là del fatto che ho paura che mio padre possa dire o fare qualcosa che intacchi la serenità che ho finalmente conquistato. Credo che a farmi preoccupare siano le cicatrici che mi porto dentro dai giorni passati, e che sono ancora lì.

Mio padre annuisce. «Sì, mi ricordo».

«Be', stavamo per sposarci a San Diego, ma poi abbiamo deciso di tornare a casa e organizzare il matrimonio qui», gli dico. «Questa settimana, in realtà, il giorno di Natale».

I suoi occhi si spalancano e subito dopo corrono giù verso la mia pancia. «Ella, tu non sei...». Lancia un'occhiataccia a Micha, e si guarda intorno cercando di evitare i nostri occhi, a disagio. «Tu non sei...».

Appena comprendo cosa sta pensando, mi metto una mano sulla pancia. «Cosa? No. Non sono... non sono incinta. Dio!». Non posso credere che abbia pensato una cosa del genere. Sono stata molto attenta, e ormai prendo la pillola da un anno.

Aggrotta la fronte, non sembra del tutto convinto. «Ok».

Micha ride sotto i baffi e io lo fulmino con lo sguardo. «Non è divertente», sibilo, ma per poco non rischio di scoppiare a ridere anch'io. So che non dovrebbe essere divertente, soprattutto dopo che ho scoperto che mia madre e mio padre si sono sposati perché lei aspettava Dean, eppure in qualche modo lo è. Si sta comportando come un papà ed è comico, perché ho vent'anni e questa è in assoluto la prima volta che lo vedo interpretare questo ruolo.

«Le assicuro che non è incinta, signor Daniels», dice Micha mentre mi rivolge un rapido sorriso. «Abbiamo solo deciso che era il momento giusto per farlo».

"Signor Daniels?", mimo con le labbra. "Davvero?".
Micha si stringe nelle spalle come se niente fosse e con occhi innocenti mima a sua volta: "Che c'è?".
Mio padre guarda prima me, poi Micha e di nuovo me. «Ma siete... siete così giovani».
«Anche tu e... la mamma lo eravate», ribatto esitante, sebbene in parte contraddica quello che gli abbiamo appena assicurato, ma lui ignora che io so che mamma era incinta, quando si sono sposati.
«Sì, ma...». Papà distoglie lo sguardo, e fissa la porta sul retro. «Era diverso... tra me e tua mamma... era tutto più complicato».
«Perché era incinta». Gli confesso di sapere la verità, incapace di tenerla ancora per me. Quando spalanca gli occhi, aggiungo: «La madre di mamma... mia nonna mi ha mandato una scatola con le sue cose e dentro c'era... c'era il diario di mamma».
Nella stanza si diffonde un silenzio irreale, e io riesco a sentire ogni respiro e una macchina che accelera da qualche parte, qui fuori.
«Non è stata tua nonna a mandartela», sospira mio padre lasciando cadere le braccia lungo i fianchi. «Be', in un certo senso sì, ma non te l'ha spedita lei. È stato il suo avvocato».
«Il suo avvocato?», domandiamo io e Micha all'unisono.
Mio padre annuisce, a disagio. «In realtà lei è morta circa un mese fa e credo che abbia lasciato una scatola con il tuo nome scritto sopra, nella casa di riposo dove viveva. L'avvocato che si occupava di lei mi ha chiamato, chiedendo di te, per potertela mandare».
È *morta*? Sono scioccata, e mi sento stranamente triste, ed è assurdo, visto che non ho mai parlato con quella donna. Ma era pur sempre mia nonna.
Non so come prenderla, perché non la conoscevo affatto,

eppure mi rattrista sapere che non potrò farlo mai più. Per un secondo avevo persino considerato l'idea di incontrarla, leggendo il biglietto che mi aveva mandato, ma adesso questa possibilità è svanita per sempre.

«Perché non mi hai avvertito?», chiedo a mio padre, e Micha mi si avvicina all'istante, protettivo, come se percepisse che sta per succedere qualcosa di brutto.

Papà allunga una mano verso la tasca della giacca per prendere una sigaretta. «Perché faccio fatica a parlare con te di queste cose... della morte e di certe persone...».

«Come mia nonna?»

«E tua madre, anche... Perché quando è spuntata questa scatola con le sue cose, non sapevo come l'avresti presa, o come l'avrei presa io...».

Sorpresa, spalanco la bocca, mentre mio padre apre il pacchetto, estrae una sigaretta e la serra tra le labbra. Con le mani fruga nei pantaloni in cerca dell'accendino, e lo trova nella tasca posteriore. Appena accende la sigaretta e inspira una profonda boccata di fumo, il suo volto si rilassa.

«È un argomento delicato per entrambi». Si allunga sul bancone della cucina per raggiungere il posacenere vicino al lavello, picchietta la sigaretta e poi la tiene tra le dita. Il fumo si diffonde nella stanza soffocando il delizioso profumo di cannella. «Ma il mio... terapista sostiene che dovrei cominciare a parlarne di più, soprattutto con te».

«Vai da un terapista?». Sono sbigottita. «Da quando?».

Papà volge lo sguardo verso Micha, riluttante, poi avvicina il filtro alle labbra e aspira un'altra boccata di fumo. «Da un mese. Al centro di recupero hanno pensato che fosse una buona idea». Il cellulare gli squilla in una tasca e lui alza un dito. «Solo un secondo», mi dice mentre recupera il telefono. Controlla il display e poi risponde, allontanandosi dalla cucina.

«Dio, possibile che tutti i Daniels siano così incasinati?», mormoro sottovoce. «Anche lui va da un terapista? Prima mio fratello, poi io, e adesso papà. Potrebbe diventare il motto di famiglia: "Diventa uno di noi, ti faremo uscire fuori di testa e dovrai andare da uno strizzacervelli per tornare sano di mente"». Do un'occhiata furtiva a Micha.

«Non pensarci neanche», mi rimprovera. «Tu non sei fuori di testa e non stai per rovinare la mia vita. Lo farai solo se te ne andrai da me».

Le sue parole mi ricordano che non sono più quella ragazza, quella che respinge le persone intorno a sé. Io ho bisogno di lui e lui di me. «Non vado da nessuna parte. Te lo prometto», sussurro senza fiato. «Ma puoi darmi un minuto?», gli chiedo. «Ho bisogno di parlare con mio padre da sola».

Sembra restio. «Sei sicura? Non mi pesa rimanere qui, anche se devo sopportare il suo disagio».

Annuisco e gli stringo la mano per tranquillizzarlo. «Voglio solo fargli qualche domanda su mia madre e credo che mi risponderà più facilmente se ci sarò solo io».

Micha rimane immobile per qualche secondo, poi annuisce e si allontana da me tenendomi ancora per mano, finché non è costretto a lasciarla andare. «Se non ti vedo tornare entro un'ora», mi dice aprendo la porta e lasciando entrare i fiocchi di neve e una raffica di vento, «torno qui da te».

«Micha, cosa pensi che possa succedere?», scherzo. «È solo mio padre».

Lui ricambia il mio sguardo con occhi intensi, che mi fanno capire come la pensa senza aprire bocca. Sono state tante le volte in cui le cose tra me e mio padre hanno preso una piega brutta, dolorosa.

«Va bene, ci vediamo tra un'ora», prometto, e lui esce

fuori, tirandosi su il cappuccio del giaccone mentre chiude la porta.

Prendo una sedia e mi ci abbandono, poi rubo un altro biscotto dalla ciotola a forma di gallo. Mi sto infilando in bocca l'ultimo pezzetto quando mio padre torna in cucina con il telefono in mano.

Lancia un'occhiata alle sedie vuote e si guarda intorno. «Dov'è andato Micha?».

Mando giù il biscotto e butto le molliche. «A casa, così io e te possiamo parlare di alcune cose».

«Sì, dobbiamo parlare». Si siede anche lui, poi dà un'occhiata al gallo di ceramica sul tavolo, senza il coperchio. «Vedo che hai trovato i biscotti».

«Sì, ma chi li ha fatti?», domando curiosa. «Tu?».

Lui scuote la testa e richiude il contenitore. «No, Amanda».

«Chi è Amanda?»

«Una donna che ho incontrato quando stavo al centro di recupero per alcolisti».

«Anche lei era lì per disintossicarsi?», gli chiedo.

«No». Si tira su le maniche e appoggia le braccia sul tavolo. «È la segretaria».

«Oh...», commento. «Quindi... voi due uscite insieme?».

Mio padre si gratta la testa e poi risponde: «Mmm... una specie... credo».

«Oh», replico io, senza parole. È strano sapere che esce con qualcuno, perché è mio padre, e la sola persona con cui l'ho visto è mamma, anche se la loro relazione era a dir poco turbolenta. «È stata lei a pulire la casa?».

La sua mano abbandona la testa e si posa sul tavolo. «No, sono stato io. Perché?».

Mi stringo nelle spalle. «Così, pura curiosità. È bella».

Papà mi scruta come se volesse aggiungere qualcos'altro,

ma poi cambia argomento, appoggiandosi allo schienale della sedia. «Allora, cosa c'era dentro la scatola?», mi chiede teso. «So che c'erano degli oggetti che appartenevano a tua madre, ma cosa, esattamente?»

«Il diario di mamma e alcuni disegni, qualche foto, roba così». Mi interrompo un attimo, all'improvviso il mio cuore accelera. «Non sapevo che le piacesse disegnare».

Mio padre fissa il tavolo con uno sguardo triste. «Quando era giovane», mi dice con voce flebile. «Ma ha smesso poco dopo il matrimonio».

È così difficile parlarne, fargli delle domande, ma mi costringo a continuare, perché ho bisogno di sapere... di capire. «Perché ha smesso?».

Quando alza lo sguardo, i suoi occhi sono velati di lacrime. «Perché non le piaceva più e non aveva senso continuare, questo almeno è quello che mi disse».

Traccio delle linee sul tavolo con le dita, fissandolo, non riesco a guardarlo negli occhi per quello che gli sto per chiedere. «Una volta, mentre stavo... mentre ti stavo portando al centro di riabilitazione, mi hai detto che un tempo le cose non andavano così male. Ma quando? So che il suo disturbo bipolare è peggiorato progressivamente, ma sembra che anche all'inizio fosse triste tutto il tempo».

Tace per un momento, e ho paura di averlo turbato. Ma quando alzo lo sguardo, vedo che mi sta fissando come se fossi una persona, e non il ricordo straziante della donna che amava – che è il modo in cui mi guardava sempre.

«Le cose non andavano mai bene al cento percento, quando si trattava di tua madre», mi spiega con voce provata. «Ma all'inizio aveva molti più momenti positivi che negativi. E le sue... crisi... erano più limitate e distanti tra loro».

«È stata mai felice?».

Di nuovo si prende del tempo per rispondere. «A volte sì. Credo, per lo meno. Era così difficile da capire».

«Perché era così difficile da capire?». Ma dentro di me penso di sapere qual è la risposta. Perché a volte è difficile essere felici o anche solo ammettere che stai abbastanza bene da lasciare spazio alla felicità, che te la meriti, così ti rifiuti di accettarla, la contrasti. È il mio stesso processo mentale, e lo odio, ma ho anche imparato a farci i conti... credo.

Mio padre sorride, ma è un sorriso triste. «Perché lei era fatta così, Ella May. E io voglio credere con tutto me stesso che fosse felice, anche se non lo dava a vedere».

È strano sentirgli pronunciare il mio nome così e mi scombussola, tanto che mi spinge a fargli una domanda che forse non dovrei fare. «Perché l'amavi?», gli chiedo, ma il mio volto è già tormentato dal rimorso. «Scusa, papà. Non avrei dovuto chiedertelo».

Mio padre scuote la testa, i suoi occhi si inondano di lacrime. «Va bene così. Puoi farlo. Sto imparando a gestire meglio queste... cose». Si interrompe, per riflettere, e il suo respiro si spezza. «La amavo perché all'inizio era stravagante e impulsiva e riusciva a rendere la mia vita davvero sorprendente e... imprevedibile». Fissa lo sguardo su un punto sopra la mia spalla, perso nei ricordi, e per un attimo sembra quasi felice. Poi sbatte le palpebre più volte, quello sguardo si dissolve, e torna a concentrare la sua attenzione su di me. «Credo fosse felice quando ha avuto te. E Dean».

Non riesco a capire se sta mentendo, ma in realtà non mi interessa. Forse lo dice solo per farmi contenta, e mi basta. «Grazie, papà».

«Di niente». Sembra quasi voglia dirmi qualcos'altro, il suo collo si contrae e si rilassa, come se il corpo fosse attraversato da un flusso irrequieto di energia. «Ella, non voglio farti arrabbiare, ma io… io vorrei davvero che valutassi l'idea di aspettare a sposarti».

Cosa? «Perché?»

«Perché…». Si stropiccia il collo con una mano e resta così, con un gomito alzato. «Sei così giovane… e dovresti vivere la tua vita prima di intraprendere questa strada… da adulti». Lascia cadere il braccio lungo il fianco.

Ci metto un po' a ritrovare la parola, perché sento l'impulso di esplodere in una sequela di cattiverie. Come il fatto che ho dovuto intraprendere questa strada fin da quando avevo quattro anni. Pagando le bollette. Cucinando. Pulendo casa. Prendendomi cura delle persone. Questa roba non è una novità, per me.

«Ci penserò», gli dico, ma so che non è vero. Mi dirigo verso la porta e mi tiro su la lampo del giaccone. «E… papà, grazie per aver parlato con me della mamma».

«Di niente», risponde. «Avrei dovuto parlartene di più, immagino».

Resto zitta. Sono d'accordo con lui, ma non voglio dirglielo perché lo ferirebbe soltanto, rovinando tutta questa strana intimità "padre-figlia" che abbiamo raggiunto. Apro la porta sul retro e una raffica di vento entra in casa, spargendo fiocchi di neve sul pavimento.

«E… Ella», mi richiama mio padre mentre sto per mettere un piede sulla neve e nel freddo glaciale.

Mi fermo e volto appena il viso per guardarlo. «Sì».

«Se ti serve una mano… voglio dire, con il matrimonio e tutto il resto, se decidi di farlo… Be', io sono qui, se hai bisogno di me», aggiunge agitandosi sulla sedia, imbarazzato.

«Grazie», gli dico, ma la sua offerta mi confonde, perché non ci sono abituata. «Te lo farò sapere, ma credo che la madre di Micha abbia già tutto sotto controllo. È superemozionata».

Sembra un po' contrariato e io apro la bocca per aggiungere qualcosa, ma non mi viene in mente niente, così lo saluto con la mano, esco fuori e mi chiudo la porta alle spalle. Sono un po' triste, perché sembrava dispiaciuto che avessi rifiutato il suo aiuto, ma alla fine la madre di Micha mi ha fatto sentire parte della famiglia più di quanto non lo abbia fatto lui. Lei e Micha sono stati al mio fianco fin da quando avevo quattro anni, a differenza di mio padre, mia madre e Dean. Solo lei e Micha, ma soprattutto Micha. Lui è il mio passato e il mio futuro.

Mi fermo subito prima di scavalcare il recinto, la neve mi arriva al ginocchio inzuppandomi i pantaloni, e vengo travolta da una folgorazione che mi colpisce dritta al petto. Dal giorno in cui Micha mi ha chiesto di arrampicarmi sulla recinzione per la prima volta, siamo diventati inseparabili, a parte il periodo in cui sono scappata per andare al college. Si è preso cura di me. Mi ha amato. Mi ha mostrato cos'è l'amore. E nel profondo del mio cuore – anche se fino a due anni fa non l'avrei mai ammesso – spero segretamente di stare con lui per sempre, di invecchiare e morire insieme a lui. Di scavalcare ancora una volta questo recinto tra vent'anni per raggiungerlo, con il suo anello al dito. Di stare ancora con lui tra cinquant'anni, seduta su un dondolo, bevendo limonata o facendo qualsiasi altra cosa facciano le vecchie coppie.

Questo pensiero mi fa martellare il cuore dall'emozione e dal terrore, perché ormai è giunto il momento di liberarmi dei fantasmi che infestano il mio passato, di tutto ciò di cui forse non vorrei privarmi, per avanzare verso il futuro con un semplice recinto, un succo di frutta e una macchinina giocattolo.

Capitolo 14

Micha

«Sei sicura che vuoi che lo faccia?», chiedo a Ella fissando il diario della madre appoggiato sulle mie gambe.

Lei annuisce e si mette a frugare nel borsone sul pavimento. «Sì, voglio solo sapere se trovi qualche momento felice». Mi dà una rapida occhiata, indossa solo un reggiseno rosso e nero e un paio di mutandine coordinate. «Se non lo trovi, non ho bisogno di continuare a leggerlo. Ma se invece c'è, allora voglio conoscere un lato di mia madre che non ho mai visto».

Mi strofino il collo, nervoso all'idea di leggere qualcosa di così personale. «Va bene, se è quello che vuoi».

«Sì, lo è». Ella si alza con un vestito nero in mano. «Ma solo se la cosa non ti mette a disagio».

Vorrei dirle che invece è proprio così, ma non lo farò mai. Non dopo che ieri, dopo aver parlato con suo padre, è tornata a casa e mi ha annunciato che avrebbe smesso di leggere il diario perché era pronta ad andare avanti e buttarsi il passato alle spalle. Non sono neanche sicuro di cosa l'abbia portata a fare un'affermazione del genere, ma non ho la minima intenzione di rovinare tutto. «Lo leggerò». Prendo il diario dalle gambe e lo appoggio sul letto, poi allungo una mano e afferro l'orlo del vestito corto e aderente che sta per indossare. «A patto che tu mi dica dove diavolo pensi di andare vestita così».

«Vado a cena fuori con Lila», risponde. «Perché? Che c'è che non va in questo vestito?»

«È più piccolo di una mia maglietta», le faccio notare con la voce alterata dalla gelosia. «Ti si vedrà tutto il culo».

Ella me lo strappa di mano. «Non è vero», insiste piegandosi e infilando i piedi nel vestito. «E poi Lila mia ha chiesto esplicitamente di indossare questo».

Mi alzo in piedi mentre ondeggia sui fianchi per far scivolare il tessuto aderente sul corpo e infila le braccia nelle spalline sottili. Le fascia il corpo in modo perfetto, ma l'orlo della gonna le copre a malapena le cosce. «Perché?», le chiedo.

Lei si scompiglia i capelli con le dita. «Non lo so. Mi ha detto solo che era una sorpresa. Dovrò chiederglielo».

«Oh, non ti preoccupare, lo farò io», le assicuro, ed esco dalla stanza per andare a cercare Lila.

È in cucina con Ethan. Buste piene di candele rosse e nere, fiori, nastri e altre merdose decorazioni dello stesso colore sono sparse su tutto il bancone e sul tavolo di fronte a loro, insieme a rotoli di carta da regalo, nastro adesivo e a un'altra busta straripante di coccarde di Natale. Oggi Lila, Ella e mia madre hanno passato la metà del tempo a fare compere e quando è tornata a casa Ella sembrava esausta, ma aveva una busta piena di decorazioni natalizie e forse anche qualche regalo di Natale. Non è mai stata una fan dello shopping e credo che mia mamma e Lila siano le vere responsabili di questa ondata di decorazioni e pacchetti.

«Devo farti una domanda», dico a Lila mentre scosto la sedia dal tavolo e mi siedo insieme a loro. Ha chiesto a Ethan di intrecciare i nastri, e anche se lui non sembra particolarmente entusiasta lo sta facendo lo stesso – è molto buffo da vedere.

«Non dire una parola», mi ammonisce Ethan mentre fa

un fiocchetto con un nastro nero. «Mi è capitato più di una volta di vederti fare cose idiote con Ella e non ho mai detto una sola parola».

Rigiro una candela tra le mani. «No, veramente ne hai dette un sacco, rompipalle».

Scuote la testa e mette via il fiocchetto guardando Lila. «Posso smettere?». Si sgranchisce le dita come se avesse un crampo. «Non mi sento più i polpastrelli».

Lila taglia un pezzetto di nastro rosso con le forbici. «Non se ne parla. Dobbiamo farne altri cento». Poi posa il nastro e le forbici. Indossa un vestito blu tempestato di lustrini. Non è aderente come quello di Ella, ma è altrettanto corto, se non di più. «Allora, cosa mi devi chiedere, Micha? Sappi che se vuoi sapere cosa ti ha regalato Ella per Natale, non ti dirò niente».

«Non è questo», le assicuro scuotendo la testa. «Un momento, di cosa stai parlando? Io e Ella non ci siamo mai fatti dei regali, per Natale». A parte l'anno scorso, quando le ho dato l'anello di fidanzamento, ma era diverso.

«Forse non in passato», mi risponde con un sorriso. «Ma quest'anno te ne ha comprato uno».

Merda. Questo significa che le devo regalare qualcosa? Ma cosa? Scuoto la testa. Mi sto distraendo. Poso la candela e incrocio le braccia sul tavolo. «Comunque non ti volevo chiedere questo. Voglio sapere dove diavolo porterai Ella stasera».

Lila si stringe nelle spalle e prende un altro rotolo di nastro. «A cena fuori».

«Dove?», le chiedo.

«Perché me lo chiedi?», mi risponde srotolando un pezzo di fettuccia intorno alla mano.

«Perché è vestita come una puttana», le dico senza tanti giri di parole, cercando di attirare la sua attenzione.

Ma Lila non si lascia impressionare. «Non sembra affatto una puttana. Si è solo messa in tiro per uscire».

«Ma non per una semplice cena. Non hai bisogno di vestirti così se devi solo andare a cena fuori», le faccio notare indicando il suo abito.

«Che c'è che non va nel mio vestito?», mi chiede Lila con aria innocente sbattendo le ciglia. «È solo un vestito».

«Questa volta sono d'accordo con Micha», interviene Ethan facendo scrocchiare le dita. «Non mi piace per niente».

Sul volto di Lila guizza uno sguardo divertito. «L'altra notte non hai avuto niente da ridire, mi pare».

«Sì, ma ero il solo a vedertelo addosso», dice Ethan tendendo la mano verso il pezzo di nastro srotolato da Lila.

Lila sorride, e intanto si scosta dal tavolo. «Oh, voi due e la vostra gelosia». Dà un buffetto sulla testa di Ethan. «Siete adorabili». Fa un passo dietro di lui e gli bacia i capelli. «Vado a vedere se Ella è pronta», cantilena, e Ethan dà un'occhiata al suo culo mentre Lila si allontana e lascia la stanza, esclamando dietro di sé: «E Micha, sentiti libero di renderti utile con quei fiocchetti».

Guardo Ethan a bocca aperta. «Dice sul serio?».

Lui taglia un pezzo di nastro rosso. «Sì». Appoggia le forbici sul tavolo. «Ma è tutta colpa tua».

«Perché diavolo sarebbe colpa mia?»

«Perché non hai voluto guidare fino a Las Vegas per sposarti con Ella in gran segreto».

Mi allungo sul tavolo e prendo un rotolo di nastro. «Vedo meglio te a fare una cosa del genere».

Ethan annuisce, d'accordo con me. «Sì, sono di nuovo d'accordo con te. Non dovremmo essere seduti qui, a intrecciare fiocchetti come due zerbinotti».

Giocherello con un nastro, soffocando una risata. «Allora cosa dovrei fare?».

Sospirando Ethan mi fa vedere come intrecciare il nastro e restiamo seduti al tavolo a lavorare per altri venti minuti, finché Ella e Lila non entrano in cucina. Ella si ferma accanto al tavolo e incrocia le braccia. I capelli le cadono ondulati sulle spalle, gli occhi sono bistrati di nero e ha un rossetto rosa pallido sulle labbra. Porta un paio di décolleté con il tacco alto e il cinturino intorno alla caviglia, e con quelle scarpe e il vestitino corto le sue gambe sembrano quasi infinite.

«Ma guardatevi», esclama con voce divertita. «Tutti indaffarati a fare fiocchetti».

Mi giro sulla sedia e scruto il suo fantastico corpo perfetto, e pregusto il momento in cui quelle gambe chilometriche saranno avvinghiate ai miei fianchi, più tardi. «Attenta a come parli, Ella May, o non avrai neanche un nastrino al tuo matrimonio».

«Meglio!», dice lei abbassando l'orlo del vestito.

Lila le dà un colpetto sulla schiena. «Ehi, pensavo ti piacessero i nastri».

Sul volto di Ella compare un'espressione dispiaciuta. «Ho solo detto che, tra tutte le stupide e frivole decorazioni che mi avete proposto, i nastri rossi e neri erano quelli che mi davano meno fastidio».

Lila si acciglia, delusa. «Quindi non ti piacciono?».

Ella sospira. «No, mi piacciono. Scusami, non sono stata molto carina. Mi state aiutando e dovrei essere più riconoscente».

Ora è Lila a sospirare. «Non mentire. Se non ti piacciono i nastri, non ti piacciono. Possiamo inventarci qualcos'altro».

Ethan mi fulmina con uno sguardo divertito e si adagia

sulla sedia con i gomiti appoggiati allo schienale. «Sapete, se fossi un estraneo penserei che vi state per sposare voi due».

I tacchi di Lila risuonano sul pavimento mentre si avvicina a lui per baciarlo su una guancia. «Bene, adesso potete tornare a fare fiocchetti», dice incamminandosi verso la porta sul retro, con Ella subito dietro di lei.

Appena Ella mi passa accanto, la trattengo per un braccio e la tiro a me, costringendola a chinarsi, e le sussurro all'orecchio: «Non ti cacciare nei guai, per favore».

Lei piega la testa da un lato e mi guarda. «Quando mai mi sono cacciata nei guai?»

«Se vuoi ti faccio una bella lista», rispondo, «ma temo che ci vorrebbe tutta la notte».

Ella prova a trattenere un sorriso mentre mi guarda in cagnesco, ma alla fine non ci riesce e mi bacia con passione. «Farò del mio meglio per non finire in una rissa», mi dice indietreggiando e riprendendo fiato dopo il bacio. «O in qualsiasi altro casino».

«E cercate di non distruggermi la macchina», esclamo mentre Lila apre la porta.

«Lasci che prendano la tua macchina?», mi chiede Ethan guardandomi come se fossi pazzo.

Scrollo le spalle. «Cos'altro potrebbero prendere?»

«Potrebbero andare a piedi», mugugna, e poi grida a Lila ed Ella: «Non guidate ubriache e non infilate banconote nelle mutande di nessuno».

«Non stiamo andando in uno strip club», lo rimbecca, ma poi ridacchia mentre prende la giacca dall'attaccapanni.

Ella si infila la giacca di pelle, che la copre un po' e mi fa sentire leggermente più tranquillo. Apre la bocca per dire qualcosa, ma Lila l'afferra per un braccio e la trascina via sbattendo la porta. Thomas e mia madre sono andati a cena fuori e la casa è davvero silenziosa, mentre io e Ethan, muti, restiamo seduti a ripensare a quello che è appena successo.

«Anche tu ti senti come se fossi il loro schiavetto?», mi chiede agitandosi sulla sedia con un nastro in mano.

Osservo la pila di fiocchetti e candele sul tavolo. «Sì, una specie».

Ci scambiamo uno sguardo d'intesa e ci scostiamo contemporaneamente dal tavolo per alzarci in piedi.

«Quindi la vera domanda è», prosegue Ethan mentre prende la giacca dallo schienale della sedia, «vogliamo andare in un bar o in qualche posto più rumoroso, tipo una festa?»

«Potremmo sempre seguirle...», propongo mentre mi avvicino all'attaccapanni accanto alla porta sul retro, «...e fare la parte dei viscidi stalker, per stasera». Afferro il giaccone e me lo infilo, facendo finta di scherzare, anche se in realtà sono più che serio. Non mi piace l'idea che Ella se ne vada in giro vestita in quel modo, qui. Non solo è così bella e sexy che qualcuno potrebbe voler approfittare di lei, ma ha anche dei trascorsi, in questa città, ci sono persone che la adorano e altre che la detestano. E se farà la sua comparsa la Ella esuberante e piena di vita – soprattutto se ubriaca – potrebbero succedere un sacco di casini.

«Non è una cattiva idea», concorda Ethan stando allo scherzo, ma con una faccia seria. «Ma non abbiamo la macchina».

«E allora cominciamo a camminare, no?», gli propongo aprendo la porta.

È tardi, il cielo nero è limpido e risplende di stelle. Le luci tremolanti dei vicini si riflettono sulla brina che ricopre il giardino.

Ethan si allaccia la giacca. «Certo».

Usciamo e ci incamminiamo sulla strada innevata, poi giriamo a sinistra verso la città.

La neve sul marciapiede scricchiola sotto le scarpe e il nostro respiro si condensa in nuvolette davanti a noi. Si gela, ma non è la prima volta che cammino di notte con temperature sotto lo zero.

«Allora, sto ancora aspettando che ti faccia prendere dal panico», esordisce all'improvviso Ethan, scalciando via un pezzo di ghiaccio davanti a sé.

Affondo le mani nelle tasche del giaccone. «Panico per cosa?»

«Per il matrimonio».

«Perché dovrei farmi prendere dal panico?».

Mi guarda con la bocca spalancata. «Perché si presuppone che starai con lei per tutto il resto della vita, e che per il resto della vita ogni decisione si baserà su ciò che è meglio non solo per te, ma anche per lei. Non potrai più fare quello che ti pare».

«Ti risulta che io sia mai stato con qualcun'altra?», gli chiedo. «In una storia seria, intendo».

Lui scrolla le spalle. «No, immagino di no, ma comunque... È una responsabilità enorme e di solito ci si fa prendere dal panico, almeno per un minuto».

«Non credo», gli dico. «Non se lo fai con la persona giusta, almeno».

Ethan riflette sulle mie parole con occhi perplessi, fissi a terra. Alla fine scuote la testa e alza lo sguardo. «E se Ella ti dicesse che non vuole che tu parta per lo Slam Tour, o roba del genere?»

«Allora non partirei», rispondo. Ho parlato con Ethan del mio dilemma l'altro giorno, mentre stavamo pulendo casa, la mattina dopo la festa, perché avevo bisogno di togliermi questo peso dal petto.

«Rinunciando per sempre al tuo sogno?», mi chiede.

Annuisco. «In pratica sì».

«E se – che ne so – tra cinque anni ti guardassi indietro e te ne pentissi?».

Do un calcio alla neve davanti a me. «Perché insisti tanto? Voglio dire, so che non sei un fan di Ella, ma sembra quasi stia cercando di convincermi a non sposarla, cosa che non succederà mai».

Ethan si blocca all'improvviso sul ciglio del marciapiede e io slitto sul ghiaccio mentre provo a fermarmi accanto a lui. Tiro fuori le mani dalle tasche e rapidamente ritrovo l'equilibrio.

«Non ti sto dicendo di non sposarla», precisa accigliandosi. «Sto solo dicendo che visto che stai per sposarla, dovresti parlarle del tour e decidere con lei se andare oppure no. Altrimenti tra pochi giorni ti sposerai senza averle parlato di una cosa importante che potrebbe creare dei problemi».

«A volte sei così strano», commento tirandomi il cappuccio sulla testa. «Sei sempre pronto a dare consigli sentimentali, anche se l'unica storia seria che hai avuto è quella con Lila, ma chissà perché i tuoi consigli sono sempre sensati».

Lui si stringe nelle spalle, con lo sguardo fisso sulla villetta a un piano dall'altra parte della strada, ricoperta di lucine lampeggianti rosse e verdi. «Per anni ho visto i miei genitori fare così tanti errori, che ormai so cosa funziona e cosa no», mi dice mentre attraversiamo la strada. «Ma in questo caso non so se ti sto consigliando la cosa giusta da fare».

Salto sul marciapiede, affondando di nuovo le mani in tasca. «Le parlerò domani».

Lui non replica, ma giurerei che per qualche motivo è contento di quello che gli ho detto. «Sai una cosa?», mi chiede cambiando argomento. «Dovremmo festeggiare il tuo addio al celibato, stasera. Non mi sembra giusto non farlo come si deve».

«Sì, ma forse dimentichi come sono gli strip club da queste parti», ribatto senza entusiasmo. «Ti ricordi quando abbiamo deciso di andarci subito dopo il diploma?». Rabbrividisco al solo pensiero. «Sono ancora traumatizzato da quello che abbiamo visto».

La faccia di Ethan si contrae in una smorfia disgustata. «Oh sì, come potrei dimenticarmelo?». Mentre giriamo l'angolo, diretti verso est, aggiunge: «Ma ci possiamo ubriacare, in ricordo dei vecchi tempi», e alza il palmo di una mano. «Che te ne pare? Ti va di sbronzarti in un pub ancora una volta?».

Io gli do il cinque. Non siamo usciti molto insieme ultimamente. Da quando mi sono trasferito a San Diego, non abbiamo avuto molte occasioni per farlo. «Sì, cavolo, perché no? Un'ultima volta, in ricordo dei vecchi tempi».

Non posso fare a meno di sorridere al pensiero di tutte le volte che io e Ethan ci siamo intrufolati in un pub con delle carte di identità false. Ci siamo sempre divertiti un sacco, e mi colpisce il fatto che in qualche modo ci siamo buttati quella vita alle spalle. In un certo senso è triste, ma allo stesso tempo sono felice che ce ne siamo andati da questa città, che siamo cresciuti, perché invece tanta gente di qui non lo fa.

Capitolo 15

Ella

«Non posso credere che mi abbia portato qui», urlo per sovrastare la musica assordante, sventolandomi con una mano per il caldo e perché questo posto puzza di sudore e formaggio stantio misto a birra. Ghirlande di luci natalizie attorcigliate intorno alle travi del soffitto ci illuminano il volto, colorando la nostra pelle di rosa.

Lila si gira sullo sgabello e dà un'occhiata alla pista da ballo. «Be', ho chiesto in giro e mi hanno detto tutti che questo era il posto giusto per divertirsi un po'».

Scuoto la testa e prendo il bicchiere. «Oh, Lila, Lila, qui a Star Grove la parola "divertimento" non ha lo stesso significato che ha in California o a Las Vegas», le faccio notare girandomi e indicando la folla di rozzi davanti a noi, vestiti con jeans logori, camicie a quadri, T-shirt e stivali. Ci sono anche altre ragazze che si sono messe in tiro per la serata, ma sono davvero poche. Anche l'ambiente e l'arredamento lasciano alquanto a desiderare, le luci sono soffuse solo perché ci sono poche lampadine, i tavoli rotondi hanno le sedie spaiate e il pavimento è ricoperto di gusci di noccioline e cartacce. La musica proviene da un banalissimo stereo, e non da un DJ set, ma almeno gli alcolici costano poco.

«Be', volevo farti fare un'ultima uscita sul palco prima del cappio al collo», mi dice mentre sorseggia con la cannuccia il suo margarita e il barista, un uomo di mezza età con i capelli radi e un paio di folti baffi, ci osserva attento. Lo fa da quando abbiamo messo piede qui dentro, ma finora è stato facile ignorarlo. «Volevo essere una brava damigella d'onore».

«Non l'abbiamo già fatta a San Diego, la notte prima del matrimonio?», le chiedo. «Quando mi hai portato a bere in quel club?».

Lila alza un sopracciglio. «Il matrimonio che non c'è mai stato?»

«Già, hai ragione», la assecondo. «Ma comunque abbiamo avuto la nostra gloriosa uscita sul palco».

Lila svuota il bicchiere, si piega all'indietro sullo sgabello e lo posa sul bancone. «Non sono mai troppe, ricordatelo». Poi raddrizza la schiena e si incupisce. «Negli ultimi sei mesi ci siamo viste a malapena, e adesso, dopo il matrimonio, ci vedremo ancora meno».

Non sono il tipo di ragazza che fa discorsi a cuore aperto, ma le sue parole mi colpiscono. «Lila, noi saremo sempre amiche, non importa cosa succederà. E poi tu stai uscendo con il miglior amico di Micha. Ci vedremo più spesso di quanto immagini».

Lei si ravvia un paio di ciocche di capelli. «No, non lo faremo. Vedrai. Andrete per la vostra strada, magari avrete dei bambini, e io starò ancora a Las Vegas, a cercare di capire cosa voglio dalla vita».

«Non è quello che ho sentito dire», le dico. «So che tu e Ethan avete in programma un lungo viaggio *on the road*».

Lei serra le labbra, con gli occhi fissi sulla pista da ballo. «Sì, una cosa del genere».

«E allora perché sembri così scettica?»

«Non lo so. A volte le cose prendono una brutta piega, lo sai. A volte cambiano».

Prima di parlare, bevo un altro sorso del mio drink. «Qualcosa non va tra te e Ethan? Avete litigato, o roba del genere?».

Scuote la testa. «No, ma questo non significa che non sia preoccupata che qualcosa possa andare storto».

«Tipo cosa?»

«Tipo la vita». Si volta verso di me, accavallando le gambe. «Nessuno di noi ha una relazione perfetta, anche se non posso dire che le cose tra me e Ethan vadano male. Vanno alla grande, ma non è come avere un anello al dito».

«Per il momento», le dico, e lei mi guarda dritto negli occhi. Butto indietro la testa e mando giù quello che resta del mio drink, la vodka scivola giù nella gola infiammandomi. «Tra l'altro, anch'io non ho una relazione perfetta». Appoggio il bicchiere sul bancone. «Devo forse ricordarti che ho piantato in asso Micha appena tre giorni fa?»

«Sì, ma avevi un buon motivo per farlo, no? Eri preoccupata per il vostro futuro». Il modo sospettoso in cui lo dice mi fa pensare che non mi crede del tutto.

«Sì», ammetto. «E anche per altri motivi... di cui non mi va di parlare».

«Di che tipo? C'è qualcos'altro che non mi hai detto?».

Arrotolo una ciocca di capelli intorno a un dito, a disagio. A Micha posso raccontare i miei pensieri più intimi, perché lui è il mio migliore amico, il mio fidanzato, tutta la mia vita: può sembrare sdolcinato, ma è la verità. Chissà se devo aggiungere anche questo alle promesse di matrimonio.

Sento l'alcol bruciarmi nelle vene e comincio a pensare che forse potrei aprirmi con Lila. Ma non voglio parlarle della scatola e delle cose di mia madre – ne ho già parlato abbastanza con mio padre. Ma c'è qualcos'altro.

«Faccio fatica a scrivere le mie promesse», le confesso.

Lei appoggia il gomito sul bancone, aggrottando le sopracciglia. «Voi due state scrivendo le promesse di matrimonio?».

Annuisco. «È stata un'idea di Micha».

Lila tamburella le dita su un ginocchio. «Sì, lo immaginavo». Esita. «Secondo te perché ti è così difficile?»

«Perché non sono una scrittrice», rispondo. «E perché… be', perché odio esprimere i miei sentimenti in una stanza vuota, figuriamoci in una piena di gente».

«Sì, ma noi già sappiamo cosa provi per Micha, non riesci a stare senza di lui nemmeno un minuto». Dà un'occhiata alla sua immagine riflessa nello specchio alle spalle del bancone. «Ma capisco come ti senti, il fatto che non vuoi parlarne davanti a tutti. A volte anch'io nascondo i miei sentimenti».

«Davvero?», le chiedo alzando la voce appena la musica si fa più invadente. «Non l'avrei mai detto».

Lila lancia un'occhiataccia a un tizio raccapricciante con la coda, che continua a sorriderle dall'altra parte del bancone. «Magari non nascondo quello che provo, ma faccio finta di provare altro. Ma sto cercando di smettere, perché è un errore madornale».

So per esperienza quanto ha ragione. «Quindi secondo te come dovrei superare questo blocco?»

«Prendi una penna e un foglio di carta e comincia a buttare giù qualcosa», mi suggerisce stringendosi nelle spalle. «Sono sicura che ne verrà fuori qualcosa di buono».

Continuo a pensare a una soluzione alternativa, finché la musica non cambia ritmo e Lila comincia a battere le mani a tempo, con uno sguardo entusiasta. «Adoro questa canzone», commenta. «Beviamoci uno shot e andiamo a ballare».

«Solo se è uno Jäger», le dico.

Lei fa una smorfia e mi dice scherzando: «Oh, sei così dozzinale. Io prenderò una tequila».

Ordina i nostri drink, ce li scoliamo tutti d'un fiato e ci avviciniamo alla pista. Balliamo in un punto poco illuminato, facendo avanti e indietro dal bancone del bar per prendere altri shot, finché non siamo accaldate, sudate, esauste e pronte a tornare a casa. Mi sento bene, non perché sono ubriaca, ma perché mi sono divertita, anche se il matrimonio mi spaventa e sono preoccupata per la storia delle promesse.

Ci facciamo strada in mezzo alla folla, verso l'uscita, e recuperiamo le giacche da una sedia. Ce le infiliamo mentre apriamo la porta, e una ventata di aria gelida mi punge le gambe nude.

«Corriamo», dico a Lila, e lei scoppia a ridere mentre inciampiamo e scivoliamo sul ghiaccio correndo verso la Chevelle parcheggiata sotto un lampione.

«Aspetta». Lila si ferma all'improvviso quando siamo quasi arrivate alla macchina. Si guarda indietro con un'espressione combattuta. «Forse dovremmo tornare dentro, al caldo, e chiamare i ragazzi per farci venire a prendere. Gli abbiamo detto che non avremmo guidato ubriache».

Nonostante il fiume di alcol che mi scorre nelle vene e nel cervello, mi rendo conto che non dovremmo guidare, vedo tutto distorto e faccio persino fatica a stare in piedi. «Sì, buona idea». Comincio a girarmi per tornare indietro, quando una Camaro blu entra a tutta velocità nel parcheggio e si ferma tra noi e la porta del locale, bloccandoci la strada.

«Non ci posso credere», mormoro mentre il finestrino si abbassa.

Mikey tira fuori la testa in una nuvola di fumo. L'ultima volta che l'ho visto gli ho buttato addosso un frullato attraverso il finestrino della macchina e lui ha tentato di inseguirci. Conoscendolo, immagino che se la sia legata al dito.

«Ella, che succede?», mi chiede Lila seguendo il mio sguardo mentre un viscido ghigno si disegna sul volto di Mikey. «Quello chi è?»

«Bene, bene, bene, guarda chi si vede, la ribelle della città». Continua a sorridere mentre apre la portiera ed esce dalla macchina. È di altezza media, per essere un ragazzo, e con i tacchi sono alta quanto lui, ma sono molto più esile. I suoi capelli neri si confondono con la notte, ha il naso storto, probabilmente perché qualcuno gliel'ha rotto, e un giro di filo spinato tatuato intorno al collo.

I suoi stivali avanzano pesantemente sul cemento ghiacciato del parcheggio, mentre si avvicina a noi con una smorfia compiaciuta stampata in faccia. «Allora, quell'idiota di Ethan Gregory è con te? Perché muoio dalla voglia di prenderlo a calci in culo per lo scherzetto dell'altra volta».

«Cosa?», mi chiede Lila con voce un po' troppo alta e io mi volto verso di lei per guardarla, intimandole di stare zitta. Poi mi giro di nuovo verso la macchina di Mikey, e mi accorgo che c'è qualcun altro sul sedile passeggeri, un ragazzo, credo.

Appena Mikey si ferma davanti a noi, scruta Lila da capo a piedi con uno sguardo subdolo. «Sei la sua ragazza o cosa?»

«La ragazza di chi?». Lila fa la finta tonta, rifugiandosi dietro le mie spalle. È spaventata, il respiro affannato le si condensa in nuvolette di vapore.

Mikey continua a fissarla un altro po', poi si concentra su di me. Non mi piace come mi sta guardando, non come se fossi la Ella che usciva solo con i ragazzi, anche se non gli piacevo. Mi sta guardando come se fossi solo una ragazza, perché è così che sono vestita, e all'improvviso mi pento di aver indossato questo maledetto vestito e un paio di fottutissime scarpe col tacco. «Ella, so che non sei stupida», mi dice accorciando le distanze. «Sai che da queste parti se lanci un frullato nella macchina di qualcuno non la passi liscia. La devi pagare… e poi saremo pari».

Alzo gli occhi al cielo e incrocio le braccia al petto. «E so anche che da queste parti non ti rispetta nessuno».

I muscoli del collo gli si contraggono mentre fa un passo avanti ed entra nel cono di luce proiettato dal lampione. Sono sempre più nervosa. Anche se Mikey ha sempre cercato di fare il duro, non era che scena e sapevamo tutti che faceva solo lo sbruffone. Ma adesso non sembra più lo stesso Mikey che conoscevo. È più sbandato, brutale, violento, e meno codardo. Ha gli occhi incavati e rossi, forse è un tossico, e se lo fosse non mi meraviglierebbe. A volte capita, da queste parti.

«Chiudi quella cazzo di bocca», mi minaccia Mikey.

Lila mi stringe un braccio, le sue dita tremano mentre mi sussurra: «Forse dovrei chiamare Micha e Ethan, o mandargli un SMS».

Scuoto la testa e sibilo: «Non ci pensare. Finirebbero per fare a botte».

Lila lancia uno sguardo a Mikey. «Temo che ci finiremo noi se non li chiamiamo», mormora nervosa.

«No, stai tranquilla», la rassicuro, anche se neanche io ne sono così certa. «Vai alla macchina e aspettami lì». Mi giro e punto gli occhi su Mikey, tentando di sembrare più dura di come non mi senta in realtà, mentre Lila torna alla Chevelle.

Lui fa scrocchiare le dita e il collo, come per dimostrare che fa sul serio. «Pensi di potermi spaventare con quello sguardo?». Poi allarga le braccia, nel parcheggio deserto. «Non c'è nessuno che ti possa parare il culo».

La ragazza grintosa e combattiva che avevo sepolto dentro di me torna alla carica e mi avvicino ancora di più a lui. «Non c'è problema». Allargo anch'io le braccia e mi guardo intorno, lo prendo in giro imitando i suoi movimenti, anche se so che le cose si stanno mettendo davvero male. Non posso farci niente. Potrei scappare, ma poi lui mi inseguirebbe. «Perché non vedo nessuna minaccia qui intorno».

Gli pulsano le vene del collo, e fa un passo di lato mentre l'altro tizio esce fuori dalla macchina. È alto e massiccio, con i capelli rasati e le braccia grosse quanto una mia gamba. Provo a capire quanto posso correre velocemente con i tacchi, per raggiungere la macchina, e quanto posso lanciare la macchina per scappare, visto che di sicuro mi inseguiranno.

«Ah, non sei più così arrogante, eh?», dice Mikey con un sorrisetto quando non reagisco. Non voglio indietreggiare, perché significherebbe condannarsi a vivere per sempre in un inferno, qui a Star Grove, una città in cui nessuno dimentica niente, ma allo stesso tempo questa non è più casa mia. Al massimo ci tornerò per le vacanze, quindi che importa?

Metto da parte tutta la mia testardaggine e alzo le mani facendo un passo indietro, per allontanarmi da lui. «Ok, hai vinto tu», dico a denti stretti.

«Non se ne parla, cazzo». Mikey fa un passo verso di me, per accorciare di nuovo le distanze. «Mi hai insultato e hai rovinato gli interni in pelle della mia macchina. Non te ne puoi andare via come se niente fosse. La domanda è: come posso fartela pagare? Voglio dire, potrei farla rivestire di nuovo a tue spese…». Mi scruta da capo a piedi con uno sguardo eloquente. «Anche se in realtà potresti darmi qualcos'altro».

Non posso farne a meno, scoppio a ridere: probabilmente non è la cosa migliore da fare, data la situazione, ma sono ubriaca e poco lucida. L'energumeno comincia a correre verso di me mentre indietreggio ancora tenendomi la pancia con le lacrime agli occhi, la mia risata riecheggia intorno a noi. Solo che il tizio scivola sul ghiaccio e cade gambe all'aria, così io rido ancora più forte e la faccia di Mikey diventa rossa come un peperone dalla rabbia. Mi afferra per un braccio e mi strattona verso di lui, mi affonda le dita nella pelle e io sussulto inciampando.

«Vaffanculo», gli dico divincolandomi.

Stringe ancora di più, mentre mi tira a sé, apre la bocca come per dire qualcosa, ma io alzo un ginocchio e glielo conficco nelle parti basse. Non sono sicura di quanta forza imprimo al colpo, perché sono sbronza e faccio fatica a reggermi in piedi, ma a quanto pare fa effetto. Mikey mi libera dalla presa e si piega con le mani sui testicoli e il volto contratto in una smorfia di dolore. Mi sto girando per scappare via, quando lui alza un braccio e mi dà uno schiaffo sulla guancia.

Mi fischiano le orecchie e mi si annebbia la vista, mentre mi metto una mano sulla guancia dolorante e sbatto le palpebre per la sorpresa. «Lurido stronzo!», urlo incazzata. Una ragazza qualsiasi sarebbe scoppiata a piangere, ma il dolore mi fa solo venire voglia di restituirgli il colpo. Vedo l'energumeno correre verso di noi, mentre Mikey solleva il braccio per scagliarsi ancora su di me. Ma io carico un pugno e lo colpisco in faccia. Non è la prima volta che picchio qualcuno – e sono sicura che non sarà neanche l'ultima – ma non importa quanti pugni ho tirato in vita mia, fa sempre un male cane.

Urliamo entrambi dal dolore, Mikey si tiene la mascella, io scuoto la mano e balzo all'indietro, pronta a correre come un fulmine verso la macchina. Ma poi un gruppo di ragazzi e di ragazze esce dal bar facendo un gran casino, così adesso ci sono anche dei testimoni.

Uno di loro ci guarda interdetto, accendendosi una sigaretta, e io approfitto dell'occasione per raggiungere Lila e precipitarmi in macchina.

Ha gli occhi spalancati e gonfi di lacrime e le braccia strette intorno al corpo. «Oh mio Dio, Ella. È stato…».

«Star Grove», le dico, e aggiungo: «Blocca la portiera».

Lei obbedisce, e anch'io abbasso la sicura.

Mikey raggiunge uno dei ragazzi che sono appena usciti dal locale e si scambiano una stretta di mano, mentre l'energumeno continua a fissarmi a braccia incrociate. Recupero il cellulare dalla tasca della giacca, ma non so chi chiamare. Se avverto Micha, lui verrà subito qui e se Mikey non se n'è ancora andato ci sono buone probabilità che facciano a botte, e questa è l'ultima cosa che voglio.

«Li ho già chiamati, appena quello stronzo ti è venuto addosso», mi dice Lila. «Erano in un pub a un paio di isolati da qui. Stanno arrivando».

«Merda, Lila, adesso verranno qui e si prenderanno a cazzotti». Mi do una rapida occhiata nello specchietto retrovisore e faccio una smorfia di dolore appena tocco la guancia rossa e gonfia. «Credo che mi verrà un livido».

Lila corruga la fronte. «Fantastico, così avrai un livido gigante in tutte le foto del matrimonio».

«Quali foto?»

«Quelle che farà Caroline». Poi si mette una mano davanti alla bocca. «Oh merda, non avrei dovuto dirtelo».

«Cosa?». La guardo con la bocca spalancata, massaggiandomi la mano indolenzita. «Chi li ha invitati?».

Lila abbassa la mano e la posa in grembo. «La madre di Micha. Ha pensato che ti avrebbe fatto piacere avere tuo fratello accanto a te».

Non so cosa rispondere. Il mio tranquillo matrimonio si sta trasformando in un'invasione di gente che mi guarderà mentre consegnerò il mio futuro nelle mani di Micha e pronuncerò le promesse che ancora non ho neanche cominciato a scrivere. So che non dovrebbe sembrare un gran problema, ma allo stesso tempo lo è. Soprattutto se farò qualcosa di stupido, come farmi prendere dal panico. Non voglio che mi vedano così.

Mi abbandono nel sedile della macchina, con gli occhi fissi su Mikey, che sta ancora parlando con il ragazzo. «Dio, avevo dimenticato quanto è violenta questa città», dico cambiando argomento. «Ogni cavolata diventa subito una questione di vita o di morte».

«Perché non ce ne andiamo di qui?», propone Lila allungando la mano verso la maniglia della portiera per uscire dalla macchina e fare a cambio di posto con me. «Credo di essere abbastanza sobria per guidare. Poi possiamo telefonare di nuovo a Micha e Ethan e chiedergli di incontrarci da qualche altra parte, così non verranno fino a qui e non rischieranno di cacciarsi in una rissa».

«Non ha importanza dove andiamo», le faccio notare. «Mikey ci inseguirà. Scommetto che in realtà non vede l'ora che ce ne andiamo solo per poterci inseguire».

«Che gli passa per la testa?», mi chiede guardandolo. «Ha picchiato una ragazza».

«È così che fanno da queste parti». Infilo le chiavi nel quadro della macchina, non so se avviare o no il motore per accendere il riscaldamento. Si gela, qua dentro, ma ho paura che il rumore possa allertare Mikey. Se la mia vista non fosse così annebbiata proverei a sfidarlo in un inseguimento senza neanche pensarci, ma ho la sensazione che se ci provassi potrei schiantarmi contro un albero. Lila, o qualcun altro, potrebbe farsi male, e se mi dovesse succedere qualcosa, lo splendido futuro che io e Micha abbiamo pianificato svanirebbe in un soffio. Quest'ultimo pensiero mi penetra nel cuore, ma ne sono felice, perché un paio di anni fa avrei acceso la macchina e rischiato il tutto per tutto.

Alcune ragazze si avviano verso un furgoncino, accendendosi una sigaretta, e i ragazzi le seguono poco dopo, facendo un cenno di saluto a Mikey e all'energumeno. Un ragazzo allampanato con un berretto di lana in testa si trattiene a parlare con Mikey, poi tutti e tre salgono sulla Camaro.

«Che stanno facendo?». Lila si piega in avanti sul sedile e guarda di traverso la Camaro mentre Mikey chiude il finestrino. Non se ne vanno via, ma accendono i fari della macchina.

Tamburello le dita sul volante. «Probabilmente spacciano».

«Oh». Lila si incupisce e si mette a guardare fuori dal finestrino, dalla sua parte. Sto per dirle che forse dovremmo scendere e andare incontro a Micha e Ethan, quando sento qualcuno bussare.

Sussulto per lo spavento, ma mi calmo subito appena vedo Micha fuori dalla macchina con il cappuccio della giacca sulla testa e uno sguardo tranquillo, come se stasera avesse bevuto qualcosa di più forte di un paio di birre. Accanto a lui c'è Ethan, che guarda dentro e gira intorno al cofano della macchina per raggiungere il sedile di Lila.

«Quando ti chiederanno cos'è successo, di' che sono stata picchiata da una ragazza», sussurro a Lila, poi sblocco la portiera.

Micha fa un passo indietro per lasciarmi aprire lo sportello e poi piega la testa per guardare dentro la macchina, con i capelli biondi che gli ricadono davanti agli occhi. «Che cosa è successo?», chiede. A giudicare dall'alito ha bevuto parecchio. Mi guarda attentamente e gli occhi gli si infiammano appena si accorge della mia guancia gonfia. «Come diavolo è successo?». Lancia uno sguardo a Lila, poi i suoi occhi di fuoco si posano di nuovo su di me. «Lila ha detto che avevate bisogno di aiuto».

Mi stringo nelle spalle mentre Lila apre la portiera e sento Ethan dirle qualcosa su quanto sia sexy. «Nel locale c'era una puttana con cui andavo a scuola», racconto a Micha. «A quanto pare una volta l'ho presa a calci in culo. Era ubriaca e ha voluto fare a botte con me. Lila si è fatta prendere dal panico e vi ha chiamato, anche se le avevo detto che me la sarei cavata da sola».

«Ehi». Lila mi dà una spallata sulla schiena e io sussulto. «Non te la stavi cavando molto bene».

Getto uno sguardo discreto alla Camaro di Mikey, che è ancora parcheggiata davanti alla porta del locale. «Me la sono cavata alla grande. Adesso possiamo tornare a casa?».

Micha si accovaccia, con le sopracciglia aggrottate. «Sì, anche se potrebbe essere complicato...». Si piega da una parte e scoppia a ridere come uno stupido ubriacone mentre dice a Ethan: «È già un miracolo se siamo riusciti ad arrivare fino a qui».

«Sei ubriaco», lo rimprovero, e Micha mi guarda con aria colpevole. È da un po' che non lo vedo ubriaco, e sono preoccupata, non perché diventerà violento, ma perché se Mikey si avvicina e comincia ad attaccare briga, è facile che Micha cada nella sua trappola e le prenda di santa ragione.

«Forse», ammette Micha con un sorriso adorabile stampato in faccia. «Ma non diventerò violento e non ti farò del male». E mentre lo dice si preme una mano sul cuore. «Ti ho promesso che non ti farò mai del male. Anzi, sarò molto, molto carino con te, se mi lascerai fare», aggiunge lanciando uno sguardo sul mio seno. «Ti farò un sacco di cose carine…». E con le dita mi accarezza una coscia.

Alzo gli occhi al cielo e Lila scoppia a ridere, e poi anche Ethan. Non oso girarmi, ho paura che se lo farò vedrò quei due avvicinarsi.

Con la coda dell'occhio controllo la macchina di Mikey, che è ancora ferma nel parcheggio. «Credo che dovremmo tornare a casa», dico volgendo di nuovo lo sguardo verso Micha.

«E come dovremmo fare?», chiede ingenuamente lui mentre si guarda intorno e ridacchia. «Qualcuno di voi è sobrio? Perché io no…».

«Neanch'io», biascica Ethan, e la risata di Lila si fa ancora più fragorosa.

Sbatto le palpebre, nella speranza che la confusione e i capogiri svaniscano, ma è inutile. «No, ma possiamo sempre chiamare tua mamma», propongo. Mi spremo le meningi per farmi venire qualche altra idea, ma ci rimedio solo un gran mal di testa.

Micha fa un cenno di disappunto e si alza in piedi con un sorriso compiaciuto, come se gli fosse appena venuta l'idea migliore del mondo. «Naaa, torniamo a piedi. Camminare è divertente».

Scoppio a ridere quando lui mi tira su e appena barcollo sui tacchi mi prende per la vita per farmi recuperare l'equilibrio. «Fai presto a dirlo», gli dico aggrappandomi alle sue spalle mentre scivoliamo entrambi sul ghiaccio. «Tu non hai i tacchi».

Micha riesce a tenerci in piedi, poi ferma gli occhi sulle mie gambe e si mordicchia il piercing sul labbro. «Cazzo, che gambe sexy che hai». Il suo sguardo arde di desiderio e so che se non lo porto subito a casa, sarò troppo presa per evitare il peggio. E così stasera, al posto di una rissa, ci sarà un bel porno in diretta. «Voglio solo accarezzarle tutte», aggiunge con voce roca mentre si avvicina per baciarmi.

Io rido ancora più forte, cercando di non cadere mentre lo allontano puntandogli una mano sul petto. «Adesso ti dico io cosa faremo: tu chiedi a tua madre di venirci a prendere e io ti farò accarezzare le mie gambe quanto vuoi».

«Promesso?», mi chiede con uno sguardo penetrante.

Mi faccio una croce sul cuore. «Promesso, ma chiedile di venire con Thomas. Non possiamo lasciare qui la tua macchina». Altrimenti verrà distrutta.

Mi guarda con un ampio sorriso stampato in faccia e prende il cellulare dalla tasca per chiamare sua madre. Continuo a tenere d'occhio la macchina di Mikey, nella speranza che lui resti ancora lì dentro finché non ce ne andiamo, perché se dovesse scendere e Micha scoprisse che è stato lui a picchiarmi, le cose andrebbero davvero a puttane. Micha non viene mai alle mani, tranne quando si tratta di me. Una volta mi disse che aveva dato un cazzotto a Grantford Davis solo perché quella notte era stato lui a portarmi sul ponte.

«Ok, arriverà tra cinque minuti, circa», annuncia Micha rimettendo il telefono in tasca. Poi avanza verso di me strofinandosi le mani ed espirando una nuvola di vapore. «E adesso tocca alle tue gambe».

Rido appena mi fa indietreggiare fino alla macchina, poi mi solleva e mi fa sedere su di lui, mentre sprofonda nel posto di guida e chiude la portiera. Comincia ad accarezzarmi le gambe, a farmi il solletico sulle cosce, e in un attimo l'atmosfera si surriscalda, anche se fuori la temperatura non arriva allo zero. Ethan e Lila si danno da fare sul sedile accanto, anche loro senza fiato, e Micha insinua in un sussurro che ci stanno sfidando, così mi bacia con ancora più passione.

Viviamo i minuti successivi in uno stato di stordimento indistinto, fatto di baci, carezze e imbarazzo, perché Lila e Ethan, sul sedile accanto, sono presi quanto noi. Ma siamo tutti troppo ubriachi per preoccuparcene e quando la madre di Micha compare accanto a noi nel vecchio pick up di Thomas, è così dannatamente vicina da assistere allo spettacolo.

Fortunatamente abbiamo ancora i vestiti addosso, quando ci bussa al finestrino. Fa uscire me e Micha dalla macchina e ci prende in giro, dicendoci che ci comportiamo ancora come due ragazzini, quasi rimpiangesse quei giorni.

Io e Micha ci sediamo dietro, e Ethan fa lo stesso, tuffandosi goffamente sul bracciolo. Lo segue anche Lila, che gli si siede in grembo. Siamo accalcati sul sedile posteriore, le ginocchia di Lila sbattono contro le mie, quando cerco di raggomitolarmi sulle gambe di Micha.

«Qui c'è un posto libero», dice la mamma di Micha indicando il sedile accanto a lei mentre sistema lo specchietto retrovisore.

«Stiamo bene», diciamo praticamente all'unisono, e poi scoppiamo a ridere.

La mamma di Micha sospira e segue Thomas fuori dal parcheggio, lasciandosi dietro il locale, Mikey e il nostro passato. Almeno per ora.

Capitolo 16

Micha

Mi sento uno schifo per essermi ubriacato, ma mi stavo divertendo con Ethan e mi sono fatto un po' prendere la mano. Mi riprometto di comportarmi bene con Ella, ma è più facile a dirsi che a farsi, visto che appena la vedo vorrei solo strapparle i vestiti di dosso ed entrare dentro di lei.

Mentre torniamo verso casa con mia mamma – il nostro guidatore designato, come se fossimo di nuovo un branco di ragazzini – non riesco a staccare le mani da Ella. Le lecco il collo e le faccio un succhiotto, mentre mi intrufolo sotto il suo vestito. Sento il suo respiro affannato sulla pelle, quando mi affonda il viso nel collo per non ansimare. Odora di vodka e vaniglia e mi godo il suo profumo, ansioso di tornare a casa perché sto davvero per perdere il controllo.

Mi distraggo solo quando passiamo accanto a un gruppo di cantori di Natale, all'angolo della strada, vicino al parco: cantano a squarciagola tutti imbacuccati nei loro cappelli, cappotti e guanti.

«Aspetta un attimo», dico piegandomi in avanti e battendo una mano sul bracciolo di mia madre. «Ferma la macchina».

«Oh Gesù, Micha». Mia madre sussulta per la sorpresa, ma poi comincia a frenare. «Che c'è?»

«Dobbiamo lanciargli delle palle di neve», dico indicando

i cantori con la testa, e do a Ella un pizzicotto sulla gamba. «Come facevamo ogni anno quando eravamo bambini. È la nostra tradizione».

«Micha Scott», mi riprende mia madre inorridita. «È terribile!».

Ma Ella scoppia a ridere. «Me n'ero completamente dimenticata. Ricordi quella volta che ho colpito quel ragazzo dritto in faccia e ci ha inseguito per due isolati?»

«Ci hai sempre cacciato nei guai», rispondo annuendo con un sorriso. «Facciamolo di nuovo».

Ella comincia a sorridere e anche se forse siamo troppo vecchi per rispettare questa tradizione, siamo abbastanza ubriachi per prenderla sul serio. Ma mia madre preme di nuovo il piede sull'acceleratore e prosegue lungo la strada, con un sospiro di disapprovazione.

«Voi due e le vostre idee folli», mormora a bassa voce.

Mi dispiace che non ce lo lasci fare, ma in un attimo ci passo sopra e riprendo a baciare Ella, finché non arriviamo davanti casa e mamma spegne il motore.

«Ragazzi, volete che vi prepari qualcosa?», ci chiede mentre scendiamo dalla macchina. «Vi farebbe bene mangiare».

«Stiamo bene. Grazie per essere venuta a prenderci». Le faccio un cenno di saluto e lei sospira quando trascino Ella dentro casa, senza neanche preoccuparmi di aspettare Lila e Ethan o di tornare indietro quando mia madre mi chiama.

Quando entro nella mia stanza e chiudo la porta, già brucio dal desiderio di toccare Ella, e accendo la luce. Le strappo la giacca di dosso senza preavviso e la getto sul pavimento.

«Mi terrai occupata per tutta la notte, vero?», mi chiede con una scintilla perversa negli occhi, come se fosse esattamente quello che vuole.

Do un'occhiata alla sua guancia, accarezzandola. Alla luce sembra ancora più rossa e gonfia. «Picchiava duro quella tipa, eh?».

Lei scrolla le spalle. «Nella norma». Poi afferra l'orlo inferiore della mia maglietta e mi tira a sé. «Ma non importa. Gliene ho date il doppio, quindi siamo pari», mi dice incollando le labbra alle mie con una tale foga da lasciarmi il segno.

La mia lingua scivola nella sua bocca e con le dita mi faccio strada tra i suoi capelli, sul suo corpo, sotto il vestito, nelle mutandine. Entrano dentro di lei, ma solo per un attimo, perché non posso farne a meno. Poi le sfilo il vestito e getto anche quello a terra, accanto alla giacca. Lei mi toglie la maglietta e mi sbottona i jeans, così me li posso sfilare. Noto che usa solo la mano sinistra e mi chiedo se non si sia fatta male all'altra mano colpendo la ragazza. Sto per chiederglielo, quando Ella si slaccia il reggiseno, e ogni pensiero abbandona la mia testa.

La afferro selvaggiamente e sigillo le mie labbra alle sue mentre la faccio indietreggiare. Lei mi ansima contro la bocca quando con la schiena sbatte contro il muro e io con il ginocchio urto il comodino, facendo cadere la lampada per terra. Nella stanza cala l'oscurità, il debole bagliore delle luci natalizie sulla strada penetra dalla finestra mentre le stringo le cosce, per sentire la sua pelle, e le esploro con la lingua ogni millimetro della bocca, finché le nostre labbra non sono gonfie e mi manca l'aria.

Appena mi scosto, Ella mi succhia il labbro inferiore con passione e sfiora con la lingua il piercing facendomi impazzire. Gemo appena mi libera e mi struscio contro di lei, baciandola sotto l'orecchio e sul collo. Le mordicchio dolcemente la pelle, la accarezzo, faccio scivolare la lingua sul suo corpo e le mie dita si infilano sotto l'elastico delle mutandine, facendola mugolare. Faccio un passo indietro solo per farle scivolare lungo le sue gambe, poi mi libero dei boxer. Quando mi avvicino di nuovo a lei per baciarla, sento delle voci provenire dalla sala. Mia madre ride e Thomas le dice qualcosa ad alta voce.

Io ed Ella ci fermiamo, affannati, il suo petto preme contro il mio a ogni respiro.

«Forse dovremmo darci una calmata», sussurra sbattendo le palpebre. «Almeno finché non saranno andati a dormire. Potrebbero sentirci».

«Neanche per sogno», le rispondo, e intanto penso a una soluzione che ci permetta di fare rumore senza essere sentiti. Mi allungo verso l'iPod, lo accendo e le note di *Change (In The House of Flies)*, dei Deftones, invadono la stanza a tutto volume coprendo le voci.

«Se noi non sentiamo loro, loro non sentiranno noi», le dico e le divoro di nuovo le labbra.

Le sue dita mi accarezzano la schiena e affondano tra i miei capelli, mentre la sollevo tenendola per le cosce, le apro le gambe e quasi senza preavviso affondo dentro di lei. Gemo mentre i nostri corpi si muovono insieme, stretti come se non esistesse nient'altro, mi lascio trasportare dalla musica, finché non riesco a pensare che a lei e a come mi fa sentire. A quando, solo pochi anni fa, entrai con Ethan nello stesso pub di stasera e tornai a casa con una ragazza che ci aveva provato con me per tutto il tempo. Il sesso fu insignificante, niente paragonato alla passione, al calore, all'incandescente intensità che provo con Ella.

Non c'era niente e adesso c'è tutto.

Appena torniamo in noi, mi scosto dolcemente e sostengo il suo peso quando le gambe le cedono esauste. Lei ride stanca mentre la accolgo tra le braccia e barcollo fino al letto. La adagio sotto le coperte e subito la raggiungo.

Ella mi appoggia la testa sul petto e con un dito disegna dei cuori sulla mia pelle madida di sudore. «Ti amo», sussurra.

Chiudo gli occhi e la abbraccio. «Ti amo anch'io».

Ci stringiamo l'uno all'altra, scivolando nel sonno, come abbiamo fatto tante altre volte quando eravamo più piccoli. In realtà abbiamo cominciato a dormire nello stesso letto più o meno a tredici anni: avevamo deciso di non uscire e di rimanere nella mia stanza, ed Ella non voleva tornare a casa perché non sopportava la sua famiglia. Lasciai che dormisse nel mio letto non perché ero un pervertito, ma perché mi rendeva felice stare con lei e non volevo che tornasse a casa. Mia madre avrebbe fatto il turno di notte e sapevo che non se ne sarebbe accorto nessuno. Fu una notte splendida, era tanto che non dormivo così serenamente, e da allora cominciò a diventare un appuntamento fisso. Alternavamo notti nelle nostre stanze, o nelle case di amici, a notti sulle panchine del parco, o nella mia macchina.

La macchina era il mio posto preferito, perché potevo stringermi ancora di più a lei. Sì, sono successe un sacco di cose meravigliose lì dentro. Per stare bene non avevamo bisogno di altro che di noi stessi e della mia macchina, non importava cosa la vita ci potesse riservare di brutto, e neanche se Ella ce l'aveva con me. Abbiamo fatto corse spericolate. Ci siamo baciati. Ci siamo stretti l'uno all'altra, come stiamo facendo ora.

I ricordi mi inondano la mente, facendomi sorridere. Scivolo nel sonno, pensando alla notte che cominciò con un litigio per un bacio rubato e finì con noi due addormentati al posto di guida.

Cominciò come una notte davvero di merda, ma alla fine si trasformò nella notte più bella della mia vita.

Capitolo 17
Due anni e mezzo fa

Micha

È quasi ora di correre e sono nervoso, anche se in macchina con me c'è Ella, il mio piccolo portafortuna. È tutta la sera che ci comportiamo in modo strano, in parte perché i miei sentimenti sempre più intensi stanno rendendo le cose imbarazzanti: ogni volta che siamo insieme spero di sentirmi dire che anche lei prova qualcosa per me, perché se affrontassi il discorso per primo Ella andrebbe fuori di testa. Ma non stasera. Ha avuto una giornata difficile ed è di pessimo umore, e anche se vorrei gridarle che la amo, so che non posso. Ma spero che dopo la corsa guideremo fino al nostro posto speciale per parlare un po', seduti sul cofano della macchina ad ascoltare musica – sono questi i momenti che preferisco.

Adesso però devo concentrarmi solo sulla corsa: devo guidare, vincere, far divertire Ella, nonostante non possa fare a meno di pensare che voglio solo baciarla.

«Allora, sei pronta?», le chiedo facendo rombare il motore, perché la vedo distratta, persa a guardare fuori dal finestrino. È tutta la sera che lo fa, e vorrei che mi dicesse a cosa pensa.

Ella si volta verso di me e mi fissa. «Pronta per cosa?».

Schiaccio di nuovo l'acceleratore. «Per la corsa. So quanto ti eccita», provo a punzecchiarla, ma è la verità.

Lei alza gli occhi al cielo, e per un secondo sembra felice.

«Se lo dici tu». Poi il suo volto si incupisce di nuovo e torna a guardare fuori.

Esito. «Ti decidi a dirmi perché sei stata così silenziosa tutta la sera?».

Si stringe nelle spalle e sospira. Nella macchina cala un silenzio assordante. Deglutisco e concentro di nuovo l'attenzione di fronte a me, quando all'improvviso Ella mi chiede: «Micha, posso farti una domanda?». Ha la voce strozzata e nervosa, chissà cosa diavolo sta per dire.

«Sai che puoi chiedermi quello che vuoi». Stringo le dita intorno al volante, mentre fisso gli alberi davanti a noi, incapace di guardarla negli occhi, perché dentro di me sto pregando Dio che finalmente mi dica qualcosa tipo: "Micha, provi anche tu quello che provo io? Micha, ti prego, scopa con me, adesso. Micha, ti amo".

Ci spero fino all'ultimo, anche se non è proprio una domanda, ma dopo un lungo silenzio se ne esce chiedendomi: «Quanto avete scommesso?». Poi sospira, come se in realtà volesse dire qualcosa'altro – magari di più importante.

Devo prendere un profondo respiro prima di risponderle, o tutte le emozioni che sto tentando di reprimere dentro di me, sul punto di esplodere, mi trapeleranno dalla voce. «Un centone, credo».

«Contro chi corriamo?»

«Danny, con la sua Challenger».

«Allora vinceremo di sicuro». Le labbra le si piegano all'insù, in quello che mi sembra un sorriso sincero.

Provo a rilassarmi, mentre raggiungo la linea di partenza. Sono agitato, ed Ella sembra averlo capito, perché alza il volume dello stereo quando comincia *The Distance*, dei Cake, sa che mi fa calmare. Quando il ritmo e le parole della canzone fanno vibrare le casse, mi giro verso di lei.

«Sai sempre come farmi felice», le dico con un sorriso teso, nervoso. «Grazie, piccola».

«È ovvio», ribatte abbandonandosi nel sedile, a suo agio, come se appartenesse a questo posto, che poi è la verità. «A cosa servono gli amici?».

Mi sforzo di sorridere, poi schiaccio la frizione e ingrano la prima. Danny è nella sua Challenger accanto a noi e fa rombare il motore. Poi la sua ragazza si infila impettita tra le due macchine. C'è una regola secondo cui la ragazza dello sfidante deve dare il segnale di partenza. Quando mi è capitato di sfidare qualcuno, ho sempre scelto una tipa a caso tra la folla, perché non ho mai avuto una ragazza – non ne ho mai voluta una. Un paio di volte ho provato a convincere Ella a farlo, ma lei si è sempre rifiutata, dicendo che è una regola sessista, anche se in realtà credo fosse preoccupata che la gente potesse pensare che uscivamo insieme, sebbene la maggior parte lo facesse già.

«Sai che puoi chiedermi di rallentare in qualsiasi momento, vero?», le domando per tranquillizzarla. «Se hai paura, intendo».

«E tu sai che non ho mai paura, vero?», ribatte sfilandosi le scarpe e appoggiando i piedi sul cruscotto.

Sembra così a suo agio che mi fa sorridere. «Certo, ma volevo essere sicuro che lo sapessi».

Un secondo dopo, la ragazza di Danny abbassa di colpo le braccia e in quello stesso istante schiacciamo l'acceleratore, alzando una nuvola di polvere che avvolge il pubblico. Più passa il tempo, più Ella si rilassa, appoggiando la testa allo schienale, e sembra così serena e tranquilla quando chiude gli occhi e inspira l'aria fresca che entra dal finestrino. È talmente bella, desiderabile, fottutamente perfetta, che per poco non dimentico che sto correndo.

Appena riporto gli occhi sulla strada, mi accorgo che

la Challenger si è piantata in mezzo alla via e stiamo per andarle addosso. «Merda», mormoro, e una delle marce gratta mentre scalo e gli pneumatici slittano sul terriccio facendo sbandare leggermente la macchina. So che se non riuscirò a mantenere il controllo, questa corsa potrebbe trasformarsi in un attimo in una tragedia. Mi sono già trovato in situazioni del genere, ma la prima cosa a cui penso è Ella, ed è per lei che è ancora più importante riprendere il controllo.

«Micha...», dice Ella mentre giro il volante da una parte e scalo ancora.

La macchina sbanda di coda, tracciando dei solchi serpeggianti sul terreno mentre sterzo bruscamente a destra. Trattengo il respiro quando aggiro per un pelo la Challenger e subito controsterzo per raddrizzare le ruote. Riesco a mantenere il controllo della macchina, ma non c'è molto tempo per esultare perché la fine della strada appare subito davanti a me.

«Dannazione». Tiro il freno a mano e gli pneumatici stridono.

Facciamo un testacoda, il motore fa un sacco di rumori, ma riesco a riprendere in mano la situazione e finalmente corriamo verso la linea d'arrivo.

Ricomincio a respirare e accelero a tavoletta, anche se la Challenger è ancora in panne.

«Più veloce o più lento?», chiedo a Ella gioioso, perché ormai ho praticamente vinto la sfida.

Lei si aggrappa alla maniglia della portiera. «Più veloce, è ovvio».

Sorrido, perché la sua risposta non mi sorprende, ed Ella scoppia a ridere quando schiaccio il piede sull'acceleratore. Gli alberi e il cielo oscuro si fondono insieme mentre i fari illuminano la strada sterrata davanti a noi. Cambio le marce per aumentare la velocità e le persone che si sono radunate per assistere alla corsa si allontanano dalla strada, nel timore che possa travolgerle – capita, a volte. Ma io guido senza intoppi fino alla linea d'arrivo, vincendo la gara, ed Ella sembra così felice che tutta la tensione tra noi si dissolve.

Faccio uno dei miei stupidi sorrisi da idiota che fa ridacchiare Ella, poi mi abbandono contro lo schienale e mi rilasso per la prima volta dall'inizio di questa serata. «Cazzo, ho davvero pensato che da un momento all'altro sarei andato a sbattere contro la Challenger», dico ridendo.

«Io no, invece», commenta Ella e mi giro verso di lei con uno sguardo dubbioso, ma sempre con il sorriso sulle labbra. «Che c'è? Ero sicura che ce l'avresti fatta».

«Semmai che "ce l'avremmo fatta"», la correggo. «E abbiamo cento verdoni da dividerci». Sono davvero su di giri per il fatto di aver vinto, anche lei, e sorride accanto a me contenta – che poi era lo scopo di tutta la serata riuscire a farla sorridere. «Cazzo, cazzo, cazzo», esclamo suonando il clacson mentre batto il pugno contro il volante.

Ella fa una risatina nasale. «Sei proprio uno scemo». Ride ancora un po' e giuro su Dio che il suono delle sue risate è il più meraviglioso che abbia mai sentito in vita mia. Raro e splendido, e mi fa venire una voglia matta di toccarla. Senza neanche pensarci, come se fosse la cosa più naturale del mondo, mi piego verso di lei e la abbraccio.

Per un secondo ho paura che vada fuori di testa, perché è una cosa che odia, ma adesso è così felice che risponde al mio abbraccio e io non posso fare a meno di respirare il suo profumo. È inebriante, come il suo calore, e – Dio – vengo travolto dalla voglia di toccarla, baciarla, entrare dentro di lei. In una frazione di secondo, prima ancora di capire cosa sta succedendo, piego la testa da un lato e premo le labbra sulle sue. Non so neanche perché – di solito sono molto più attento – ma faccio questo passo falso e me ne accorgo nell'istante stesso in cui le labbra si toccano e lei si irrigidisce.

Sono in preda al panico e prima che possa dire niente, mi tiro indietro ed esco dalla macchina. Ho fatto una vera cazzata, non solo perché so che Ella si arrabbierà con me, ma perché ho rovinato un momento felice.

Merda.

Temporeggio più che posso, festeggio la vittoria, mi faccio dare da Danny i soldi della scommessa e mi fermo a chiacchierare un po' con lui di macchine e altre stronzate, ma sono distratto, perché ho sulle labbra ancora il calore della bocca di Ella. Sì, lo so che ho fatto un gran casino, ma – Dio – il suo sapore era così incredibile.

Ella resta seduta nella Chevelle per quella che sembra un'eternità. Poi finalmente scende dalla macchina e raggiunge Renee e Kelly, anche se non le va molto a genio Renee. Certo, Ella era già di cattivo umore quando prima l'ho svegliata mentre schiacciava un pisolino, ma adesso il bacio può aver solo aggravato le cose.

Mentre parlo con Danny, Trixie Qualcosa mi raggiunge alle spalle e mi sussurra all'orecchio che io e lei dovremmo andare nella mia macchina e spassarcela un po' da soli. Per un attimo ci penso su, ma la mia mente è concentrata solo su Ella e so che è arrivato il momento di affrontare la sua furia. Declino l'offerta di Trixie e mi incammino verso il furgone di Ethan, visto che Ella è lì, appoggiata al pianale posteriore, e sta litigando con lui mentre Renee e Kelly si dividono una bottiglia di vodka.

«Falla finita!». Ella si mette le mani sui fianchi e fulmina Ethan con uno sguardo di fuoco. «Smettila di provocarmi».

Ethan scuote la testa mentre beve un sorso di birra. «Stronzate. Sei tu che hai un carattere di merda».

«Ehi, pronta ad andare?», li interrompo, dando un colpetto al piede di Ella con il mio come se non fosse successo niente, come se non ci fossimo appena baciati.

«Se lo sei tu», ribatte lei. Il suo volto è indecifrabile, non ho idea di cosa le stia passando per la testa. Si scosta dal pianale e passa accanto a una fila di macchine mentre si incammina verso la Chevelle, parcheggiata vicino a un albero. Porta un paio di shorts cortissimi ed è quasi impossibile non fissarle il sedere per tutto il tempo. So che se si girasse e se ne accorgesse la situazione non potrebbe che peggiorare, ma decido di correre il rischio e distolgo lo sguardo solo appena entra in macchina.

«Buona fortuna». Ethan alza gli occhi al cielo mentre Renee gli passa la bottiglia di vodka. «Che diavolo le hai fatto? È ancora più stronza del solito».

Esalo un sospiro inquieto. «Ho fatto una cazzata», rispondo, e mi giro verso la macchina. Sto male per il fatto di averla baciata, ma il suo sapore era così fottutamente strabiliante che faccio fatica a pentirmene.

Mi preparo mentalmente prima di aprire la portiera e salire in macchina con lei. Chiudo lo sportello con uno schianto e il silenzio che ne segue è snervante.

«Vuoi che guidi piano o veloce per tornare a casa?». Cerco di sembrare più naturale che posso, mentre infilo la chiave nel quadro e accendo il motore.

Ella gira lentamente la testa verso di me. «Non stiamo andando al nostro solito posto?», mi chiede, cogliendomi alla sprovvista. A essere sinceri ero convinto che ormai quel programma fosse sfumato, per stasera, perché sarebbe stata troppo incazzata.

Ingrano la prima e schiaccio l'acceleratore prima di lasciare la frizione, portando su di giri il motore. «Vuoi ancora andarci?».

Lei si stringe nelle spalle mentre accendo i fari, illuminando gli alberi di fronte a noi. «Se va a te». I suoi occhi sono indecifrabili nell'oscurità, ma a giudicare dal tono supplichevole non ha voglia di tornare a casa.

«Certo che mi va», dico, e stacco il piede dalla frizione per immettermi sulla strada. «Volevo solo essere sicuro che ne avessi ancora voglia».

«Ma prima hai detto che dovevamo andarci per forza», mi ricorda. «Che non mi avresti permesso di continuare a deprimermi a casa per tutta la notte».

«Lo so… ma volevo darti un'alternativa». Della serie "mi-dispiace-se-ti-ho-baciata-anche-se-in-realtà-non-mi-dispiace-davvero".

«Non voglio un'alternativa». Guarda fisso fuori dal finestrino, con le braccia incrociate al petto. Ha la stessa canottiera che indossava quando l'ho svegliata, solo che si è messa il reggiseno, così non riesco più a intravedere il profilo dei capezzoli, purtroppo. Ma mi accorgo che il suo petto si solleva rapidamente. È agitata e non penso che sia solo per il bacio. In realtà, credo che a preoccuparla sia lo stesso problema che ha cercato di scacciare dormendo fino alle tre del pomeriggio.

Non aggiungo nient'altro e guido dritto verso il nostro posto speciale, una piccola radura tra gli alberi sulle rive del lago. Quando arriviamo è mezzanotte passata ed Ella si sta per addormentare. Parcheggio la macchina non troppo lontana dall'acqua, poi spengo il motore, ma lascio accesi i fari.

Ella sbatte le palpebre, si tira su a sedere e resta in silenzio per un po' mentre fissa l'acqua. Poi si allunga verso il quadro e gira la chiave per accendere lo stereo. Prende l'iPod dal cruscotto e mette un pezzo degli Spill Canvas, prima di scendere dalla macchina. Si incammina verso la riva e si ferma appena arriva all'acqua, poi incrocia le braccia al petto e alza gli occhi al cielo stellato, con i capelli mossi dalla leggera brezza estiva.

Scendo anch'io e cammino adagio fino a raggiungerla. I raggi della luna le si riflettono negli occhi mentre si morde il labbro inferiore, rifiutandosi di guardarmi. Forse dovrei chiederle scusa per averla baciata, ma sarebbe una bugia, e io odio mentirle.

«Mia mamma ha avuto una delle sue crisi, oggi», dice con voce piana rompendo il silenzio mentre stringe le braccia intorno al corpo. «Cercava una foto di tutti noi alla spiaggia, anche se non ne abbiamo mai scattata una del genere. Ho passato tutto il giorno a cercarla, ma sapevo che non l'avrei mai potuta trovare, e alla fine le ho mentito dicendole che l'avevo persa, così lei ha lasciato correre». Chiude gli occhi e respira a fondo. «E io ero così contenta quando alla fine si è addormentata... così fottutamente sollevata. Sono la peggiore figlia del mondo».

«No che non lo sei». Le scanso i capelli da una spalla e lei si irrigidisce quando con le dita le sfioro il collo. «Cavolo, sei di gran lunga migliore della maggior parte delle figlie».

Ella scuote la testa e deglutisce a fatica. «No, non lo sono. Sono così stanca... di tutto questo. A volte vorrei solo che finisse tutto». Si interrompe, con il respiro mozzato.

Mi scervello cercando le parole giuste per farla sentire meglio, ma non so se potrei mai trovarle. Così mi allontano da lei, che continua a non guardarmi, a tenere gli occhi fissi davanti a sé. Quando raggiungo la macchina, apro la portiera e mi allungo verso l'iPod. Scorro le canzoni finché non mi imbatto in un pezzo lento, dolce, alzo il volume e la raggiungo di nuovo.

Ella gira la testa appena la musica si spande nella foresta intorno a noi. Le porgo una mano, facendole capire cosa voglio fare, perché l'abbiamo già fatto altre volte e so che lo faremo ancora. Lei fissa la mia mano, incerta, prima di muoversi cauta verso di me, con espressione neutrale.

«A volte scegli davvero delle canzoni da vecchio», dice fermandosi a un passo da me con le braccia al petto.

Allungo una mano verso di lei e mi sforzo di sorridere, anche se sono un po' nervoso. «Ehi, *Girl From the North Country* è un classico di Johnny Cash e Bob Dylan!».

«È una canzone da vecchio». Il suo tono di voce ha una nota divertita. «Perché in realtà sei un uomo di altri tempi».

«Allora questo fa di te una signora d'altri tempi, visto che esci con me».

Ella trattiene un sorriso, ma quando le prendo la mano e la tiro a me dalle labbra le sfugge una risata. Quel suono spezza la tensione tra noi e io so che per il momento sono riuscito a scamparla.

La faccio volteggiare un paio di volte e lei ride ancora più forte, i capelli le cadono davanti al viso mentre inciampa per tenere il passo. Continuo fino a farle girare la testa, come quando eravamo bambini e giocavamo nel cortile di casa mia.

«Micha, ti prego, smettila», m'implora ridendo e incespicando. «Non riesco più a stare in piedi».

Io mi fermo di colpo e lei mi crolla addosso. Mi si aggrappa alle spalle, tenendosi a me mentre le cingo la vita con le braccia e ondeggio con lei a tempo di musica sostenendo il suo peso. Con le mani scendo sulla sua schiena e mi fermo appena sopra il sedere, consapevole di non poter andare oltre, almeno non stasera.

Ella mi appoggia la testa contro il petto e io inspiro il profumo di vaniglia dei suoi capelli. «A volte sei troppo carino con me», mi dice. «In realtà mi vizi. Dovresti davvero smetterla».

Le tengo una mano sulla schiena e con l'altra le tengo la testa contro il mio petto. «Meriti di essere viziata», ribatto, perché nessun altro lo farà, eccetto me. Nessuno l'ha mai fatta sentire speciale, le ha mai fatto regali per il compleanno, portata a vedere posti nuovi, e sono quasi sicuro che né la madre né il padre le hanno mai detto di amarla. Ed è diventato questo il mio compito, da quando sono riuscito a farle scavalcare quel recinto.

«Ti senti meglio?», le chiedo baciandole la fronte.

«Sì», risponde facendo scivolare le mani sulle mie spalle prima di intrecciarmele dietro il collo. «Ma... Micha?».

Tento di rimanere calmo, ma è difficile, sentendomi toccare così. «Sì».

«Se ti azzardi a baciarmi di nuovo senza il mio permesso», dice, «ti prendo a calci nelle palle».

Sbuffo in una risata nasale. «Ok, non fa una piega».

Mi dà un pizzico dietro il collo e non posso fare a meno di ridere. «Sono seria».

«Lo so». E so che sta dicendo la verità, ma sono sollevato che abbia deciso di lasciar correre.

Poi non dice altro e io mi stringo a lei finché la canzone non finisce. Quando parte il brano successivo continuiamo a ballare e non ci fermiamo finché non ne seguono altri cinque. Mi scosto da lei solo quando la sento appoggiarsi ancora di più a me, come se si stesse addormentando. Abbasso lo sguardo, e i suoi occhi sono chiusi e la sua presa si sta allentando.

«Forse dovrei riaccompagnarti a casa», le propongo scostandole i capelli dalla fronte.

Lei scuote la testa con gli occhi chiusi. «Non voglio tornare a casa».

«Allora dove vuoi andare?», le chiedo. «A casa mia?».
Ella sbadiglia. «Non possiamo rimanere qui?».
Resto fermo per un po', mentre lei comincia ad abbandonarsi al sonno tra le mie braccia. Alla fine mi piego, le passo le braccia sotto le gambe e la sollevo. È troppo stanca per protestare e si rannicchia contro di me mentre la porto verso la macchina. In qualche modo riesco ad aprire la portiera e a sistemarmi con lei al posto di guida.
«Preferisci stare sul sedile posteriore?», le chiedo tirandola su in modo da spostare dentro le gambe e chiudere lo sportello.
Lei scuote la testa. «Voglio solo dormire qui».
C'è poco spazio, ma alla fine non importa, perché Ella è tra le mie braccia ed è felice di restarci. Così stretto a lei, reclino il sedile e mi sdraio. Lei si sposta da una parte, lungo il mio fianco, abbiamo le gambe intrecciate e poggia la testa sul mio petto. Mentre la musica continua a suonare, scivoliamo nel sonno insieme.

Capitolo 18
Oggi

Ella

Quando apro gli occhi accecata dal sole, Micha è già sveglio, con il diario di mia madre in grembo e la sua fotografia accanto alla gamba. È appoggiato alla testiera del letto con un paio di boxer addosso e non ha la maglietta, così riesco a vedere i muscoli asciutti, e qualche ciocca di capelli gli scende sulla fronte. Ha uno sguardo intenso mentre legge le pagine, ma quando mi muovo per mettermi seduta, con la testa e la guancia che pulsano doloranti, chiude il diario e quell'intensità pian piano si attenua.

«Trovato niente di buono?», gli chiedo tirandomi la coperta sul petto nudo.

Lui si stringe nelle spalle, ma a giudicarc dall' cspressionc corrucciata ancora non è riuscito a trovare un momento felice. Ripone la foto tra le pagine del diario per tenere il segno prima di metterlo via e poi allunga una mano per accarezzarmi la guancia morbida e gonfia. «Avremmo dovuto metterci del ghiaccio sopra, stanotte», dice. «Davvero, Ella, sembra faccia un male cane».

Appoggio la mano sulla sua. «Fa un male cane».

«Adesso ti va di dirmi cos'è successo davvero?», mi chiede, e quando mi irrigidisco aggiunge: «So che mi hai mentito, Ella May, quindi non venirmi a raccontare che una tipa ti ha picchiato, perché anche ieri sera avrei giurato che mi stavi dicendo un sacco di cazzate».

«E allora perché non ti sei arrabbiato con me?»
«Perché stavo pensando con il cazzo e non con la testa».
Sorrido, ripensando al modo in cui mi ha spinto contro il muro e sbattuto con tanta forza che potevo sentirlo in tutto il corpo.
«Devo dire che mi fanno un po' male le gambe, dopo stanotte», gli comunico mentre scosto la coperta dal corpo e mi massaggio le cosce.
Micha abbassa lo sguardo sulle mie gambe e gli occhi gli brillano di desiderio. «Potrei dire che mi dispiace, ma non è vero».
Mi infilo di nuovo sotto la coperta e mi sdraio sul letto. Lui si sistema accanto a me e appoggia il gomito al cuscino e la testa sulla mano.
«Te lo dirò», cedo mentre mi accarezza la guancia, «ma tu mi devi promettere che non farai niente. Che non andrai in cerca di guai».
Le sue dita si irrigidiscono. «Non posso promettertì una cosa del genere».
«Allora non te lo dirò».
«Ella May…».
Gli copro la bocca con una mano per farlo tacere. «Non ci provare. L'ultima cosa che voglio è un marito con una denuncia a carico o picchiato a sangue».
Micha resta in silenzio e incurva le labbra in un sorriso dietro la mia mano. «Dillo ancora».
«Solo se prometti».
«E va bene», sospira, e libero la sua bocca. «Non andrò in cerca di guai se mi dirai cos'è successo e mi chiamerai di nuovo "marito"». Sul volto gli si disegna un sorrisetto stupido che mi fa ridere.
«Molto bene, marito», lo assecondo facendolo sorridere ancora di più. Traggo un profondo respiro e gli racconto

di Mikey. Per tutto il tempo si sforza di controllarsi, ma lo vedo serrare i pugni mentre ascolta.

Appena finisco, resta zitto per un momento, e alla fine dice: «Posso almeno chiedere a Ethan di prenderlo a calci in culo?».

Scuoto la testa. «No. Neanche Lila vorrebbe che si facesse male. O che finisse in prigione».

La mascella si irrigidisce e gli occhi indugiano sulla mia guancia, prima di ricominciare a respirare. «Vorrei davvero rompergli il culo, Ella May. Giuro su Dio che…». I pugni e i muscoli asciutti delle sue braccia si contraggono.

«Lo so», lo interrompo. «Ma non voglio che tu lo faccia».

«Mi stai torturando», mi dice cupo.

«So anche questo, ma è meglio così», spiego. «E comunque sono riuscita a dargli una bella ginocchiata».

«Non avrebbe mai dovuto picchiare una ragazza… Giuro chc…». Emette un sospiro frustrato, scuotendo la testa. «Posso almeno distruggergli la macchina, o una cosa del genere?»

«Probabilmente capirebbe che sei stato tu», rispondo. «O io».

«Ti prego, devi lasciarmi fare qualcosa».

Sospiro. «E va bene. Possiamo sgattaiolare fino a casa sua e squarciargli le ruote la sera prima di ripartire».

«Tutto qui?», mi domanda imbronciato. «Non posso – che so – spaccargli i finestrini e dargli un paio di cazzotti?»

«Solo le ruote», ribatto decisa. «E niente cazzotti. Non voglio peggiorare la situazione».

«Ok, ma lo faccio solo per te», si arrende ancora più accigliato.

«Grazie». Lo bacio e lui sembra ancora arrabbiato, ma poi si lascia trasportare e fa scivolare la lingua nella mia bocca. Continuiamo a baciarci mentre ci rotoliamo sul letto e si sdraia su di me. Mi scruta con occhi pieni d'amore, mentre mi accarezza la guancia pensieroso, e quando schiude le labbra per parlare non ho idea di cosa stia per dirmi.

«Lila dice che mi hai comprato un regalo di Natale», afferma prendendomi alla sprovvista.

Scuoto la testa. «Solo perché mi ha costretto, quindi non sentirti in dovere di comprarmi qualcosa».

«E se invece volessi farti un regalo anch'io?»

«Allora fallo», rispondo. «Ma, giusto perché tu lo sappia, non ti ho comprato niente di che». È la verità. Mentre andavamo in giro per negozi a cercare decorazioni per il matrimonio, ho notato un braccialetto dell'amicizia identico a quelli che avevamo io e Micha da bambini, quando giurammo di rimanere amici per sempre. Si sfilacciarono e li buttammo, o li perdemmo, non ricordo, e quando ho raccontato a Lila questa storia mi ha detto che avrei dovuto comprarne due e regalarne uno a Micha.

Non sono una sentimentale, ma alla fine li ho presi lo stesso.

«Ho già te», mi dice Micha. «Ed è il regalo più bello del mondo».

Scuoto la testa, ma non posso fare a meno di sorridere. «A volte sei davvero sdolcinato».

«E tu lo adori».

Non lo contraddico, perché ha ragione, e sorride mentre con un ginocchio mi fa aprire le gambe e si sistema tra le mie cosce.

Ma poi dei colpi alla porta ci interrompono.

«Ella», esclama Lila dall'altra parte.

«Ignorala», sussurra Micha succhiandomi il lobo dell'orecchio mentre mi accarezza un capezzolo con il pollice.

Ansimo, stringendogli le gambe intorno ai fianchi mentre la sua erezione preme contro di me.

«Ella, so che sei lì dentro e ho bisogno che tu esca». Tace per un attimo. «Dean e Caroline sono qui».

Mi sforzo di controllare il tono della voce mentre Micha mi penetra. «Vengo tra un secondo». Sono senza fiato e Micha scoppia a ridere, con la bocca sulla mia.

Si ferma, inarcando un sopracciglio. «Tra un secondo. Davvero?».

Gli cingo la vita con le braccia e gli do un pizzicotto sul sedere, facendolo ridere. «Ti conviene metterci un secondo, o resterai arrapato e a bocca asciutta per il resto della giornata».

Sorride scuotendo la testa. «E va bene, hai vinto tu». Poi scivola a fondo dentro di me e io mi perdo di nuovo in lui.

Circa quindici minuti dopo, ci vestiamo e ci affacciamo in cucina, esausti ma felici. Lila è seduta al tavolo, con addosso il pigiama con le ciliegie. Tavolo e bancone sono ancora disseminati di nastrini e candele, insieme a una scatola di cereali e a qualche piatto sporco. Ethan è sulla sedia accanto a lei, con una maglietta e un paio di pantaloni del pigiama a scacchi, che mangia una ciotola di cereali.

Un sorrisetto compiaciuto spunta sul volto di Lila appena ci vede. «Ce ne avete messo di tempo», scherza mentre versa un cucchiaino di zucchero nel caffè.

Ethan ci dà un'occhiata di traverso con gli occhi iniettati di sangue, probabilmente perché ha ancora i postumi della sbornia di ieri sera. Mi guarda la guancia, che ho cercato di mascherare alla meglio con un po' di trucco, ma il mio occhio nero è quasi una causa persa, così cerco di sfoggiarlo con più orgoglio possibile.

«Chi diavolo ti ha ridotto così?», mi chiede Ethan rigirando i cereali con un cucchiaio.

Mi tocco i lividi con le dita appena Micha mi lascia la

mano per avvicinarsi alla caffettiera accanto al lavello. «Mikey», confesso.

Ethan espira lentamente. «Merda, è stato perché...».

Si interrompe quando Micha mi passa una tazza di caffè. «Perché voi due idioti avete lanciato un frullato nella sua macchina?», interviene. «Sì».

Ethan si incupisce passandosi le dita tra i capelli, che gli restano dritti sulla testa. «Ehi, non è stata una mia idea».

«Sì, è stata mia», confesso a Micha godendomi il profumo del caffè. «Non attribuire a lui il merito delle mie idee geniali».

«Ho troppo mal di testa da sbornia per sopportare i vostri battibecchi». Micha fa una smorfia e allunga le braccia sulla testa, l'orlo della maglietta si alza mettendo in mostra i suoi addominali.

Io e Ethan ci scambiamo uno sguardo di sfida, ma poi Ethan getta la spugna e torna a mangiare i cereali mentre io sorseggio il caffè.

«Hai detto che Caroline e Dean sono qui?», chiedo a Lila sedendomi al tavolo.

Lila annuisce mentre gira il suo caffè. Ha i capelli raccolti in una coda di cavallo ed è struccata. «Erano qui, ma poi gli ho detto che saresti arrivata a breve e loro hanno deciso di andare a casa tua, così ho assicurato che ti avrei mandata lì appena fossi uscita dalla stanza».

Fuori dalla finestra vedo un grande SUV bordeaux parcheggiato nel vialetto dietro casa mia, subito dopo la Firebird. «Hanno affittato una macchina?», chiedo.

Lila scuote la testa. «No, sono venuti in macchina fino a qui perché Caroline non voleva prendere l'aereo. Credo che quella sia loro».

«Dean dev'essersi sbarazzato della Porsche, allora», commento aggiungendo un po' di latte al caffè.

«Dev'essere perché stanno per avere un bambino e nella Porsche non c'era spazio per il seggiolino». Lila sorride e beve un sorso di caffè. «La pancia di Caroline è così carina».

Ethan scuote la testa, mentre fissa con occhi sgranati i cereali. Lancio un'occhiata a Micha, che mi guarda di rimando mentre si appoggia al bancone sorseggiando il suo caffè. Allontana la tazza dalla bocca e si lecca le labbra. Lo conosco abbastanza bene per sapere che sta cercando di interpretare la mia reazione, non solo a proposito della Porsche – la vecchia macchina di mia madre – ma anche rispetto a quello che ha appena detto Lila sui bambini.

Mi alzo e guardo Micha. «Vuoi venire con me a salutarli?».

Micha annuisce e si allontana dal bancone per avvicinarsi alla porta sul retro. Prendiamo i giacconi e diciamo a Ethan e Lila che torneremo tra poco, e ci incamminiamo verso casa mia. Il vecchio furgone di Thomas è parcheggiato sulla strada dietro alla Chevelle di Micha e ci sono delle impronte nella neve che vanno dai gradini di casa di Micha fino alla recinzione. Proseguono anche dall'altra parte, fino all'ingresso della casa di mio padre. Non posso fare a meno di sorridere, perché molto probabilmente sono stati Dean e Caroline a lasciarle, come noi quando eravamo piccoli.

Indico a Micha le impronte per terra. «Ehi, guarda, a quanto pare è diventata una moda», scherzo.

Micha si aggrappa al recinto e lo scavalca con un salto aggraziato, atterrando sul cumulo di neve dall'altra parte. «Avrei preferito che non fosse così. Mi piace che sia un'abitudine tutta nostra».

«Anche a me», concordo stringendo le dita sul gelido metallo per tirarmi su. A metà strada Micha mi afferra per i fianchi e mi aiuta a scendere sul vialetto, per non farmi affondare nella neve.

Ci facciamo strada a fatica fino alla porta ed entriamo. La casa profuma sempre di cannella e detergente, con un vago odore di bacon. Sui fornelli ci sono delle frittelle appena fatte e la caffettiera borbotta sul bancone della cucina.

Avrei dovuto prepararmi meglio a quest'incontro, perché appena entriamo Caroline comincia a saltellare su e giù. Indossa uno svolazzante vestito viola e ha i capelli neri raccolti in una treccia. La stoffa del vestito si tende sul pancione e per quanto ci provi non riesco a non fissarlo. Dean è seduto al tavolo con i piedi appoggiati a un'altra sedia e un giornale in grembo. Indossa una camicia inamidata e un paio di pantaloni eleganti, e non sono abituata a vederlo così. Quando eravamo piccoli, indossava solo vecchie magliette e jeans logori, e una volta si tinse persino i capelli di blu.

«Oh mio Dio, eccovi qui!», ci accoglie Caroline euforica, battendo le mani con tanto entusiasmo da far risuonare tutta la casa. «Congratulazioni!».

«Grazie». Mi sforzo di sorridere per non sembrare imbarazzata e provo a godermi il momento, anche se mi sento a disagio per tutte queste attenzioni.

Caroline esita un attimo. «Ella, cos'è successo alla tua faccia?».

Poso una mano sulla guancia gonfia. «Sono finita in una piccola rissa, ma niente di che».

«Proprio come ai vecchi tempi», fa notare Dean scuotendo la testa.

«Be', spero che tu stia bene», commenta Caroline esaminandomi.

«Sto bene», la tranquillizzo. «Il gonfiore sparirà tra un giorno o due».

«Bene, in tempo per il matrimonio». Si avvicina per stringermi a sé e io rispondo goffamente al suo abbraccio, appena sento il pancione premuto contro il corpo. Quando si scosta, mi fissa e intreccia le dita sul ventre.

«È una bambina», dice, e Dean mi lancia un'occhiata strana che non riesco a decifrare. Mi chiedo se anche lui sia terrorizzato dall'idea di avere un figlio, se ha paura di diventare come nostro padre, alcolizzato e assente. Potrei chiederglielo, ma non mi sembra il momento adatto.

«Congratulazioni», dico a entrambi.

«Grazie». Dean ripiega il giornale e lo getta sul tavolo accanto alla biscottiera. Rimane in silenzio per un istante, e io non ho davvero idea di cosa uscirà dalla sua bocca. «Anche a te».

Sono sorpresa da questo suo semplice commento, e il mio cuore perde un colpo prima che risponda: «Grazie».

«Sarà così bello», dice Caroline avvicinandosi rapida al piatto di uova e bacon. «Un matrimonio all'aperto a Natale sulle rive di un lago. Posso solo immaginare quante splendide foto potrò fare», aggiunge mangiucchiando un pezzo di pancetta.

«Ma farà un freddo cane», interviene Dean sottolineando l'ovvio mentre si allontana dal tavolo e raggiunge Caroline, cingendole la vita. «Siete sicuri di non volerlo fare al chiuso? Ci geleremo il culo prima ancora che sia finito».

Io e Micha ci scambiamo uno sguardo d'intesa e scuotiamo entrambi la testa. «Freddo o no, non ci sposeremo da nessun'altra parte», insisto, e Micha mi stringe la mano. «È importante».

«Ok», ribatte Dean confuso. «Allora faremo un matrimonio all'aperto. Ma chi ci sarà?»

«Io, Micha, Lila, Ethan», comincio a elencare tenendo il conto con le dita, «la mamma di Micha con il suo fidanzato, tu e Caroline, ovviamente, e papà… con la sua fidanzata, forse».

«Oh, sì», commenta Dean mentre bacia Caroline su una spalla. «La segretaria».

«Quindi già sapevi di lei?».

Scrolla le spalle. «Me ne ha parlato per telefono un paio di settimane fa».

A me non aveva detto niente. «Oh».

Micha si accorge del dispiacere nel mio tono di voce, mi prende per mano, mi dà un bacio sulla guancia, e la barba incolta mi graffia e allo stesso tempo mi rassicura. Dean non sembra accorgersi minimamente del mio turbamento, e non è colpa sua. Non mi conosce come mi conosce Micha – nessuno della mia famiglia può farlo.

«Non ci sarà molta gente», dice Caroline alzando la forchetta dal piatto. «Siete sicuri di non volere nessun altro? Voglio dire, dovete avere un sacco di vecchi amici da queste parti, magari sarebbero felici di partecipare. Lo so che mancano solo pochi giorni, ma forse riuscirebbero comunque a venire se li invitaste».

Scuoto la testa. «Non voglio invitare nessun altro».

Il suo volto si incupisce mentre attacca le uova. «E tu che ne pensi, Micha?»

«A me basta che ci sia Ella», risponde Micha stringendomi al petto. «Senza offese, ma davvero non m'importa di nessun altro».

Caroline sospira mentre mastica. «Be', allora immagino che dobbiamo cominciare con i preparativi».

«Lila e la mamma di Micha hanno già iniziato a fare un sacco di cose», le spiego. «Non credo che rimanga molto altro».

Caroline mi sorride mentre Dean la libera dal suo abbraccio per avvicinarsi al frigorifero. «Oh, Ella, i preparativi non sono mai abbastanza», mi assicura Caroline. «Fidati».

E ha ragione, ma solo perché non me ne sto occupando

io. Fosse per me, ci saremmo solo io, Micha, il prete e nessun altro. Il matrimonio verrebbe celebrato in un luogo placido e meraviglioso, come una spiaggia privata o un campo di viole. Indosserei un vestito punk-gothic e Micha sarebbe vestito di nero e avrebbe dei braccialetti di pelle nera ai polsi, perché è dannatamente sexy quando è vestito tutto di nero. E non ci scambieremmo nessuna promessa di matrimonio, diremmo solo "Lo voglio" e poi ci baceremmo.

Ma non me ne sto occupando io. Ho tutta una squadra di persone ansiose di organizzare un matrimonio splendido e scintillante.

Trascorro il resto della giornata in una cittadina qui vicino con Lila, Caroline e la madre di Micha, che cerca un vestito. Anche Caroline ne compra uno e mi regala una collana, sebbene le abbia detto di non averne bisogno. A un certo punto prova anche a prendermi un velo, ma quant'è vero Iddio non me ne andrò in giro con un dannato pezzo di stoffa appiccicato in testa con una coroncina di strass. Così alla fine mi compra delle mollette con delle rose nere in tinta con il mio vestito e poi andiamo in pasticceria a ordinare la torta. Tutta questa storia sta diventando davvero ridicola, ma le lascio fare, perché le rende felici e alla fine non ci vedo niente di male. Fortunatamente Caroline ha i miei stessi gusti un po' gothic e ordina una torta a strisce rosse e nere con un nastro di pizzo tutto intorno alla base e rose rosse in cima. Si abbina ai fiocchi rossi e neri e alle candele che abbiamo già comprato e che Lila vorrebbe tanto attaccare ai rami degli alberi, anche se dubito che resisteranno molto, soprattutto se nevicherà.

Quando arriva la sera sono esausta, ma stranamente soddisfatta, come se avessi portato a termine qualcosa di importante, come se mi fossi alla fine arresa all'idea del matrimonio prendendo parte alla sua organizzazione. In più, mi sono sempre chiesta cosa si provi ad essere circondata dall'affetto delle persone, anche se non lo ammetterei mai ad alta voce. Solo pochi anni fa, se in qualche modo riuscivo a immaginare il mio futuro e il giorno del mio matrimonio, non potevo fare a meno di pensarmi sola e triste per tutto il tempo, solitaria e vuota.

Adesso invece mi sento piena, ma ancora triste, perché in questo quadro manca una persona. Qualcuno che non potrà mai esserci e questo mi fa soffrire, visto che se non fosse stato per un mio errore lei ci sarebbe ancora. So che la morte di mia madre non è avvenuta per causa mia, ma mi ci sono volute parecchie sedute dal terapista per capirlo e, per quanto non mi senta più in colpa, nel profondo penso ancora che forse se quella notte fossi rimasta a casa mia mamma non si sarebbe tolta la vita e forse, ma solo forse, oggi sarebbe venuta anche lei a fare compere con me.

Quando torno a casa di Micha, lui, Ethan e mio fratello sono ancora fuori, a cercare degli smoking da affittare all'ultimo minuto, anche se io gli ho suggerito che avrebbero anche potuto indossare delle semplici camicie nere. Mentre Lila, Caroline e la madre di Micha sono in cucina a intrecciare fiocchetti e a mettere le candele nei vasetti di vetro che hanno comprato, decido che ho bisogno di fare una visita al cimitero. Così prendo il mio album da disegno e una matita e mi infagotto con giaccone, guanti e stivali.

Quando torno in cucina, la madre di Micha, davanti al lavello, si gira e nota la mia tenuta. «Ella, dove stai andando?», mi chiede strofinando un piatto con la spugnetta sotto l'acqua corrente.

Mi infilo l'album da disegno sotto il braccio. «Devo andare in un posto».

Lei guarda il cielo nuvoloso fuori dalla finestra e l'orologio del forno a microonde, che lampeggia "16:02". «Ma si sta facendo buio, e fa un gran freddo».

«Non starò via per molto», la rassicuro camminando verso la porta sul retro.

Lila mi guarda in modo strano dal tavolo della cucina mentre intreccia un nastrino. «Vuoi che ti accompagni?».

Mi fissano entrambe mentre apro la porta e lascio entrare il gelido vento invernale. «No, devo fare una cosa». Le saluto con un cenno della mano e aggiungo: «Torno presto, promesso». Prima che una di loro possa protestare, esco fuori e mi chiudo la porta alle spalle. Mi dirigo verso la strada, coprendomi bocca e naso con il risvolto della giacca appena l'aria pungente mi ghermisce la pelle.

Alla fine del vialetto, giro a destra e cammino sul marciapiede verso il cimitero, con passo fermo, consapevole che non sarò in grado di sopportare questo gelo ancora a lungo. Quando arrivo al cimitero, ho le dita intirizzite, ma in qualche modo riesco a scrollarmi il freddo di dosso quando mi siedo sulla neve davanti alla lapide. C'è un albero senza foglie subito dietro alla pietra, dai rami spogli pendono ghiaccioli. L'inferriata che circonda il cimitero è ricoperta di neve, come molte lapidi qui intorno.

Mi appoggio all'indietro sulle mani mentre la neve mi inzuppa i jeans e fisso lo sguardo sulla pietra grigia, cercando di fare ordine tra i pensieri. «Non so neanche cosa dire», esclamo ad alta voce, il mio respiro si condensa in nuvolette davanti a me. «So che dovrei venire più spesso, ma non vivo più qui». Sposto l'album e la matita da una parte e mi piego in avanti, appoggiando i gomiti sulle ginocchia. «Mi sono trasferita in California... Ho una casa e una vita lì, ed è un po' strano, ma bello». Inspiro ed espiro lentamente. «È tutto davvero bello». Esito. «Mi dispiace che tu non abbia mai vissuto dei momenti così... Ho cominciato a leggere il tuo diario, e speravo di trovarne qualcuno lì dentro, ma non ce ne sono». Chiudo gli occhi, mentre l'aria fredda mi accarezza le guance. «Volevo tanto sapere se ti è mai capitato di essere felice. So che papà pensa che tu possa esserlo stata, qualche volta, ma quando lo dice non ne sembra davvero convinto. E so che ogni tanto hai fatto finta di esserlo, perché anche a me capita. In realtà lo facevo spesso, ma non più... non più da quando sono felice. Credo di esserlo davvero». Le mie parole sono vere, reali, sincere. Ma la risposta potrebbe non essere quella che vorrei. Potrebbe dirmi che no, non lo è mai stata, neanche una volta. Né quando era giovane, né quando si è sposata, né quando ha avuto me e Dean. Ho vissuto in quel luogo in cui la depressione si impossessa di tutto, ma questa non è più la mia vita e adesso non posso immaginare cosa significhi non scorgere neanche un raggio della felicità che provo adesso. È davvero triste, tragico e straziante pensare che la depressione potesse essere *tutto* ciò che aveva.

«So che adesso non c'entra niente, ma dovrei scrivere le promesse di matrimonio», dico alla lapide di mia mamma, e vorrei davvero che lei potesse sentirmi. «Ma scrivere non è mai stato il mio forte». Premo la matita sulla carta e traccio una linea, lasciando le dita libere di muoversi sul foglio. «Me la sono sempre cavata meglio con il disegno». Un'altra linea, e un'altra ancora. «Non sono sicura che te ne sia accorta. So che mi hai cresciuto e tutto, ma non abbiamo mai parlato davvero, almeno non della vita o di cose del genere. Non sapevo che anche a te piacesse disegnare, finché tua madre non mi ha spedito una scatola con le tue cose. Be', in realtà non l'ha fatto proprio lei, ma il suo avvocato. Lo so, non la conoscevo neanche, ma è triste che non ci sia più». Traccio qualche ombreggiatura e alcune curve e linee frastagliate. Quando metto via la matita, mi rendo conto che ho disegnato il volto di Micha, con sotto la scritta "La mia luce nell'oscurità". Giro il foglio e tratteggio un altro schizzo. Non è niente di che, ma non è questo il punto. Quando finisco, davanti a me c'è un suo ritratto con la chitarra e note musicali tutte intorno. Sotto scrivo "La sua bocca mi riscalda l'anima". Faccio un altro ritratto e scrivo "Dio, a volte mi sento così amata da dimenticare persino come si respira". Poi riprendo a muovere la matita sul foglio, tracciando una mappa della nostra vita: la prima volta che abbiamo dormito insieme nello stesso letto, il recinto, la macchina, i concerti, le gite a New Orleans, il lago, persino il ponte. Non tutte le linee sono perfette, ma sono proprio le piccole imperfezioni a rendere meraviglioso questo racconto. Finisco l'ultimo disegno, c'è solo Micha, e scrivo "Tutta la mia vita". Poi chiudo l'album e mi alzo in piedi, con una mano mi tolgo la neve dai jeans, il mio sedere è ghiacciato e indolenzito.

So che se voglio farlo diventare il mio book per il diploma dovrò ancora lavorarci parecchio, ma è pur sempre un inizio, le fondamenta, e posso partire da qui. E poi, l'inizio è sempre la parte più difficile e, anche se non sarà affatto semplice, so che posso portarlo a compimento.

E potrebbe essere un meraviglioso compimento.

Capitolo 19

Micha

Quando torno dopo aver cercato invano un negozio che affitti smoking – a quanto pare qui a Star Grove non lo usa nessuno – Ella non è in casa. Mia madre mi dice che è andata a piedi da qualche parte con il suo album, e la cosa mi preoccupa.

«Sai dove?», le chiedo sedendo sul divano accanto a lei mentre impacchetta regali di Natale.

Scuote la testa. «No, ma non può essere andata troppo lontano, giusto? Perché era a piedi».

Forse, ma forse no.

Mia madre attacca un pezzetto di nastro adesivo sul pacchetto e poi ci passa un nastrino intorno. «Ecco qui, questo dovrebbe essere l'ultimo». Poi si piega da una parte e ripone il regalo sotto il piccolo albero di Natale nell'angolo.

Sprofondo nel divano, accigliato. «Cos'è questa improvvisa mania per i regali di Natale? Non ce li siamo mai fatti. Prima Ella e adesso tu».

«E allora? Che c'è di strano nel cambiare un po' le nostre abitudini e scambiarci i regali?»

«È che non ho comprato niente a nessuno».

«Sono i regali per noi a preoccuparti o solo quello per Ella?».

Sospiro. «Lei mi ha preso qualcosa e sento di dover ricambiare, ma non voglio comprarle una cosa qualsiasi... voglio che abbia un significato».

Mia madre mi fissa per un istante e poi si alza. «Prendi il giaccone e seguimi».

«Perché?»

«Fallo e basta». Ha un tono di voce che non ammette repliche e mi alzo anch'io.

Ci infiliamo i giacconi e lei si dirige fuori, imboccando con passo deciso il percorso che io e Ella facciamo sempre. Scavalca il recinto ed entra nel giardino di Ella, e io la seguo del tutto intontito, perché si sta comportando in modo strano. Poi giriamo intorno alla Firebird, saliamo i gradini dell'ingresso sul retro e mia madre bussa alla porta, rendendo la situazione ancora più folle, perché persino io l'ho fatto molto raramente. Di solito entravo e basta.

«Mamma, sul serio, che cosa stiamo facendo?», chiedo infilando le mani in tasca.

Mia madre bussa ancora e poi si gira verso di me, intirizzita dal freddo. «Qualche settimana fa ho visto Raymond che portava in garage un mucchio di scatoloni. Mi sono offerta di aiutarlo e ci siamo messi a parlare, e lui mi ha detto che lì dentro c'erano le vecchie cose della mamma di Ella».

«E quindi? Non riesco a seguirti, mamma».

Mi sorride. «Stavo pensando che forse a Ella piacerebbe ricevere qualcosa che apparteneva a sua mamma, magari qualcosa che potrebbe indossare al matrimonio».

Schiudo le labbra per dirle che questa è di gran lunga l'idea peggiore che abbia mai avuto, visto che il padre di Ella non ama affatto parlare di queste cose e non sono neanche sicuro di come reagirebbe Ella se le regalassi qualcosa di sua madre, è un argomento troppo sensibile per lei. Ma prima che possa dire niente, la porta si apre.

«Ehi, Terri», dice il signor Daniels con aria sorpresa, come se si stesse chiedendo cosa ci facciamo davanti alla sua porta.

«Ehi, Raymond», risponde mia madre con un sorriso. «Ho un enorme favore da chiederti».

Scuoto la testa. Non è sempre stata così invadente. Be', in realtà non è del tutto esatto, visto che è stata lei la prima a cui è venuto in mente che io e Ella avremmo potuto sposarci, ma sembra quasi che col passare del tempo stia peggiorando.

Raymond aggrotta le sopracciglia e mia madre comincia a spiegargli il mio piccolo dilemma del regalo di Natale. Ho lo stomaco attorcigliato, ho paura che questa cosa lo possa turbare al punto da parlarne con Ella. So che ormai sono in buoni rapporti, ma ancora non riesco a scrollarmi di dosso il passato e tutte le scenate cui ho assistito.

E quando mia mamma dice: «...E così ci stavamo chiedendo se non ci sia qualcosa che apparteneva a Maralynn che potremmo regalarle, magari in uno di quegli scatoloni che ti ho aiutato a portare in garage qualche settimana fa...».

Il padre di Ella si gratta la testa, a disagio. «Non sono sicuro che ci sia quello che fa per voi. Voglio dire, per lo più ci sono solo vecchi vestiti».

Strattono mia mamma per la manica e dico al signor Daniels: «Non si preoccupi, troveremo qualcos'altro».

Mia madre mi ignora, restando con i piedi ben piantati a terra. «Non c'è neanche – che so – un gioiello o qualcosa del genere? Come un paio di orecchini che portava di solito?».

Raymond sembra ancora più a disagio e io sto per andarmene e lasciarla lì, quando all'improvviso lui raddrizza la schiena e guarda verso il garage.

«Aspettate... Mi è appena venuta in mente una cosa». Si piega all'indietro, afferra un ampio giaccone appeso dentro, e se lo infila insieme con un berretto di lana mentre esce di casa e si chiude dietro la porta. Lo seguiamo fino al garage e mia madre mi rivolge un sorrisetto compiaciuto, come a dire "Ah-ah, visto? Avevo ragione", e io scuoto la testa, ma sorrido.

Quando entriamo nel garage, il signor Daniels accende la luce e raggiunge una pila di scatoloni in un angolo. Solleva quello in cima e lo posa da una parte, poi fissa lo scatolone subito sotto per un momento, come se avesse paura di aprirlo. Lancio un'occhiata a mia madre, che deglutisce a fatica e sembra un po' a disagio. Ma poi il signor Daniels sembra rilassarsi e lo apre con cura. Vi fruga dentro per un po', finché non trova una piccola scatoletta di legno. Quando si gira verso di noi, la tiene su un palmo come se fosse un oggetto davvero importante.

«Non abbiamo organizzato un vero e proprio matrimonio, sapete», ci racconta alzando gli occhi dalla scatoletta. «A malapena abbiamo comprato dei vestiti».

Mia madre annuisce comprensiva. «Il padre di Micha e io ci siamo sposati in un parco, credo che ci fossero sì e no una decina di invitati in tutto».

«Noi ne avevamo solo due», aggiunge il signor Daniels. «Due miei amici, e li invitammo solo perché ci facessero da testimoni. Maralynn non voleva nessun altro». Poi trae un profondo respiro e sospira. «Ma ad ogni modo», prosegue, e allunga la mano verso di me esortandomi a prendere la scatoletta. «La diedi alla madre di Ella la mattina del nostro matrimonio. Non è niente di che. La comprai a un banco dei pegni per venticinque dollari, o qualcosa del genere, ma lei la indossò durante la cerimonia, e magari tu la potresti regalare a Ella, così potrebbe fare lo stesso».

La scatoletta scricchiola mentre la apro. Dentro c'è un nastrino nero cui è attaccato un ciondolo, una piccola rosa rossa.

«È una collana», continua il signor Daniels. «La madre di Ella aveva un debole per le rose. Non sono sicuro che Ella voglia indossarla, ma tentar non nuoce».

Se non fosse per il fatto che Ella potrebbe rimanere un po' turbata nel sapere che apparteneva a sua madre, sono sicuro che sarebbe felice di indossarla.

«Grazie», ribatto chiudendo la scatoletta. «Sono sicuro che le piacerà e che sarà felice di sapere che era sua».

Il signor Daniels annuisce, poi lasciamo il garage in silenzio. Lui e mia madre chiacchierano per qualche minuto del più e del meno davanti alla porta sul retro, mentre io fisso il cielo. Si sta facendo grigio e mi chiedo se Ella sia tornata a casa mentre eravamo nel garage. Decido di andare a controllare e ringrazio ancora il signor Daniels prima di avviarmi. Quando entro, Lila e Ethan mi dicono che non c'è e che si stanno preparando per andare a trovare i genitori di Ethan, anche se lui non vuole. Appena escono, vado nella mia camera e nascondo la collana. Poi riprendo a leggere il diario della mamma di Ella, per cercare di distrarmi un po'. Pagine su pagine di pensieri disperati:

Non ci riesco. A essere una madre e una moglie. Pensavo che ce l'avrei fatta, ma adesso mi sento come se dovessi correre, dileguarmi, scappare a gambe levate da questa responsabilità che mi terrorizza. Perché non ho alternative, posso scappare o aspettare che Raymond ne abbia abbastanza di me e mi abbandoni. È inevitabile. Lo sento. Mi lascerà perché non sono adatta a lui e a volte non voglio esserlo. È troppo faticoso e richiede troppa forza, e io sono così stanca.

Forse dovrei solo correre via e lasciarmi tutto alle spalle.

Dovrei davvero.

Queste parole mi trafiggono il petto, perché se non sapessi chi le ha scritte, giurerei che siano di Ella. Ma non credo che Ella scapperà via di nuovo. Mi ama, lo so, anche se fatica a esprimere i suoi sentimenti. So che vuole stare con me. Ha spostato l'anello di fidanzamento all'anulare della mano sinistra ed è venuta a vivere con me. Non scapperà. Non può.

Continuo a leggere e mia mamma si affaccia in camera mia per dirmi che sta uscendo.

«Vuoi che ti porti qualcosa?», mi chiede.

Scuoto la testa. «No, grazie».

«Be', ci sono degli avanzi nel frigo, se ti viene fame», dice.

«Grazie», replico, e lei sorride mentre sta chiudendo la porta.

«E… mamma?».

Si ferma. «Sì?»

«Grazie per avermi portato dai Daniels a fare quella cosa», le dico.

Lei sorride. «Non c'è di che. Sono solo felice che abbiamo trovato qualcosa di bello da regalarle».

«Anch'io», ammetto.

Quando se ne va, do uno sguardo all'orologio e concedo a Ella altri quindici minuti prima di uscire a cercarla. Continuo a leggere il diario, controllando l'ora di tanto in tanto. Le pagine che seguono sono altrettanto deprimenti e sento il cuore sempre più pesante. Mi sembra quasi di poterla vedere sprofondare sempre più in una spirale di dolore, ma per fortuna lo sto leggendo io, non Ella. Ha scelto lei di non farlo, e questo significa che ha deciso di combattere tutta questa disperazione, perché sapeva che probabilmente avrebbe avuto la meglio su di lei facendola crollare – ha scelto di essere felice.

Sto per mettere via il diario quando mi accorgo che resta

solo una pagina da leggere, e decido di farlo, così potrò finirlo. Ma a quel punto dovrò andare da Ella e dirle che non ho trovato descritto neanche un momento felice. Spero che questo non le spezzerà il cuore.

Ma appena scorro con gli occhi l'ultima pagina, il peso che mi opprimeva il petto svanisce e le parole che leggo mi fanno sorridere. Subito dopo averlo finito, mi alzo per andare a cercare Ella, perché è via da tanto tempo e comincio a preoccuparmi, e poi voglio che legga quello che ho trovato. Mi infilo il giaccone e mi dirigo verso la porta sul retro, dove ho lasciato gli stivali, ma mentre attraverso la cucina la porta si apre lasciando entrare una ventata di aria gelida. Ella entra in casa congelata come un ghiacciolo, ha le labbra blu, le guance arrossate dal freddo, e trema come una foglia.

Mi rivolge un timido sorriso mentre si chiude la porta alle spalle. «Stavi andando da qualche parte?», mi chiede dando uno sguardo al mio giaccone mentre si stringe l'album al petto.

«Sì, stavo venendo a cercarti». Smetto di allacciarmi il giaccone e le prendo tra le mani le guance ghiacciate. «Dio, sei congelata. Quanto tempo sei stata fuori?».

Ella dà un'occhiata all'orologio del microonde. «Un paio d'ore».

«Cristo, Ella». Le prendo il blocco da disegno e lo appoggio da una parte, sul bancone. Poi le sfilo i guanti, le stringo le mani e le strofino alitandoci sopra nella speranza di restituirle un po' di calore.

Lei mi sorride. «Com'è andato il vostro giro per negozi?»

«Come qualsiasi banale giro per negozi. Solo che non abbiamo trovato gli smoking».

«Bene», commenta. «Non li ho mai amati. Stai molto meglio con un paio di jeans e una camicia».

«Se la pensi davvero così, allora va bene», ribatto, poi resto in silenzio, cercando con cura le parole giuste da dirle mentre le stringo i polsi. «Quando sono tornato a casa ho ripreso a leggere il diario di tua madre».

«Ah sì?». Fa finta di non essere poi così interessata, ma sento che il suo battito accelera. «Trovato niente di buono?»

«Sì. Ti va di leggerlo?».

La sua gola sussulta mentre deglutisce a fatica, poi volge lo sguardo verso l'album sul bancone. «Posso aspettare ancora un po'? Sono di buon umore, adesso, e vorrei restarci».

«Ma quello che ho trovato ti piacerà», le prometto. «Fidati di me».

«Lo so, ma sarà comunque difficile leggere le sue parole, belle o brutte che siano. Hanno pur sempre a che fare con lei, che non c'è più, e questo mi rende sempre triste».

Come potrei contraddirla? «Se è questo che vuoi... Ma ti assicuro che non sono brutte, e sono convinto che debba leggerle prima del matrimonio». Le massaggio la mano destra e Ella fa una smorfia. «Ti fa male?».

Lei annuisce, con il volto contratto. «È quella con cui ho dato un pugno a Mikey. Le mie nocche hanno avuto un incontro ravvicinato con la sua mascella».

Il pensiero di Mikey che la picchia mi fa formicolare la pelle, ma mi sforzo di accantonarlo, perché le ho giurato che non avrei fatto niente e non ho intenzione di infrangere la promessa. «Quante volte ti ho detto di picchiare così?». Le libero la mano e batto il pugno di piatto contro il mio palmo. «Non devi usare le nocche».

«Lo so, ma ero ubriaca e Mikey mi ha spaventato a morte. Ero un po' nervosa e l'ho colpito di merda», commenta, e dentro di me sento montare la rabbia. Non sono mai stato il tipo che si getta nella mischia. Certo, mi sono fatto coinvolgere in un paio di scazzottate, ma l'unica seria è stata quella con Grantford Davis, che meritava di essere preso a calci in culo.

«Cosa ti va di fare stasera?», le chiedo fermandole una ciocca di capelli ramati dietro un orecchio.

Ella si guarda intorno nella cucina deserta. «Dove sono tutti?»

«Caroline è tornata a casa tua con Dean. Mamma è andata a cena fuori e Thomas è con un amico». Le poso le mani sui fianchi. «E Lila e Ethan sono usciti».

«Quindi abbiamo la casa tutta per noi?», mi chiede con un sorrisetto malizioso.

Mi tamburello l'indice sulle labbra. «Cosa potremmo fare?»

«Mmm...». I suoi occhi scintillano mentre recupera l'album dal bancone. «Non ne ho idea».

Con la mano torno a cingerle la vita e la faccio scivolare sul suo sedere, stringendolo con forza. Il suo corpo si inarca verso di me. «Oh, io ho un paio di idee per la testa, e credo che comincerò togliendoti i vestiti».

Lei scoppia a ridere e all'improvviso si divincola da me e si precipita verso il corridoio, lanciando il blocco da disegno sul divano appena ci passa accanto. «Sai una cosa? Mi toglierai i vestiti solo se riuscirai a trovarmi». Mi sorride, poi si gira su se stessa e scompare lungo il corridoio.

«Oh, piccola», esclamo aggirando il tavolo per correrle dietro. La casa è silenziosa, mentre attraverso il soggiorno, e quando passo accanto al divano lancio un'occhiata all'album da disegno aperto. C'è un ritratto di me con la chitarra, circondato da note musicali. Sotto c'è scritto: "La sua bocca mi riscalda l'anima".

Il mio cuore ha uno stupido sussulto da femminuccia,

ma non posso fare a meno di sorridere mentre mi allontano correndo verso la camera. Controllo nell'armadio, sotto il letto, poi lascio la stanza e mi avvicino a quella di mia madre. La cerco sopra e sotto, ma non la trovo da nessuna parte, così vado in bagno. Ma non è nemmeno lì, così torno in soggiorno. Sto per attraversare la soglia per entrare in cucina, quando Ella mi salta davanti da dietro il muro spaventandomi a morte. Mi premo una mano sul petto mentre riprendo fiato, e lei scoppia a ridere e mi salta addosso di peso stringendomi le gambe intorno alla vita e facendoci cadere. Cerco di non sbattere la testa per terra, ma con la schiena colpisco con forza il pavimento.

Ella atterra su di me, il suo corpo cade sul mio, ma in un attimo si tira su e si siede a cavalcioni su di me. Appoggia le mani ai lati della mia testa e mi fissa, con i capelli che ricadono sui nostri volti.

«Questo è per tutte le volte che mi hai buttato per terra», mi dice soddisfatta e con il fiatone.

Io scuoto la testa mentre sposto le mani sui suoi fianchi senza farmi notare. «Allora non ti ho proprio insegnato niente?». Con un rapido movimento la ribalto a terra, così adesso sono io sopra di lei. «Vinco sempre io».

E la bacio.

Qualche ora dopo siamo sdraiati sul letto, i corpi sono intrecciati mentre lei giace nuda su un fianco. Non ha ancora letto la pagina del diario e io non voglio forzarla. Ha preso di nuovo il suo album e sta tracciando delle linee su un foglio pulito, nel tentativo di riprodurre la foto in cui sua madre siede sul letto con uno sguardo triste. Dall'altra parte del blocco c'è quello che sembra un mio ritratto, con sotto le parole "Tutta la mia vita".

«A cosa stai lavorando?», le chiedo mentre le percorro la

spina dorsale con le dita facendola rabbrividire. «So che questa è tua madre», poi tamburello il dito sul mio ritratto, «ma questo?».

La matita si ferma per un attimo. «Posso spiegartelo dopo?». Mi lancia un'occhiata e una ciocca di capelli le ricade sul viso. «Vorrei finire questo, prima di dirti tutto».

Tutto. Che intende per "tutto"? «Posso avere un indizio?».

Ella mi scruta il volto, mordicchiandosi un labbro, poi concentra di nuovo l'attenzione sul disegno. «Riguarda il nostro passato… e il nostro futuro».

Il nostro futuro. La sua franchezza mi sorprende e mi sento in colpa, perché è così sincera con me, finalmente, mentre io le sto tenendo segreta una notizia importante. Be', non proprio segreta, ma l'ho tenuta per me, preoccupato per come reagirà, per paura che mi dica di andare in tour anche se non vuole. O che mi dica di non andare, mandando per sempre in frantumi il mio sogno. Ma devo smetterla di rinviare questa decisione, soprattutto adesso che è stata così diretta con me.

Lascio correre l'indice su e giù lungo la sua schiena ancora un paio di volte, poi le cingo un fianco con un braccio e affondo il viso nel suo collo stringendola. «Devo dirti una cosa», comincio, e il suo corpo diventa rigido come una tavola di legno. «Stai tranquilla, niente di brutto. C'è una novità… una decisione che dobbiamo prendere».

La sento lasciar cadere la matita sul foglio. «Ok». Sembra nervosa.

Le bacio il collo e chiudo gli occhi. «L'altro giorno mi ha chiamato Mike».

«Ah sì? Cosa voleva?». Si sforza di rimanere tranquilla, ma non lo è, potrei giurarci.

Apro gli occhi e premo una guancia contro la sua pelle.

«Ti ricordi quel Rocking Slam Tour di cui ti ho parlato qualche tempo fa?»

«Quello in cui saresti voluto entrare, ma eri convinto di non essere abbastanza bravo per riuscirci?». Rotola sulla schiena e mi guarda. «Quello in cui ci saranno tutte le band e i cantanti che ami con tutto te stesso?»

«Sì, quello».

Esita un attimo. «Sei riuscito a entrare?».

Annuisco lentamente. «Sì, ci sono riuscito».

Un sorriso le affiora pian piano sul volto. «Sono così contenta per te!». Mi stampa un bacio felice sulle labbra, e io sono talmente sorpreso che non riesco neanche a ricambiare. Quando si scosta da me, sembra confusa dalla mia reazione. «Che c'è? Perché non sei felice?»

«Perché...». Non riesco a proseguire, non trovo le parole giuste. Alla fine mi metto seduto, raccolgo un ginocchio al petto e ci appoggio il gomito. «Il tour comincia tra poche settimane e dura qualche mese».

Anche lei si tira su e stringe le ginocchia al petto cercando di sembrare serena, ma i suoi occhi sono offuscati dalla tristezza. «Quindi starai via per qualche mese?».

Annuisco, fissando il bagliore delle luci natalizie che si riflettono sulla neve, fuori dalla finestra. «E dovrei annullare la luna di miele».

Ella serra le labbra, come se volesse dire qualcosa, ma si stesse sforzando di non farlo. Poi abbassa la testa sulle ginocchia. «Non mi importa della luna di miele. Voglio che tu realizzi il tuo sogno».

Resto in silenzio per un istante, tentando di cogliere i suoi sentimenti, quelli che prova davvero e che sta cercando di nascondermi. «Piccola, cosa stai pensando?», le chiedo, perché non riesco a interpretarli bene, in questo momento.

«Sto pensando che dovresti andare», risponde sollevando

la testa. «Non posso ostacolarti. Ho promesso a me stessa che non lo avrei mai fatto».

«Tu non potresti mai ostacolarmi». Mi avvicino a lei e la cingo con le gambe. «Io voglio stare con te, a qualunque costo».

«Lo so», mi dice prendendomi le mani. «E so che lo farai. Staremo lontani per tre mesi, e già l'abbiamo fatto in passato».

«E io sono stato infelice tutto il tempo». Libero le mani dalle sue solo per mettergliele sulle gambe e fargliele aprire. «Penso che non dovrei andare». La tiro a me e mi lascio avvolgere dalle sue lunghe gambe con una punta di dispiacere, ma so che è giusto così. Se lei non verrà, non andrò nemmeno io.

«No, tu andrai in tournée e lo amerai alla follia. Non ci sono alternative». Mi guarda dritto negli occhi con un'espressionc scria. «Altrimenti non ti sposerò».

Non so cosa dire. La conosco abbastanza per sapere che probabilmente questa cosa non la rende serena al cento percento, ma che sta cercando di rendermi felice. Però io non voglio andare senza di lei.

«Vieni con me», balbetto all'improvviso come un idiota.

Ella sgrana gli occhi. «In viaggio per tre mesi?».

Annuisco, sempre più euforico per la mia improvvisa, ma geniale idea. «Potrebbe essere divertente. Io, tu, la macchina e la strada. Potrebbe essere la nostra prima avventura come marito e moglie. Quando eravamo bambini dicevamo sempre che ci sarebbe piaciuto viaggiare. In realtà, una volta ci siamo anche promessi che l'avremmo fatto. Questa potrebbe essere la nostra grande occasione».

«Per tre mesi?», ripete. «È un sacco di tempo, e io ho le lezioni e il lavoro».

«Potresti prenderti una pausa dal lavoro e magari frequentare i corsi online», le suggerisco, ma poi mi sento uno stronzo per averle chiesto una cosa del genere.

Lei tace, pensando a cosa dire, sembra spaventata, spersa ed eccitata allo stesso tempo.

«Non devi decidere subito», la rassicuro. Non voglio spingerla a fare qualcosa che non vuole. «Pensaci per qualche giorno».

Ella esita, poi annuisce risoluta. «Va bene, ci penserò, ma solo se farai una cosa per me».

«Qualsiasi cosa».

Un sorriso affiora lentamente sul suo volto. «Suona la mia canzone».

Capitolo 20

Ella

Partire per tre mesi con lui? Davvero? È folle anche solo pensarci, ma allo stesso tempo voglio andare. Non credo che mi mancherebbe molto il lavoro alla galleria d'arte, e potrei frequentare i corsi online. In realtà, più ci penso, più mi chiedo per quale motivo ci sto ancora riflettendo. Dovrei partire con lui. Godermi la vita fino in fondo. Disegnare. Essere felice. Rilassarmi. Non l'ho mai fatto prima, non ho mai pensato di poterlo fare. Ma all'improvviso ho capito: posso farlo. Cazzo. Posso fare qualsiasi cosa voglia. Viaggiare con lui, ascoltarlo suonare, guardarlo sul palco mentre le sue parole mi fanno commuovere come sempre quando lo sento cantare. Sembra tutto così dannatamente semplice, ma allora cosa mi fa esitare?

Ho deciso: dopo che mi avrà suonato la canzone gli dirò che partirò con lui. Perché si preoccupa di lasciarmi da sola. Oh mio Dio, lo sto per fare davvero.

Solo con i boxer indosso, Micha prende la chitarra dall'armadio e si siede ai piedi del letto. La stringe in grembo con le lunghe braccia e comincia a pizzicare le corde. «Sai, sono un po' nervoso». I suoi occhi mi scrutano quando mi appoggio contro il muro con il lenzuolo avvolto intorno al corpo. «Non avrei mai pensato che potessi essere nuda mentre ti suonavo questa canzone».

Non posso fare a meno di sorridere, e intanto sprimaccio

il cuscino e lo infilo dietro la schiena. «Sai, non mi sorprenderebbe scoprire che nella tua canzone parli di me nuda».

«Sei fuori strada». Micha piega la testa da una parte, i capelli biondi gli ricadono sugli occhi turchesi mentre sistema la chitarra. «Questa canzone non è sui pensieri arrapati che susciti in me. Parla solo d'amore». Alza lo sguardo su di me con un sorriso impacciato.

Io alzo gli occhi al cielo, ma mi si stringe lo stomaco. «Come sei sdolcinato».

Micha muove le sopracciglia su e giù, ma poi resta in silenzio, trattenendo il respiro. «Te la senti, Ella May? Perché è davvero molto intensa».

Annuisco emozionata. «Dài, fatti sotto».

Le sue dita cominciano a muoversi aggraziate sulle corde e tutto intorno a me – la stanza, i miei pensieri, il mio corpo – si fonde in qualcosa che non credevo potesse esistere. Quando canta le prime strofe, il suono dolce e melodioso della sua voce mi avvolge come una coperta e io fluttuo via in un luogo di ricordi legati ai sentimenti che uniscono la sua anima alla mia.

Ti vedo in mezzo alla folla, con il cuore nascosto, inondato di dolore, senza via d'uscita.
Il dolore mi trafigge il cuore, sanguina dentro di me, perché se me lo permettessi, lo scaccerei.
Pensi che nessuno abbia bisogno di te. Che non meriti nulla, così ti lasci annegare.
Ma io sprofondo con te, non posso lasciarti andare. Voglio scacciare il tuo dolore e farlo sanguinare nella mia anima.

Comincia a far vibrare le corde con ancora più passione, la voce si fa più forte e intensa appena raggiunge il ritornello chiudendo gli occhi.

So che non importa cosa accadrà,
nel dolore, nella tristezza, nella sofferenza che mi brucia l'anima.

Sarò sempre con te, per tutto il tempo.
Nei momenti difficili, e in quelli senza speranza, nell'amore e nel dubbio.
Il mio cuore sarà per sempre tuo. Non ti lascerò mai. Non ti farò sprofondare.
Porterò io il tuo dolore, se me lo permetterai.

Smette di cantare mentre suona una melodia carica di sentimento, poi schiude di nuovo le labbra.

Quello che provo per te mi incendia il petto, sentimenti che mi tengo dentro, ma vorrei liberare.
Soffro ogni volta che sono con te, sperando che tutto cambi, di poter trovare un modo per salvarti,
trovare un modo per farti tornare a galla, per prendere il tuo posto, per sostenere il tuo dolore.
Dio, fammi scacciare questo dolore prima che mi uccida, perché non posso sopportare di vederti annegare.
Perché ho bisogno di te. Voglio te. Non posso vivere senza di te.

L'acuto si fa tremante, alla fine, ma è ancora meraviglioso, le dita continuano a suonare, gli occhi sono ancora serrati.

So che non importa cosa accadrà,
nel dolore, nella tristezza, nella sofferenza che mi brucia l'anima.
Sarò sempre con te, per tutto il tempo.
Nei momenti difficili, e in quelli senza speranza, nell'amore e nel dubbio.
Il mio cuore sarà per sempre tuo. Non ti lascerò mai. Non ti farò sprofondare.
Porterò io il tuo dolore, se solo me lo permetterai.

La voce si affievolisce mentre fa vibrare le corde della chitarra, poi la canzone finisce. Resta seduto in silenzio per un attimo, il petto ansima e intanto apre gli occhi. Poi mi rivolge uno sguardo preoccupato.
«Merda». Micha getta la chitarra da una parte e si pre-

cipita da me. «Non devi piangere, piccola. Non ho mai pensato che fosse una canzone triste».

Mi porto le mani al viso e le guance sono bagnate di lacrime. Non mi ero neanche accorta di piangere, né so dire quando ho cominciato, ma probabilmente fin dall'inizio, perché ogni singolo verso mi ha trapassato l'anima.

«Non sono triste», lo tranquillizzo asciugandomi le lacrime con una mano. «È solo che non immaginavo che potessi provare questi sentimenti già quando avevi quindici anni. Significa che ti sei sentito così per un sacco di tempo».

Le dita di Micha mi accarezzano le guance, scacciando le ultime lacrime, ma i sentimenti che le hanno fatte affiorare indugiano ancora in me, e ne sono felice. «All'inizio persino io non riuscivo a comprendere il significato di questi versi, finché non ho capito che ti amavo e che avrei fatto qualsiasi cosa per renderti felice».

Altre lacrime mi inondano il volto, non tento neanche di trattenerle – e se pure ci provassi non ci riuscirei. Ogni sua parola era così carica di sentimento che ancora mi scalda il cuore, così sincera, cruda, ma in un modo splendido. Ripenso a tutti gli anni in cui eravamo solo lui e io e a tutti quelli che ci aspettano.

Mi avvicino per sedermi sulle sue gambe e lo abbraccio stringendolo a me. «Giusto perché lo sappia, è stato grazie a te se sono rimasta a galla. Se non fosse stato per te, probabilmente avrei smesso di lottare», gli confido, e Micha mi accarezza su e giù la schiena. «E sono felice che tu l'abbia fatto».

Capitolo 21

Micha

Non mi aspettavo che piangesse. So che è una canzone molto intensa ed emozionante, ed è per questo che non l'ho mai fatta sentire a nessuno, ma è difficile che Ella si lasci andare al pianto, e le sue lacrime hanno solo reso ancora più bello questo momento.

Mi stringo a lei mentre il sole tramonta dietro le montagne e la stanza scivola nella semioscurità, l'unica fonte di luce è la lampada sul comodino. Finalmente Ella smette di piangere e si solleva sul mio petto. Ha gli occhi rossi e gonfi, mentre si tampona le guance con le dita. «Allora, cos'hai trovato nel diario di mia madre?», mi chiede.

Inarco un sopracciglio. «Vuoi leggerlo adesso? Pensavo volessi aspettare...».

Si scosta i capelli dal volto prima di rispondere. «Be', sì... ma hai detto che dovrei leggerlo prima che ci sposiamo, e il matrimonio è domani».

Sorrido mentre lei percorre con un dito le parole impresse sul mio torace. «Manca solo domani, e poi sarai tutta mia».

Le sue labbra non possono fare a meno di piegarsi in un sorriso, mentre fissa il tatuaggio. «Pensavo di essere tua già da molto tempo».

«Lo credi davvero?»

«No, lo so per certo, almeno adesso». Ella si allunga, prende il diario dal mio comodino e me lo porge. «Puoi leggermela tu... la pagina che secondo te dovrei leggere?».

Annuisco nervoso, sperando che sarà contenta di ascoltare queste parole. Ci sdraiamo entrambi su un fianco, occhi negli occhi, con la testa sul mio cuscino e le gambe intrecciate sotto il lenzuolo. Con le dita percorre le mie costole mentre apro il diario all'ultima pagina. «Credo che siano le promesse di matrimonio che ha scritto subito prima di sposare tuo padre».

«Dici sul serio?». Sembra scioccata. «Sei sicuro che siano le sue promesse di matrimonio, perché non sembrava ansiosa di sposarlo...».

«Be', sono sicuro che siano per tuo padre, perché c'è scritto "Per Raymond" in cima alla pagina», le rivelo con un sorriso. «Ed è bello quello che ha scritto. Semplice ed essenziale, ma bello».

«Ed è così che dovrebbero essere le nostre promesse?», mi chiede scrutandomi attraverso le lunghe ciglia con uno sguardo pieno di speranza.

«Possono essere come ci pare», rispondo. «E se vuoi tirarti indietro puoi farlo».

«No, grazie». Ella si rannicchia addosso a me, con la testa nell'incavo della mia spalla. «Ok, sono pronta. Leggimi quello che ha scritto».

Prendo un respiro profondo.

Vivevo in un mondo in cui nulla aveva senso. Oscurità. Incertezza. Una vita sul ciglio del baratro. Poi sei entrato nella mia vita e hai rischiarato le tenebre, mostrandomi che la luce esiste davvero. E in quello stesso istante ho percorso quel sentiero, ho respirato per la prima volta dopo tanto tempo. Sei stato tu a restituirmi l'aria, che altrimenti non avrei ritrovato. Senza di te non ricorderei cosa significa non soffocare. Senza di te, non ricorderei cos'è la luce. E ti amerò per sempre per questo, Raymond Daniels.

Appena finisco di leggere abbasso lo sguardo su Ella, per interpretare la sua reazione. Sembra sul punto di scoppiare di nuovo a piangere, poi, all'improvviso, si divincola dal mio abbraccio per mettersi a sedere.

Prima ancora che possa fare qualcosa, scende giù dal letto e si infila una maglietta.

«Cosa stai facendo?», le chiedo tirandomi su.

Si mette un paio di jeans, strattonandoli lungo i fianchi per poi allacciarli. «Vado a parlare con papà».

Sono esterrefatto, ma non voglio incalzarla. Non sembra turbata, solo impaziente, mentre si infila gli stivali e si allunga verso il giaccone appeso alla testiera del letto. Poi mi prende il diario dalle mani, stacca la pagina che le ho appena letto e la ripiega in una tasca.

«Devo darla a mio padre». Si china sul letto e mi preme le labbra sulla bocca. «Torno subito», aggiunge senza fiato per l'entusiasmo mentre si precipita verso la porta lasciandomi solo e sbalordito nella mia camera.

Non mi aspettavo che si sarebbe lasciata trascinare così tanto, ma ne sono contento. Voglio che sia felice. Spero solo di riuscire a fare le scelte giuste, di aiutarla a essere serena, a ridere, a scacciare il dolore, proprio come la imploro di lasciarmi fare nella mia canzone.

Capitolo 22

Ella

Corro verso casa, carica dell'energia innescata dalla pagina nella mia tasca. Non sono neanche sicura che siano le sue promesse di matrimonio. In realtà, credo di no, ma so per certo che papà merita di leggere quelle parole, merita di sapere che è riuscito a rendere felice mia madre, una volta, per quanto potesse sembrare un'impresa impossibile.

La sua Firebird è parcheggiata nel vialetto, così capisco che è in casa. Quando irrompo nella cucina, mi solleva trovarlo a cena da solo, seduto al tavolo.

Indossa ancora gli abiti da lavoro, una maglietta bianca sporca e un paio di jeans spruzzati di vernice rossa, e ha un po' di vernice anche sulle mani. Davanti a lui ci sono un piatto di pollo e patate, con un panino accanto, e un bicchiere di latte.

Solleva la testa di scatto verso di me appena gli piombo in casa. «Ella, che succede?», mi chiede scostandosi dal tavolo per alzarsi. «Sembri sconvolta».

«No, sto bene. Giuro», rispondo senza fiato mentre estraggo il foglio dalla tasca. «In realtà sono solo felice, in questo momento».

«Be', sono contento per te». Contrae il volto in una smorfia confusa, mentre abbassa lo sguardo sul pezzo di carta che gli sto porgendo. «Che cos'è?»

«Era nel diario di mamma», gli spiego, e si incupisce in un'espressione accigliata. «Prendilo», insisto. «E leggilo. Ti prometto che non te ne pentirai».

Lui esita, ma poi prende la pagina. Gli tremano le dita mentre la spiega e la distende davanti a sé. Comincia a scorrere il foglio. I secondi passano e nei suoi occhi affiorano delle lacrime. Le mani tremano ancora di più mentre legge e sono sicura che stia per scoppiare a piangere, ma non di dolore. Non sembra sconvolto o ferito. Dispiaciuto. O triste. Sembra… be', stranamente sollevato.

Appena finisce di leggere, ripiega con cura il pezzo di carta e lo tiene in mano come se fosse qualcosa di inestimabile. «Hai detto che l'hai trovato nel suo diario?», mi chiede appena alza gli occhi su di me.

Annuisco stringendomi nel giaccone, nella speranza che stia provando almeno un pizzico di felicità, sapendo di aver reso felice la mamma. «Era l'ultima pagina. Era… erano le promesse di matrimonio che ha scritto quando vi siete sposati?».

Mio padre scuote la testa fissando il foglio nella sua mano, un paio di lacrime gli bagnano il volto. Non credo di averlo mai visto piangere e assistere a questo momento mi sembra quasi un miracolo, che mi rende felice ma allo stesso tempo mi mette a disagio.

Fa dei profondi respiri per qualche minuto, poi si riscuote e mi posa una mano sulla spalla, prima di tirarmi a sé e stringermi in un goffo abbraccio. Odora di fumo di sigaretta e vernice, ma non di alcol. È strano e diverso, come questo abbraccio. Mi tornano alla mente tutte le volte in cui da piccola vedevo le altre mamme abbracciare i figli al parco quando si facevano male, o magari solo perché avevano voglia di farlo. Tutte le volte in cui ho visto la mamma di Micha abbracciarlo perché si sentiva felice, o triste, o perché voleva scusarsi con lui. Mi torna alla mente la prima volta in cui sono stata abbracciata. Avevo otto anni e mi ero sbucciata un ginocchio. Micha provò a stringermi a sé come faceva sua madre. Le sue braccia a stento riuscirono a circondarmi, quando io persi la testa e lo scaraventai a terra. Ma poi ripenso a tutti gli abbracci che sono venuti dopo, a come ognuno di essi sia diventato via via più semplice da accettare.

Questo con mio padre è tutto fuorché semplice da accettare, ma forse, se ne seguiranno altri, le cose andranno meglio, come con tutti i passi avanti che ho fatto nella vita.

Quando torno a casa di Micha sono le nove passate. L'aria gelida penetra nella casa silenziosa. Scalcio via gli stivali davanti alla porta sul retro, appendo il giaccone all'attaccapanni e attraverso la cucina in punta di piedi verso la camera di Micha. La stanza è avvolta dall'oscurità e lui dorme raggomitolato sotto le coperte con il volto affondato nel cuscino.

Accendo la lampada sul comodino, mi sfilo i pantaloni e scivolo rapidamente nel letto. Si risveglia appena gli strofino il naso con il mio e si irrigidisce quando la mia pelle ghiacciata tocca la sua.

«Sei sveglio?», gli chiedo passandogli le dita tra i capelli setosi.

Micha emette un sospiro appena trova i miei fianchi con le mani. «Stavo facendo un sogno meraviglioso: tu che sgattaiolavi nella stanza e cominciavi a toccarmi. Ma non i capelli, un punto un po' più giù. Credo che dovresti provare a cercarlo».

Sorrido mentre gli accarezzo il petto asciutto. «Devo dirti una cosa».

Lui apre gli occhi, rossi e assonnati. «Devo preoccuparmi?».

Scuoto la testa. «No, affatto».
Fa scivolare un braccio sulla mia pancia e mi stringe a sé. «Dimmi tutto, allora».
«Voglio venire in tour con te», gli annuncio, e appena lo dico mi accorgo ancora di più che è la scelta giusta da fare. Per noi. «Frequenterò i corsi online e chiuderò con il lavoro».
Micha resta in silenzio, sbalordito. Ci mette un po' prima di reagire e quando comincia a parlare la sua voce è più profonda del normale. «Sei sicura che vuoi chiudere con il lavoro?»
«Voglio stare tutto il tempo con te. E voglio guardarti suonare e ritrarre cose che per me hanno un significato profondo, come noi due, i luoghi in cui siamo stati, tutti i nostri posti speciali, il lago, la tua camera, l'albero su cui ti arrampicavi sempre davanti alla mia finestra… quello che ti ha sempre portato da me», gli rivelo sincera. «Se potessi ritrarre in qualche modo la mia vita, è così che la disegnerei. È questo che voglio fare».
Ha un'espressione indecifrabile mentre mi scruta gli occhi in cerca della verità. «Sei sicura? Perché hai ancora qualche settimana per pensarci e io voglio che tu ne sia certa al cento percento. Non vorrei mai farti fare qualcosa che non vuoi. Io…».
Lo interrompo. «Micha, io sono sicura se tu sei sicuro. Voglio trascorrere più tempo possibile con te… Voglio stare con te e voglio che tu realizzi il tuo sogno».
«Certo che ne sono sicuro, se questo significa che ti avrò con me», ribatte con passione mentre scuote la testa con occhi esterrefatti, come se non riuscisse a credere a quello che sta succedendo. «E sì, voglio che tu venga con me più di qualunque cosa al mondo».
«Anche più di sposarmi?»

«Be', forse non così tanto, ma ci si avvicina».

Condividiamo l'istante di silenzio che segue contemplando il nostro futuro e dove ci porterà, se tutto va bene. O almeno questo è quello a cui sto pensando io. Con Micha non si può mai sapere, soprattutto perché un attimo dopo sento la sua mano scivolarmi lungo la schiena fino al sedere e sul suo volto si dipinge un'espressione maliziosa.

«Sei nervosa per domani?», mi chiede premendomi le labbra sulla fronte. Le sue dita tracciano dei piccoli cerchi intorno al simbolo dell'infinito che ho tatuato alla base della schiena, facendomi rabbrividire e formicolare tutto il corpo.

«A dire la verità, sì», confesso mentre con le dita aggancio l'elastico dei suoi boxer. «E tu?».

La sua mano risale lungo un fianco e poi scivola giù per il braccio fino alla mia. «A dire la verità, un po', ma soprattutto perché ho paura che si congeleranno tutti il culo, giù al lago».

«E non hai paura che scapperò via?». Non so neanche perché gliel'ho chiesto. È come se mi fosse sfuggito inavvertitamente, e non posso fare a meno di ripensare alla mattina dopo la notte sul ponte – quando decisi di andarmene – e alla settimana scorsa – quando avremmo dovuto sposarci. In nessuno dei due casi ho agito così perché non lo amavo. Persino quella notte sul ponte: lo amavo, anche se non volevo ammetterlo. Quella volta scappai perché non amavo me stessa.

«Dici sul serio?», mi chiede, e io annuisco. «No, davvero».

«Per niente?», lo incalzo. «Neanche se ripensi a quello che ho fatto?».

Micha scuote la testa. «So che mi ami, Ella May. Come so che le emozioni ti spaventano, ma i sentimenti che provi per me hanno un'intensità che la maggior parte delle persone non conosce in tutta una vita. Come so che sei euforica e spaventata allo stesso tempo. Come so che ogni singolo giorno trascorso con te, triste o felice che sia, vale la pena di essere vissuto. Ed è perché io so tutto questo che tu raggiungerai l'altare che Lila sta preparando per noi, pronuncerai le tue promesse di matrimonio, mi bacerai, e a quel punto avremo il nostro folle, turbolento, emozionante, inestimabile, a volte triste e a volte felice lieto fine».

Queste parole mi trapassano l'anima e gli occhi mi si riempiono di nuovo di lacrime. «È questo che dirai domani alla cerimonia? Perché è davvero perfetto...».

Sorride, con le labbra premute sulla mia fronte. «No, per domani ho in mente qualcosa di molto meglio».

Mi scosto da lui e guardo quegli occhi scintillanti. «Ah sì?»

«Ah, sì». Avvicina la bocca alla mia. «Ed è persino migliore della canzone». Poi mi bacia, e le sue mani esplorano il mio corpo. Quando ci stacchiamo l'uno dall'altra siamo esausti, nudi, sudati, ed è da poco passata la mezzanotte.

«Ehi», dico a Micha guardando l'orologio. «È ufficialmente il giorno del nostro matrimonio e Natale».

«Sei pronta ad andare fino in fondo?», mi chiede mentre mi blocca tra braccia e gambe.

Annuisco con gli occhi chiusi, ma il cuore mi martella nel petto, come se volesse fuggire. Oggi mi sposerò. Cazzo! «Sì».

«Sembri nervosa», mi fa notare baciandomi le palpebre.

«Perché lo sono», ammetto. «Ma probabilmente è normale, no?»

«Sono sicuro di sì».

«E tu sei nervoso?».

Esita. «Sì, un po'».

Libero il respiro intrappolato nel petto e apro gli occhi. «Sono felice».

«Che io sia nervoso?», mi domanda.

Annuisco, facendo scivolare una gamba sul suo fianco. «Perché significa che siamo sulla stessa lunghezza d'onda e non è sempre così».

Micha riflette su quello che ho detto e poi piega un ginocchio tra le mie gambe, il suo corpo bollente mi scalda deliziosamente la pelle. «Sì, immagino tu possa vederla in questa maniera, se ti aiuterà a camminare fino all'altare».

«Starò bene», lo rassicuro con tono sommesso, chiedendomi se raggiungerlo da sola o farmi accompagnare da mio padre. Nessuna delle due ipotesi mi attira, perché se lo facessi da sola probabilmente andrei nel pallone, ma se lo facessi con mio padre e andassi comunque nel pallone, lui non sarebbe in grado di calmarmi. «Micha... ti andrebbe... ti andrebbe di accompagnarmi fino all'altare, o di chiedere a Lila se possiamo saltare tutta questa parte?»

«Non puoi dirglielo tu?», mi chiede accigliato.

Scuoto la testa. «È impazzita per questo matrimonio. Davvero, credo che stia seriamente prendendo in considerazione l'idea di diventare una wedding planner».

Mi cinge la vita con le braccia e con la lingua mi assapora le labbra. «Se vuoi che ti accompagni fino all'altare, lo farò».

«Grazie», sussurro, e lo stringo forte a me, sapendo che se sarà al mio fianco, mi sarà molto più semplice arrivare fino in fondo. È sempre così.

Rimaniamo in silenzio per un po', poi Micha ricomincia a parlare e dalla sua voce trapela una nota di euforia.

«Ma allora, visto che è ufficialmente Natale», comincia

scostandosi dolcemente da me per guardarmi negli occhi, «adesso mi darai il tuo regalo?».

Aggrotto le sopracciglia. «È davvero un regalo stupido».

«E allora?», ribatte. «E poi i regali stupidi sono sempre i migliori».

Sospiro e mi tiro su a sedere, liberandomi dal suo abbraccio, poi cammino in punta di piedi fino al mio borsone, che è sul pavimento, davanti al letto. «Ok, ma cerca di non sembrare troppo deluso quando lo aprirai», gli chiedo tirando fuori dalla borsa una scatoletta incartata con un fiocco sopra. Torno a letto e gliela porgo.

Sul suo volto si dipinge un ampio sorriso mentre incrocia le gambe. «Oh, l'hai persino incartato e ci hai messo un fiocchetto sopra», commenta prendendomi in giro.

Scuoto la testa e gli do un pizzicotto su un braccio. «Non prendermi in giro. E poi è stata Lila a fare il pacchetto».

«Mi piace che tu l'abbia incartato», mi dice e poi strappa la carta come farebbe un bambino. Ho messo i braccialetti in una scatoletta, quindi deve aprire anche quella. Quando solleva il coperchio, fissa le due sottili strisce di pelle con sopra inciso "Per sempre".

Non dice niente, e comincio ad agitarmi, quasi avessi paura che non abbia capito. «Sono come i braccialetti che avevamo da bambini, ma non ho voluto prendere quelli con su scritto "Migliori amici", perché il sentimento che ci lega è molto più intenso, così ho comprato questi».

Micha alza gli occhi su di me e non riesco a interpretare la sua espressione. «Me li ricordo. In realtà mi costringesti a indossare quello con su scritto "Migliori amici" e io mi sentii un po' una femminuccia».

Mi incupisco, pentendomi del regalo. «Però te lo sei messo lo stesso».

«Perché me lo avevi chiesto tu», insiste. «E sappiamo entrambi che farei qualunque cosa per te».

«Scusa, è un po' troppo sdolcinato, vero?». Allungo la mano verso la scatoletta per riprendermi i braccialetti. «Avrei dovuto comprarti qualcosa di più carino».

Lui afferra rapidamente la scatoletta e si gira, per allontanarla da me. «Stai scherzando? Sono perfetti!».

«Ma mi hai appena detto che sono da femminuccia».

«No, ti ho detto che quello con su scritto "Migliori amici" era da femminuccia, e poi avevo otto anni, allora». Sorride e io comincio a tranquillizzarmi, appena ne prende uno. «Questo regalo è perfetto, Ella May, perché ha un significato».

«Però è un regalo sdolcinato», commento mentre lo infila.

«E questo ti rende sdolcinata proprio come me», ribatte mentre mi prende il polso e vi allaccia l'altro braccialetto.

«Allora immagino che anche tu dovrai sopportare questa tortura», scherzo, e mi piego verso di lui per baciarlo. «Pazienza». Armeggio con il braccialetto per adattarlo al mio polso, mentre intanto Micha scende dal letto e comincia a frugare nella cassettiera. Per un attimo penso che stia cercando una maglietta, o qualcosa da mettersi, perché si gela, così resto sbalordita quando torna a letto ancora senza maglietta ma con una scatoletta di legno in mano.

«Allora, non ho fatto in tempo a incartarlo, perché l'ho preso stasera», mi spiega porgendomela. La sua mano trema un po', come lo scorso Natale, quando mi regalò l'anello di fidanzamento. «Buon Natale, Ella May-quasi-Scott».

Sorrido, ma sono un po' nervosa, al pensiero di cosa diavolo ci possa essere di così speciale in questa scatoletta da farlo agitare tanto. Traggo un profondo respiro e la apro.

Dentro c'è una collana, un nastrino nero cui è attaccato un ciondolo a forma di rosa.

«È bellissima», commento sincera mentre passo le dita sul ciondolo, che sembra di porcellana.

Micha emette un profondo sospiro e si avvicina lentamente a me. «In realtà è da parte mia e di tuo padre. Apparteneva a tua mamma. Gliela regalò il giorno del loro matrimonio e abbiamo pensato che avresti potuto indossarla al nostro, per averla in qualche modo vicina a te».

È come se qualcuno avesse premuto un bottone dentro di me, perché senz'alcun preavviso comincio a piangere come una fontana, le lacrime mi scorrono sulle guance, bagnandomi le labbra, il naso, la collana nella scatoletta. E dire che non sono neanche una piagnucolona, eppure, per qualche ragione, ultimamente non faccio che piangere. Di solito ricaccio indietro le lacrime, ma adesso non mi importa. Piango e basta. Piango perché sono felice e triste allo stesso tempo. Triste perché mia madre non ci sarà, ma felice perché oggi sposerò l'amore della ma vita.

Chino la testa, così Micha non si rende subito conto che sto piangendo. Appena se ne accorge, accoglie il mio volto tra le mani, mi fa sollevare la testa e subito mi asciuga le lacrime con uno sguardo preoccupato.

«Scusa», mi dice. «Avevo paura a dartela, perché sapevo che ti avrebbe turbato».

Serro le labbra e scuoto la testa. «Non lo ha fatto».

«E allora perché stai piangendo?»

«Perché sono felice», confesso con un sorriso mentre le lacrime non accennano a fermarsi.

Non sembra ancora convinto. «Ma quindi il regalo ti è piaciuto?»

«Lo adoro», rispondo, e poi lo bacio con tanta passione

che ricadiamo sul letto, con la scatoletta stretta nella mia mano. Ci baciamo finché non siamo senza respiro e mi scosto da Micha solo per dirgli: «Il regalo è perfetto… Tu sei perfetto».

E lo è, lo è davvero.

Capitolo 23

Micha

«Oh mio Dio, voi due e le vostre idee del cazzo». Ethan cammina avanti e indietro scavando un solco nella neve davanti alla mia macchina, con le mani affondate nelle tasche dei jeans e una felpa col cappuccio sopra la camicia nera. Ho dovuto optare per un look differente, così indosso una camicia nera gessata che Ella ha comprato per me, un paio di jeans neri e gli stivali, insieme a una giacca nera che mi ha prestato Thomas. Ella ha voluto che mi arrotolassi le maniche e tenessi i braccialetti di pelle ai polsi, perché secondo lei mi danno un'aria sexy. A dire la verità, non me ne frega un cazzo di cosa indosso, voglio solo che lei sia felice.

«Che c'è?», chiedo aprendo il portabagagli della Chevelle. La neve è così alta che ho dovuto montare le catene lungo la strada, ed è stato davvero un casino riuscire ad arrivare qui, tanto che sono un po' preoccupato per il rientro. «Fa solo un po' freddo».

Ethan scuote la testa mentre mi fulmina con lo sguardo. «Diventeremo tutti delle statue di ghiaccio, per quando sarà finito, sepolti vivi sotto due metri di neve».

«Ehi, potremo fare dei fantastici pupazzi di neve», scherzo alzando lo sguardo al cielo: soffici e leggeri fiocchi scendono lentamente a terra, si posano sui rami spogli, ricoprono il lago ghiacciato. Lila e mia madre sono arrivate poco prima di noi e hanno sparpagliato le candele tutt'intorno a una piccola radura sotto le fronde degli alberi, anche se non ho idea di come faranno a tenerle accese. Hanno anche annodato dei fiocchi rossi e neri ai rami, insieme a delle lucine di Natale argentate collegate a una prolunga attaccata all'accendisigari della mia macchina, il che significa che dovrò tenere il motore acceso per tutta la cerimonia. Hanno cosparso la neve di petali di rosa, che ormai però si distinguono a stento, coperti dai fiocchi appena caduti. Dopo aver fatto tutto questo, sono tornate a casa da Ella, per aiutarla a prepararsi. Sono felice che non sia da sola, perché sembrava un po' agitata quando sono uscito di casa.

Mentre scarico alcune sedie pieghevoli dal portabagagli faccio finta di non essere nervoso, anche se lo sono. Non perché voglia mollare tutto, ma solo perché sto per sposarmi, cazzo, e sto cominciando ad andare nel pallone. Tutta la predica sulla responsabilità che mi ha fatto Ethan è ancora fresca nella mia mente e non faccio che pensare: "E se mandassi tutto a puttane?". Non posso, non con Ella.

«Tutto ok, amico?», mi chiede Ethan appoggiando alcune sedie su una pila sempre più alta. «Sei un po' pallido».

«Sto bene». Poggio il piede sul piolo di una sedia, lo spingo verso il basso per aprirla e la poso sulla neve.

«Mi raccomando, mettile bene in fila», mi avverte Ethan mentre anche lui apre una sedia e la allinea accanto a quella che ho appena sistemato. «Altrimenti Lila ci farà un culo così».

Sorrido, ma abbasso la testa e mi preoccupo di formare una fila perfetta. Non ci mettiamo più di un minuto a sistemare le poche sedie, visto che al matrimonio non verrà quasi nessuno, ma mi sembra un'eternità. Quando finiamo sono agitato e teso, un fascio di nervi sul punto di spezzarsi.

Alla fine, non resisto più. Una scarica di adrenalina mi corre nelle vene e ho i battiti così irregolari che torno alla macchina e apro il cassetto portaoggetti. Frugando tra un mucchio di cartacce, trovo un pacchetto di sigarette che avevo nascosto qui una vita fa per momenti come questo.

«Sul serio?», mi chiede Ethan appena mi siedo al posto di guida con la portiera aperta e i piedi piantati nella neve.

«Ho solo bisogno di darmi una calmata», gli spiego, e mi infilo una sigaretta in bocca. Lui scuote la testa ridendo sotto i baffi, mentre tiro fuori l'accendino dal pacchetto, avvicino una mano all'estremità della sigaretta per proteggerla dal vento e la accendo. Appena la nicotina penetra nei miei polmoni, mi sento meglio e i battiti cominciano a tornare regolari.

Ethan estrae un grande contenitore di plastica dal portabagagli e lo posa a terra; io aspiro boccata dopo boccata, il mio cuore si calma, la pelle si scalda sotto il cappotto e la camicia.

«Ti senti meglio?», mi chiede quando sfioro il filtro con il pollice e faccio cadere la cenere sulla neve.

Assaporo un'altra boccata di fumo. «Adesso sì».

Ethan alza gli occhi al cielo. A lui non è mai piaciuto che fumassi, anche se credo che un tempo si sballasse con l'erba. Ma questo non gli ha mai impedito di sgridarmi ogni volta che facevo cadere la cenere nel suo furgone, o perché gli impuzzolivo la tappezzeria.

Dopo aver finito la sigaretta, getto il mozzicone a terra proprio mentre un grande SUV bordeaux si avvicina a noi procedendo a strappi lungo la strada sterrata. Vorrei avere con me un po' di profumo da spruzzarmi sulle mani, perché puzzo di fumo e Ella se ne accorgerà. Non si arrabbierà per il fatto che ho fumato, ma sa che lo faccio quando c'è qualcosa che non va e – conoscendola – penserà che non voglio più sposarla.

Il SUV si ferma vicino alla Chevelle e il motore è ancora acceso quando Dean balza giù allacciandosi la giacca. Ha i capelli ordinati, con la riga da una parte, e indossa un paio di scarpe lucide. Ricordo che quando eravamo più giovani aveva un piercing sul sopracciglio ed era ossessionato dall'idea che un giorno avrebbe avuto le braccia ricoperte di tatuaggi e un lungo pizzetto.

«Ehi, amico, forse dovresti tornare a casa e dare un'occhiata a Ella», mi dice affondando le mani nelle tasche dei pantaloni mentre cammina verso di me.

Lo raggiungo davanti alla macchina e mi siedo sul cofano ghiacciato incrociando le braccia. «Mi ha detto che sarebbe venuta qui con mia madre e Lila».

Dean scuote la testa e indica la strada alle sue spalle con il pollice. «Lo stava… lo sta facendo, ma credo sia successo qualcosa».

Mi alzo in piedi e il mio cuore accelera all'istante, mentre la paura di essere mollato di nuovo mi si insinua nella mente. «Perché? Cos'è successo?».

Sembra teso, a disagio, e sposta il peso da una gamba all'altra. «Non ne sono sicuro. So solo che l'amica di Ella… quella ragazza bionda… mi ha detto che forse sarei dovuto venire da te».

Non aspetto neanche che finisca di parlare. Mi precipito dentro la macchina, stacco il cavo delle luci e schiaccio l'acceleratore, sperando che non stia accadendo quello che penso.

Sperando che non mi stia piantando in asso di nuovo.

Capitolo 24

Ella

Respira.

Respira.

Respira.

Sto cercando di far entrare l'aria nei polmoni, ma mi sento soffocare, come se dita invisibili mi stessero stringendo la gola mentre boccheggio in cerca di ossigeno. Non so neanche da dove sia scaturito questo attacco di panico. Un minuto prima mi sentivo bene – Lila mi stava tirando su i capelli mentre parlava di sé e del viaggio che stava pianificando con Ethan – e quello dopo sono stata sopraffatta dal pensiero che appena avesse finito avrei dovuto mettermi il vestito da sposa. E a quel punto sarei dovuta andare al mio matrimonio, pronunciare le promesse, dare inizio al mio futuro.

Ho dato di matto e sono scoppiata in un pianto dirotto, spaventando a morte la madre di Micha, Lila e Caroline appena sono saltata in piedi e mi sono precipitata nella camera di Micha. Lila mi ha raggiunto per capire cosa fosse successo e mi ha trovato raggomitolata sul letto. Ha cercato di parlare con me, ma io non riuscivo a smettere di piangere. Mi sono tirata le coperte sopra la testa, pronta a chiudermi in me stessa, ma poi ho ripensato a tutti i progressi che ho fatto negli ultimi due anni, e ho finito per dire una cosa che mi ha sconvolto: «Va' a chiamare Micha, ti prego». La mia voce è rotta dai singhiozzi.

Lila esita. «Mmm, ok». Qualche secondo dopo, sento chiudersi la porta.

Appena esce dalla stanza, piango per quelle che sembrano delle ore, le lacrime mi inondano il volto rovinandomi il trucco. Provo a convincermi a uscire da queste maledette coperte e a infilare il vestito, perché dentro di me so che voglio farlo e sono solo spaventata. Alla fine, la porta si apre con un cigolio e resto immobile, mentre sento dei passi leggeri che si avvicinano al letto e una mano che mi tocca la spalla da sopra le coperte.

«Ella...». La voce di Micha è profonda e preoccupata. «Che succede?».

Quando non rispondo, tira via la coperta da sopra la mia testa e una ventata di aria fredda mi punge la pelle. Alzo lo sguardo con gli occhi velati di lacrime e Micha sospira, e sembra quasi che anche lui sia sul punto di piangere. «Stai...». Deglutisce a fatica mentre mi accarezza una guancia, poi chiude gli occhi. «Ci stai ripensando?».

Scuoto la testa, mi metto seduta e mi passo il dorso della mano sul volto incasinando ancora di più il trucco, ne sono certa. «No, non è quello... Sono solo...». Cerco di capire come mi sento, perché voglio dirgli la verità. «Sono solo spaventata. Non faccio che pensare al vestito, ai passi che dovrò fare per raggiungere l'altare, alle promesse... al futuro. Mi sento sopraffatta e ho bisogno di qualcuno che stia qui con me. Che mi possa aiutare a mettere il vestito e ad andare fino in fondo». Esalo un lento sospiro appena mi rendo conto che è questo ciò che voglio: Micha al mio fianco, perché con lui ci riuscirò. Certo, so che a volte devo fare le cose da me, ma allo stesso tempo ammettere di avere bisogno dell'aiuto di qualcuno mi rende più forte.

Micha spalanca gli occhi e ricaccia indietro le lacrime. «Sei sicura sia solo questo?»

«Sì, sono sicura», lo rassereno sincera. «Mi sono solo fatta prendere dal panico e mi dispiace così tanto. Ho solo bisogno che tu sia qui con me adesso».

Mi scruta per quella che sembra un'eternità e poi, all'improvviso, mi tira a sé fino al bordo del letto, mi prende per mano e mi fa alzare in piedi con uno sguardo intenso. Mi lascia la mano, afferra l'orlo inferiore della maglietta e me la sfila dalla testa facendo attenzione a non rovinare l'acconciatura o a far cadere i fiorellini neri tra i capelli. La getta a terra, poi scioglie il cordoncino dei pantaloni del pigiama e senza mai staccarmi gli occhi di dosso me li fa scivolare lungo le gambe. Decido di non distogliere lo sguardo neanche per un attimo, e più mi concentro su di lui, più ritrovo la calma e la violenta tormenta che mi scuoteva si trasforma in una leggera pioggerellina. Con un passo sfilo i piedi dai pantaloni appena raggiungono il pavimento. Micha si avvicina all'armadio e prende il mio abito da sposa. È un vestito magnifico, con il corpetto di scintillante seta nera, un fiocco rosso sulla schiena e un'elegante e morbida gonna bianca attaccata al corpetto da una fila sottile di rose rosse e nere.

Micha sfila il sacco di nylon dalla stampella mentre torna da me e si china ai miei piedi per sistemare l'abito in modo che possa entrarvi dentro. Poi fa scivolare il tessuto lungo il mio corpo, finché il corpetto non mi copre il seno. Lo tengo su con una mano e lui si sposta alle mie spalle e mi percorre la spina dorsale con le dita.

«Va un po' meglio?», mi chiede, il suo respiro caldo mi solletica il collo facendomi rabbrividire.

Annuisco, riprendendo a respirare. «Molto meglio, in realtà».

«Perfetto, perché voglio che ti senta meglio. Voglio che tu stia bene mentre lo facciamo, mentre mi sposi, Ella May». Micha tira lentamente su la cerniera e la stoffa mi fascia il corpo, tirandomi anche un po' su il seno. Dopo aver allacciato il vestito, fa un passo indietro e torna davanti a me scansando delicatamente con il piede il bordo della gonna per non inciampare. «Sei sicura di volerlo... di voler stare con me per sempre?». Ha uno sguardo circospetto, come se si stesse sforzando di far finta di poter gestire qualunque mia risposta, ma io so che non è così, che se dicessi di no – che non voglio più sposarlo – andrebbe in mille pezzi per il dolore.

«Micha, lo voglio più di qualsiasi cosa abbia mai voluto», rispondo sincera mentre mi passo le dita sotto gli occhi e sulle guance. «Lasciami solo risistemare il trucco e poi andiamo. Sono sicura che ho un aspetto orribile».

«Sei bellissima», mi dice senza aspettare neanche un secondo. «Lo sei sempre».

«Orribilmente bella, forse», scherzo, strappandogli un sorriso mentre mi accarezza una guancia.

«No, sei davvero bellissima», insiste. «Ma se vuoi risistemarti il trucco fai pure. Non credo di poterlo fare per te».

Sorrido e recupero la trousse dalla cassettiera, ma alla fine Micha continua a tenermi per mano quasi volesse aiutarmi, anche se in realtà non fa che rendere le cose più complicate. In qualche modo ce la faccio e riesco perfino a mettermi l'eyeliner e il lucidalabbra senza sbavature. Appena finisco, mi siedo sul letto e Micha si inginocchia davanti a me per aiutarmi a infilare gli anfibi.

«Mi sento come Cenerentola», noto alzando il piede mentre lui stringe e annoda i lacci.

Micha alza lo sguardo su di me e un sorriso gli affiora sulle labbra. «Bene. È così che dovresti sentirti». Poi si tira su, mi aiuta ad alzarmi prima di piegarsi su di me per baciarmi e si avvicina al comodino, dove è posato il cofanetto di legno che mi ha dato stanotte. Lo apre, prende la collana e torna da me per mettermela. Appena mi lega intorno al collo il nastrino con il ciondolo a forma di rosa, mi sento stranamente in pace.

Mi bacia una spalla e poi torna davanti a me. «Sei pronta?». Ha un tono di voce spensierato, ma so che la mia risposta lo preoccupa.

«Sono più che pronta», lo rassicuro, e lo prendo per la camicia per attirarlo a me e baciarlo di nuovo. Quando mi scosto da lui, lo scruto con uno sguardo interrogativo. «Aspetta un attimo… hai fumato?».

Micha si strofina il collo con aria colpevole. «Diciamo di sì… ma solo perché ero un po' nervoso».

«Per cosa?»

«Per il nostro futuro insieme… e la paura di non riuscire a prendermi cura di te nel modo giusto. Voglio solo che tu sia felice».

«È quello che fai dal primo giorno in cui siamo diventati amici», gli assicuro, e lo sguardo inquieto nei suoi occhi svanisce, mentre io mi infilo la giacca di pelle e ripongo in una tasca la fotografia di mia madre, perché voglio che lei sia con me, anche se solo in foto.

Poi mi rivolge uno sguardo gioioso, ma non aggiunge niente, così lasciamo la stanza, mano nella mano, per andare insieme al nostro matrimonio, e tutto mi sembra perfetto, perché lui è al mio fianco in questo momento, ed è tutto ciò che voglio.

Capitolo 25

Micha

È davvero splendida con quel vestito, i capelli raccolti e i grandi occhi verdi che mi fissano mentre mi stringe disperatamente la mano appena scendiamo dalla macchina. Cerco di restare calmo, ma il cuore mi martella nel petto impedendomi di respirare, non perché sono agitato, ma perché sono euforico. Ho acceso lo stereo e messo *The Story*, di Brandi Carlile, che risuona dolcemente attraverso le casse, e Ella mi sorride: è la canzone che stavano suonando al matrimonio di Dean e Caroline quando le ho chiesto di sposarmi.

«Te ne sei ricordato», mi dice.

«Certo», ribatto porgendole il braccio. «È stato uno dei momenti memorabili della nostra storia».

Ella mi prende sottobraccio e cominciamo a camminare verso l'altare. Il sentiero innevato è disseminato di petali, gli amici e le nostre famiglie hanno lo sguardo incollato su di noi, e io sono così sereno e felice, al pensiero che tra pochi istanti Ella sarà mia e io suo per sempre. Credo che alcuni di loro siano un po' sorpresi che tutto questo stia accadendo davvero, soprattutto Ethan e Lila, che si stringono l'uno all'altra con uno sguardo quasi scioccato, quando ci vedono scendere dalla macchina. Mia madre, invece, sembra non aver mai aspettato altro. Sorride raggiante mentre si siede accanto a Thomas e ci guarda con una gioia negli occhi che non le ho mai visto prima. Dean sembra indifferente, come sempre d'altra parte, mentre Caroline è sull'orlo del pianto. Il padre di Ella, invece, è più difficile da interpretare, ma anche lui sembra che stia quasi per scoppiare in lacrime.

Alla fine ci fermiamo sotto i rami degli alberi e il prete dà inizio alla cerimonia pronunciando un discorso che a stento riesco a seguire. I fiocchi di neve imperlano i capelli di Ella e le si sciolgono sul petto e sul ciondolo appena sopra la curva del seno, bagnandole la pelle. È così perfetta che vorrei leccarla in questo stesso istante, ma temo che sarebbe inappropriato, così mi impongo di mantenere il sangue freddo almeno fino a stasera, quando potrò farle ciò che voglio.

Penso ad altro praticamente per tutto il tempo, completamente assorbito da Ella, finché il prete non mi chiede di leggere le mie promesse di matrimonio. Così lascio la mano di Ella, ma solo per prendere un foglio dalla tasca e spiegarlo con dita tremanti.

Ella sembra nervosa, ha il respiro affannoso che si condensa in nuvolette di vapore tutt'intorno al suo volto, mentre aspetta di sentire ciò che sto per dirle, i sentimenti sinceri che provo per lei.

«Non riesco a ricordare un momento in cui non abbia voluto stare con te». Il mio sguardo si muove rapido dal foglio al suo volto mentre parlo. «Fin dall'istante in cui hai varcato la porta di casa, ho pensato che fossi meravigliosa e che ti volevo nella mia vita. Non so dire se fosse amore a prima vista, perché eravamo troppo piccoli e io non credo a queste cose. Credo invece di aver trovato la persona giusta, che rende tutto più semplice, che mi fa felice, che dà senso alla mia vita e la rende entusiasmante, sia quando ci baciamo sulle altalene», dico facendola sorridere, «quando ci lanciamo in corse spericolate, ci facciamo tatuare o dividiamo ghiaccioli e lacrime, sia quando suono in una stanza mentre disegna. Non avrei potuto vivere senza di te e ogni singolo istante trascorso insieme, buono o cattivo che fosse, è stato un tesoro inestimabile, perché ci ha condotti qui, in questo luogo, in questo giorno, che mi legherà a te per il resto della vita. Mi rendi più felice di quanto non sia in grado di spiegare. Ti amo più della mia stessa vita, Ella May, e continuerò ad amarti finché non esalerò l'ultimo respiro. Ti amerò per sempre. Il mio cuore è tuo». Pronuncio le ultime parole con voce rotta dall'emozione, mentre penso a tutto quello che abbiamo attraversato per arrivare fin qui e che tra pochi istanti lei sarà mia per sempre, la ragazza della porta accanto che amo e a cui ho affidato il mio cuore.

Inspiro a fatica mentre ripongo il foglio in tasca, sapendo che Ethan mi prenderà in giro fino alla morte per essere stato così sentimentale, ma non mi importa.

Tutta la mia attenzione è su Ella, che si sforza di ricacciare le lacrime mentre estrae un foglietto dalla tasca della giacca di pelle.

Mi fissa per un'eternità, come se non riuscisse a ritrovare la voce, e le sue mani tremano. Sento il cuore compresso e intrappolato nel petto, mentre aspetto di sentirle dire cosa significo per lei, nel timore che non riuscirà a farlo. Ma poi, all'improvviso, emette un fragoroso sospiro e il suono della sua voce mi dona sollievo e conforto.

«La prima volta che ci siamo incontrati mi hai fatto cacare sotto dalla paura». E subito fa una smorfia imbarazzata con una mano davanti alla bocca guardando il prete, che però sospira indulgente, perché ci conosce abbastanza bene da sapere come parliamo. Poi torna a concentrarsi su di me e si schiarisce la voce. «Eri così determinato e desideroso di conoscermi, e io non riuscivo a capirne il motivo per un sacco di ragioni, ragioni che sai, perché mi conosci meglio di chiunque altro». Le trema un po' la voce, mentre lascia cadere il foglio a terra e si asciuga le mani sudate sulla giacca. «Ma in realtà mi davi quasi sui nervi». Le sue labbra si increspano, e io sorrido. «Sei diventato la mia luce nell'oscurità, mi hai fatto sentire così amata da dimenticare persino come si respira. Sei sempre stato l'unica persona in grado di farmi ridere, divertire, lottare. Sei sempre stato al mio fianco e in qualche modo, nei folli e intensi anni passati insieme, sei riuscito a farti largo nella mia anima fino a diventare tutta la mia vita. Sei diventato la mia ancora di salvezza, l'unica persona su cui potevo contare sempre e comunque, anche se ero sconvolta o ti scacciavo via – tu ci sei sempre stato. E io ti amo per questo, perché sei così, per aver infilato al dito quella ridicola guarnizione di metallo», continua tentando di sorridere, ma è troppo sopraffatta dalle emozioni. «E perché mi hai sempre amato tanto da aiutarmi a non arrendermi mai, per quanto ti ostacolassi». Ella esala lentamente un sospiro e ripiega il foglietto di carta nella tasca della giacca.

Quando alza lo sguardo su di me, ha gli occhi velati di lacrime. È travolta da quelle stesse emozioni che sono certo riesce a leggere sul mio volto. Non l'ho mai vista aprire così il proprio cuore e – se possibile – credo di amarla ancora di più.

Per qualche secondo cala il silenzio, tutti ci guardano, finché Ethan non emette un fragoroso colpo di tosse e io scuoto la testa mentre Ella alza gli occhi al cielo. Lila gli sussurra qualcosa e il silenzio ci avvolge di nuovo.

Finalmente il prete riprende la parola e ci suggerisce cosa fare durante lo scambio degli anelli. Infilo una semplice fede d'argento al dito di Ella e il suo respiro si fa affannoso, mentre abbassa gli occhi per guardarla, e sorride. Poi prende una piccola custodia dalla tasca, la apre ed estrae una fede d'argento quasi identica a quella che le ho dato, solo un po' più spessa. Mi sfila la guarnizione di metallo dal dito e, con mani tremanti, la sostituisce con il suo anello.

«Io vi dichiaro marito e moglie», annuncia il prete, e all'improvviso è tutto ufficiale. Ella è mia moglie e io sono suo marito.

Qualcuno tra i presenti batte le mani e io mi avvicino a Ella per baciarla. Lei segue il mio esempio e le nostre labbra si attraggono come calamite per incontrarsi a metà strada. Sotto le fronde degli alberi imbiancate dalla neve le labbra si sfiorano e i corpi si stringono in un abbraccio, dando vita al nostro incredibile, imperfetto, difficile, complesso, ma meraviglioso e inestimabile lieto fine.

Epilogo
Due mesi dopo

Ella

«Svegliati, splendore», mi sussurra Micha in un orecchio accostando il suo corpo caldo al mio.

«Non esiste», mormoro affondando il volto nel cuscino mentre mi tiro il lenzuolo sul corpo nudo. «Sono troppo stanca».

«Forza, piccola. Ho una sorpresa per te». Mi bacia dolcemente il collo leccandomi la pelle prima di rotolare giù dal letto. «Dài, ne varrà la pena. Te lo prometto». Lo sento camminare verso il bagno. «Vado a fare una doccia. E vedi di essere pronta a uscire per quando finirò». Pochi istanti dopo la porta del bagno si chiude e sento scrosciare l'acqua.

Rimango a letto per un altro po', continuando a ripetermi che non riuscirò ad alzarmi perché sono troppo stanca per tutte le mattine in cui mi ha svegliato così. Ormai è diventata una tradizione. Ogni giorno pensa a un modo per sorprendermi, che sia portandomi fuori a fare colazione o risvegliando il mio corpo con la sua lingua.

Alla fine mi arrendo e mi costringo ad aprire gli occhi, perché faccio fatica a dirgli di no. I raggi del sole inondano di luce la stanza mentre mi stiracchio e scendo dal letto. Prendo un vestitino nero dalla valigia e lo infilo, poi scosto da una parte i capelli per allacciarlo dietro al collo. Infilo anche un paio di sandali e mi tuffo di nuovo sul letto, in attesa che lui esca dal bagno mentre mi fermo a fissare gli anelli che porto al dito. Sono passati due mesi, ma non posso fare a meno di sorridere quando li guardo, prova tangibile di uno dei giorni più belli della mia vita. Il giorno in cui ho confidato a Micha i miei veri sentimenti, il giorno in cui è diventato definitivamente mio. Ci siamo baciati e abbiamo ballato moltissimo, quel giorno, al suono di tutte le canzoni che hanno significato qualcosa nel corso della nostra storia. È stato splendido, magico e davvero sdolcinato, ma tutti i matrimoni lo sono. Dopo abbiamo fatto sesso per ore, finché non mi è sembrato quasi di andare in mille pezzi. È stato incredibile ed estenuante – tutto è ancora incredibile ed estenuante. E poi abbiamo fatto i bagagli e siamo tornati a casa per cominciare la nostra nuova vita, ma non prima di fare una sosta davanti alla casa di Mikey, in modo che Micha potesse squarciargli gli pneumatici come gli avevo concesso di fare.

Adesso siamo in viaggio da poco più di un mese ed è una vera avventura. Micha avrebbe avuto la possibilità di viaggiare su un van con altri musicisti, ma visto che abbiamo dovuto rinunciare alla luna di miele, abbiamo deciso di attraversare il Paese con la Chevelle, per avere la possibilità di raggiungere il nostro obiettivo di fare sesso in ogni Stato. Finora siamo arrivati a sedici, diciassette con stanotte.

Dopo un po' Micha esce dal bagno con un asciugamano in mano, meraviglioso e sexy nella camicia a scacchi ancora sbottonata che lascia intravedere i muscoli asciutti. Ha i jeans a vita bassa appuntati sui fianchi e il mio corpo si incendia al pensiero di tutte le volte che ha usato quei fianchi per penetrarmi. Ha i capelli bagnati e io mi mordicchio un labbro dalla voglia di accarezzarglieli.

«Sono così felice in questo momento che temo ci sia

qualcosa di sbagliato in me», gli comunico, e lui scoppia a ridere mentre appallottola l'asciugamano e lo getta sul pavimento della camera d'albergo.

«Non c'è niente di sbagliato nell'essere felice, piccola», dice scompigliandosi i capelli. «È bello che tu lo sia».

«Lo so». Mi alzo e lo aiuto ad abbottonare la camicia. «Ma spero che lo sia anche tu».

Aggrotta le sopracciglia mentre abbassa lo sguardo su di me, gli occhi turchesi ardono di passione. «Certo che sono felice. Sei qui con me».

«Lo so. Se i tuoi fan sapessero che dici cose del genere impazzirebbero ancora di più per te».

«No, probabilmente scoppierebbero a ridere», ribatte scrollando le spalle. «Ma non mi importa di quello che pensano loro. Conti solo tu».

«Di certo non le donne». Allaccio l'ultimo bottone e gli intreccio le braccia dietro il collo alzandomi sulla punta dei piedi. «Ok, dove mi porterai oggi? Sto morendo dalla voglia di scoprirlo».

«È una sorpresa», risponde, poi mi prende per mano e mi tira verso la porta.

«Lo dici ogni giorno», gli faccio notare con il broncio mentre si infila le scarpe.

Micha fa un sorrisetto mentre prende il mio album da disegno e le matite dalla cassettiera. «Lo so, e quello sguardo imbronciato che hai ogni volta che ti rispondo così è davvero divertente».

«Perché lo stai prendendo?». Con la testa indico l'album, chiudendo la porta alle nostre spalle appena usciamo.

«Perché ti servirà», risponde mentre mi guida lungo il corridoio.

Sospiro e lo seguo giù per le scale e fuori, fino alla macchina. Saliamo a bordo, Micha avvia il motore e guida fino all'autostrada che porta fuori città. Siamo in South Carolina, adesso, e nonostante sia febbraio l'aria è calda e l'umidità rende la mia pelle appiccicosa, soprattutto con i finestrini aperti. L'oceano a un passo da noi, la sabbia dorata e il cielo azzurro mi fanno formicolare le dita, perché non vedo l'ora di prendere il blocco da disegno e le matite che Micha tiene in grembo.

Quando finalmente arriviamo, parcheggia la macchina di fronte a un prato lussureggiante di cespugli. C'è anche un grande e solitario albero, nel centro, alcuni rami si allungano verso il cielo, altri pendono verso terra. Per qualche motivo mi ricorda l'albero dietro casa mia, e così capisco perché mi ha portato qui.

Micha sorride mentre estrae le chiavi dal quadro. «Quando hai deciso di accompagnarmi in tournée, mi hai detto che avresti voluto passare il tempo a ritrarre cose che hanno un significato profondo per te, come l'albero su cui mi arrampicavo sempre per raggiungerti. Be', visto che adesso quell'albero è troppo lontano, ho pensato che potessi disegnare questo». Indica il campo. «L'ho scovato l'altro giorno, tornando dalle prove, mentre cercavo un paesaggio significativo che potessi ritrarre, perché so che muori dalla voglia di farlo. Quell'albero mi ha ricordato in qualche modo quello dietro casa tua, o almeno credo, ma non sono io l'artista». Poi resta in silenzio, ansioso di sentire una risposta.

Credo di amarlo ancora di più. Non credevo che fosse possibile, ma ogni giorno l'amore che provo per Micha diventa sempre più forte, soprattutto quando fa cose come questa.

Mi piego sul bracciolo che ci separa, verso di lui. «Ti amo». Non posso fare a meno di ripeterglielo. «E amo quell'albero».

«Anch'io ti amo», replica, poi mi bacia. Quando ci stacchiamo per respirare, siamo entrambi senza fiato e mi accorgo di aver scavalcato non so come il bracciolo per sedermi a cavalcioni su di lui, e la sua camicia è sbottonata. Le sue mani sono sotto il mio vestito, mi stringono, e il suo sguardo è offuscato dalla passione. «Questo significa che disegnerai quell'albero?»

«Certo che lo farò, ma non prima di averti fatto un ritratto», rispondo. «Perché sei più importante di qualsiasi altra cosa al mondo».

«Ma non hai già una tonnellata di miei ritratti?»

«Sì, ma non ne ho uno con te seduto sotto quell'albero».

«Ma ormai ti sarai stancata di farmi ritratti».

Scuoto la testa. «Scordatelo. Non mi stancherò mai di te. Mai».

«Non importa quante volte me lo ripeterai, non mi stancherò mai di sentirtelo dire», ammette, e poi un'espressione pensierosa affiora sul suo volto. «Quindi devo andarmi a sedere sotto quell'albero, per il tuo paesaggio denso di significato? Tutto qui?»

«Credo proprio di sì», rispondo, e ci baciamo ancora un po' prima di scendere dalla macchina e camminare verso l'albero spensierati, sereni e felici, perché trascorreremo i nostri giorni a venire come abbiamo sempre voluto. Insieme.

Indice

Anagramma

Ultimi volumi pubblicati

Federica Bosco, *S.O.S. amore*
Federica Bosco, *Innamorata di un angelo*
Sara Shepard, *Giovani, carine e bugiarde*
Fiona Neill, *Il profumo del tè e dell'amore*
Sara Shepard, *Giovani, carine e bugiarde. Divine*
Federica Bosco, *Il mio angelo segreto*
Melissa Hill, *Un regalo da Tiffany*
Jane Corry, *Il segreto della collana di perle*
Laila al-Uthman, *Il messaggio segreto delle farfalle*
Leah Fleming, *La strada in fondo al mare*
Amy Bratley, *Amore zucchero e cannella*
Najat El Hachmi, *La città degli amori infedeli*
Niamh Greene, *Ti amo ti odio mi manchi*
Karen Swan, *Un diamante da Tiffany*
Allegra Goodman, *La collezionista di ricette segrete*
Melissa Hill, *Innamorarsi a New York*
Ali McNamara, *Colazione da Darcy*
Rebecca Chance, *Donne con il tacco 12*
Helen Warner, *Quattro donne e un matrimonio*
Ersi Sotiropoulos, *Il sentiero nascosto delle arance*
Kaui Hart Hemmings, *Paradiso amaro*
Marjorie Hart, *I love Tiffany*
Fiona Neill, *Le cattive ragazze scelgono l'uomo giusto*
Roisin Meaney, *Cupcake Club*
Emma Pearse, *La seconda vita di un cane speciale*
Amanda Addison, *Taglia, cuci, ama*
Elizabeth Loupas, *La lettrice di fiori*
Federica Bosco, *Un amore di angelo*
Jane Corry, *La donna con l'anello di rubini*
Ami Sakurai, *Un mondo innocente*
Karen Swan, *Un regalo perfetto*
Cynthia Ellingsen, *Amori impossibili e fragole con panna*
Eleanor Prescott, *Seduzione, attrazione e tradimenti*
Marisel Vera, *Io credo nell'amore*

Sara Shepard, *Giovani carine e bugiarde. Perfette*
Daniela Farnese, *Via Chanel N° 5*
Milly Johnson, *Un indimenticabile autunno d'amore*
Lucinda Carrington, *90 giorni di tentazione*
Allison Sherlock, *Domani mi sposo*
Dana Bate, *A cena dai suoi*
Trisha Ashley, *Cosa indossare al primo appuntamento*
Raj Kumar, *Il peccato*
Miranda Dickinson, *Iniziò tutto con un bacio*
Niamh Greene, *Sarà perché ti amo*
Jenny Nelson, *Love Kitchen*
Charlotte Betts, *Il giardino delle spezie segrete*
Dan Rhodes, *Il bello della vita*
Anna Premoli, *Ti prego, lasciati odiare*
Anna-Lou Weatherley, *La rivincita delle mogli*
Indigo Bloome, *Incontri proibiti. La Seduzione*
Indigo Bloome, *Incontri proibiti. La Tentazione*
Indigo Bloome, *Incontri proibiti. La Passione*
Evie Hunter, *L'iniziazione*
Lindsey Kelk, *I Love New York*
Jessica Sorensen, *Non lasciarmi andare*
C.L. Parker, *La proposta*
Vanessa Greene, *Biscotti, dolcetti e una tazza di tè*
Roisin Meaney, *Cose incredibili che facciamo per amore*
Jessica Sorensen, *Tienimi con te*
Rebecca Chance, *Amori, bugie e tacchi alti*
Leah Fleming, *La mappa segreta dell'amore*
Rebecca Chance, *Amori bugie e tacchi alti*
AliMcNamara, *Innamorarsi a Notting Hill*
Sara Shepard, *Giovani, carine e bugiarde. Incredibili*
Helen Warner, *È tutto nei tuoi sogni*
Elisa Amoruso, *Buongiorno amore*
Karen Swan, *Shopping da Prada e appuntamento da Tiffany*
Barbara Delinsky, *Mai più noi due*
Clare Dowling, *Amore a tempo perso*
Amy Bratley, *L'amore della mia vita*
Daniela Farnese, *I love Chanel*
Kathleen Tessaro, *La collezionista di profumi segreti*
Carolina Garcia-Aguilera, *Magnolia*
Nick Spalding, *Le due facce dell'amore*
Carmen Reid, *Shopping con le amiche*

Dina Silver, *Linea rosa*
Juliette Sobanet, *Una notte a Parigi per innamorarsi*
Sue Watson, *Coincidenze che fanno innamorare*
Portia Da Costa, *La promessa. L'incontro*
Portia Da Costa, *La promessa. L'insegnamento*
Anna Premoli, *Come inciampare nel principe azzurro*
Anna-Lou Weatherley, *Mogli infedeli*
Nicola Doherty, *Innamorarsi a Central Park*
Milly Johnson, *Un indimenticabile Natale d'amore*
Lauren Myracle, *Il nostro infinito momento*
Sara Tessa, *L'uragano di un batter d'ali*
Stella Knightley, *La ragazza dietro la maschera*
Cynthia Ellingsen, *Maledetto il giorno che ti ho amato*
Evie Hunter, *Piacere proibito*
Emma Chase, *Non cercarmi mai più*
Jessica Sorensen, *Con te sarà diverso*
Veronica Q, *Confessioni di una baby prostitute*
Laura Schiavini, *A qualcuno piace dolce*
Jodi Ellen Malpas, *La confessione. This Man Trilogy*
Niamh Greene, *Tutte pazze per Chanel*
Susan Lewis, *Abbracciami ancora*
C.L. Parker, *La trasgressione*
Kate Forster, *Il nostro nido d'amore*
Beth Gutcheon, *Gossip*
Lindsey Kelk, *I love Hollywood*
Veronica Q, *Confessioni di una baby prostituta*
Laura Wiess, *Io che non vivo senza te*
Amy Harmon, *I cento colori del blu*
Monica Murphy, *Non dirmi un'altra bugia*
Alexandra Brown, *Amiche, segreti e bollicine*
Jessica Sorensen, *Non cambiare mai*
Anna Premoli, *Finché amore non ci separi*
June Gray, *La conquista*
Jessica Sorensen, *Non cambiare mai*
Ali McNamara, *Da New York a Notting Hill per innamorarsi ancora*
Gail McHugh, *Stringimi più che puoi*
Cassandra Rocca, *Una notte d'amore a New York*
Maxwell Megan, *Chiedimi quello che vuoi*
Rebecca Chance, *Le cattive ragazze portano i tacchi alti*
Jessica Sorensen, *Per sempre insieme*